2023 年度青岛市社会科学规划项目“中国俄罗斯侨民作家作品中的多元书写”(项目批准号:QDSKL2301090)

漂泊的缪斯

——中国俄罗斯侨民作家作品中的多元书写

陈秀梅　王菁　著

山东大学出版社
SHANDONG UNIVERSITY PRESS
·济南·

图书在版编目(CIP)数据

漂泊的缪斯 ：中国俄罗斯侨民作家作品中的多元书写 / 陈秀梅，王菁著. -- 济南 ：山东大学出版社，2024. 12. -- ISBN 978-7-5607-8556-1

Ⅰ. I512.06；I206.7

中国国家版本馆 CIP 数据核字第 20241HF472 号

责任编辑　李淑敏
封面设计　杜　婕

漂泊的缪斯：中国俄罗斯侨民作家作品中的多元书写
PIAOBO DE MIUSI：ZHONGGUO ELUOSI QIAOMIN ZUOJIA ZUOPIN ZHONG DE DUOYUAN SHUXIE

出版发行　山东大学出版社
社　　址　山东省济南市山大南路 20 号
邮政编码　250100
发行热线　(0531)88363008
经　　销　新华书店
印　　刷　济南乾丰云印刷科技有限公司
规　　格　710 毫米×1000 毫米　1/16
　　　　　15.75 印张　255 千字
版　　次　2024 年 12 月第 1 版
印　　次　2024 年 12 月第 1 次印刷
定　　价　65.00 元

前言
在时代和文化的十字路口

任暴风骤雨将我们驱逐，
我们在冷冰冰的黑暗中
在无助的帆船上漂浮。
但我们还是在燃烧，
如同在无月的夜里，
像火把一样引路。[①]
——[俄]薇拉·孔德拉托维奇-西多洛娃

20世纪初，随着俄国十月革命的爆发及其后的社会、政治、经济变革，数百万俄国人或被迫或自愿离开故土，流亡至世界各地。作为与俄罗斯邻近的国家，中国接纳了大量俄罗斯侨民，这些侨民中不乏文学家、艺术家等文化精英，他们的到来为中国地区俄侨文化艺术的繁荣提供了人才支持。在此之前，由于中东铁路的修建，大批俄国工程技术人员、军人、宗教人士、商人及其家属等涌入中国，为俄侨文化的形成与发展提供了前提条件。

流亡中国的俄罗斯侨民主要集中在我国东北地区，尤其是哈尔滨及其周边地区。随着时间的推移，部分侨民也向南迁移至上海等地。对于大多数俄罗斯侨民而言，离开故土意味着失去了原有的社会地位和生活环境，他们面临着身份认同的危机和精神的迷惘。这种迷惘不仅体现在对过去生活的怀念上，还体现在对未来不确定性的恐惧中。在中国的生活是一段充满

① 李延龄主编：《松花江畔紫丁香》，李延龄、乌兰汗译，北方文艺出版社、黑龙江教育出版社2002年版，第279页。

挑战与机遇的历程，因为他们不仅要适应新的生活环境，还要面对与他国文化的冲突及融合。

在时代和文化的十字路口，俄侨们积极地寻求生存之道与融入之途。对于笃信宗教的俄罗斯人而言，教堂是他们永远的精神家园，在异乡的漂流中，他们迷惘而不安的灵魂急需安顿之所。于是，在中国东北大地上，独具异域风情的“洋葱头”——东正教教堂惊艳了荒芜而平凡的哈尔滨，也点亮了俄侨们的精神世界。

俄罗斯人特有的民族意识和强烈的思乡怀旧情结，使他们在获得基本的物质生活保障后，又为保存和传播俄语文化而努力。“俄侨创办的中专和培训班解决了社会的需要，同时保证了俄侨的后代能基本拥有较高的文化水平和专业水准，更为主要的是，由于所有教学活动基本都是通过俄语完成的，所以，俄侨学生都能保留住与祖国联系的纽带。”[①]当然，为教育与人才的延续性考量，一些高等学府也应运而生，它们的建立不仅为俄侨青年提供了接受高等教育的机会，培养了众多专业人才，也推动了城市的教育发展，为哈尔滨乃至东北地区的工业、法律等领域的发展奠定了坚实基础。

俄侨还在哈尔滨等地创办了多家出版社和杂志社。据统计，1927 年前在哈尔滨发行的俄文报纸就多达 3102 种，政治、文学类报纸、杂志共 73 种，文学、艺术、戏剧类 34 种，经济和贸易工业类 30 种，儿童类 6 种等。[②] 这些出版社（中东铁路公司出版社、窗口出版社等）不仅出版了大量的俄文书籍，还涉足文学、科学、经济等多个领域，为侨民提供了丰富的阅读资源和知识传播平台。报纸（《霞光报》《新生活报》《喉舌报》等）和杂志（《边界》《窗口》等）不仅成为普通人了解外部世界、获取知识的重要来源，帮助提高他们的文化素养和认知水平，而且为侨民作家和诗人提供了发表作品的平台，激发了他们的创作热情，推动了俄罗斯文学在境外的传播和发展。此外，这些出版物也促进了俄侨与当地居民之间的文化艺术的交流与融合，丰富了哈尔滨地区的文化艺术生活。

在时代和文化的十字路口，俄罗斯侨民在中国的生活和经历不仅是一段历史的见证，更是中俄文化交流与融合的生动写照。从陌生到熟悉、从排斥到接纳，俄侨在努力保持俄罗斯文化传统的同时，也吸收和借鉴中国文化的精髓，他们不仅在中国找到了新的生活方式和发展空间，并最终成为中国

① 荣洁等:《俄侨与黑龙江文化——俄罗斯侨民对哈尔滨的影响》，黑龙江大学出版社 2011 年版，第 82 页。

② 荣洁等:《俄侨与黑龙江文化——俄罗斯侨民对哈尔滨的影响》，第 120 页。

多元文化社会中的一部分，也为中俄两国的文化交流与合作以及世界文化艺术的繁荣做出了重要贡献。

中国地区的俄罗斯侨民作家群体的笔耕不辍成就了中国俄罗斯侨民文学的悄然盛放。漂泊，痛苦了肉身，亦升华了灵魂，俄罗斯的缪斯们并没有沉溺于苦难，而是执着地将生命融入创作，或漫步异乡、探寻亚洲之光，或追忆往昔、激励自我，或坚守初心、期盼重返故土，或感念中国、描摹异域风情，最终为自己、为俄罗斯文学，亦为中国文学，乃至世界文学增添了华彩。纳博科夫在《俄罗斯文学讲稿》一书中写道："文学，真正的文学，是不能囫囵吞枣地对待的，它就像是对心脏或者大脑有好处的药剂似的——大脑是人类灵魂的消化器官。享用文学时必须先把它敲成小块、粉碎、捣乱——然后就能在掌心里闻到文学的芳香，可以津津有味地咀嚼，用舌头细细品尝；然后，也只有在这里，文学的珍稀风味，其真正的价值所在，才能被欣赏，那些被碾碎的部分会在你脑中重新拼合到一起，展现出一种整体的美，而你已经为这种美贡献了你自己的血液。"①文学评论的意义大抵如此。本书的研究主要以《中国俄罗斯侨民文学丛书》五卷本为依托，深入俄罗斯侨民文学家们的诗歌、小说、散文等文本，从"俄罗斯侨民作家作品中的多元书写""漫步蜿蜒异乡路""御风而行，徜徉松花江畔""中国俄侨作家的祖国叙事""俄罗斯侨民女诗人笔下的中国形象""穿过岁月的花边"6个层面剖析俄罗斯侨民作家作品中丰富的情感表达、深刻的思想内涵以及独特的精神意蕴。

① [美]弗拉基米尔·纳博科夫：《俄罗斯文学讲稿》，丁骏、王建开译，上海译文出版社2018年版，第126页。

目　录

第一章　俄罗斯侨民作家作品中的多元书写

口袋里只有潮湿的护照，
还有一个旧钱包……
为迷路的伊万哭泣吧，
母亲，求你为我祈祷！①
——[俄]叶甫盖尼·雅什诺夫

20世纪初，由于各种主观或客观的原因，数以百万计的俄国人开始了流亡生涯，数十万人漂泊至中国，其中庞大的作家群体促成了中国地区俄罗斯侨民文学的发展和绽放。漂泊，意味着灵魂和肉身都要离开最原初的家园，在异国他乡流离转徙。由此，于俄罗斯的缪斯而言，漂泊代表离别和失落，他们的笔触是忧伤的、痛苦的。但当俄罗斯的缪斯主动或被动地远离桎梏心灵的藩篱，精神的自由和眼界的开阔则为他们的创作注入了不竭的源泉，此时，漂泊于他们而言，象征着求索与获取，他们的笔触是奔放的、是向往的。他们在自己的作品中或倾诉悲伤、追忆往昔，或坚守初心、期盼重返家园，或感念中国，描摹异域风情。本章将以此为线，串起俄罗斯侨民作家在"奇异又喧闹的天堂"②——中国这片热土上对自我心路历程的多元书写。

---

① 李延龄主编：《松花江晨曲》，谷羽译，北方文艺出版社、黑龙江教育出版社2002年版，第312页。

② 李延龄主编：《中国俄罗斯侨民诗歌赏析》，北方文艺出版社2015年版，第295页。

第一节 追忆往昔，激励自我

被誉为“哈尔滨的阿波罗”的俄侨诗人谢尔盖·阿雷莫夫以“生活处处是异地他乡”[①]揭示了俄罗斯侨民们身处陌生环境的凄楚，因此，他们通过追思神圣罗斯的荣光和精神偶像来慰藉和激励自己。

一、追思神圣罗斯的荣光

《伊戈尔远征记》(*Слово о полку Игореве*)成书于12世纪末，是古罗斯一部洋溢着爱国主义激情的英雄史诗。作者以伊戈尔远征突厥游牧民族波洛韦茨人为引线，缅怀昔日基辅大公弗拉基米尔·斯维亚托斯拉维奇的荣光以及政治上的强盛，而此时，由于王公间的不断内讧，作为罗斯国家中心的基辅的领导地位已日渐式微，波洛韦茨人对罗斯边疆的袭扰不断加剧。在罗斯南部各公国不断同侵袭的游牧民族进行斗争的过程中，1184年，基辅大公斯维亚托斯拉夫·弗谢沃洛多维奇联合各公国对第聂伯河流域的波洛韦茨人进行了一次声势浩大的讨伐，大获全胜。王公伊戈尔因故未能参加这次征讨。“他，给自己的智慧系上坚强的带子，/他，为无比的刚勇激起勃勃雄心；/为了保卫罗斯国家，/他充满了战斗精神，/率领起自己勇敢的队伍/向波洛夫草原进军”[②](Натянул он ум свой крепостию,/Изострил он мужеством сердце,/Ратным духом исполнился,/И навел храбрые полки свои/На землю Половецкуюза землю Русскую)[③]。

在绝无人迹的遥远沙漠里，
黑夜用雷雨进行威胁，
在那里，俄罗斯战马绊着前腿，

① 李延龄主编:《松花江晨曲》，第11页。

② 佚名:《伊戈尔远征记》，魏荒弩译，人民文学出版社2000年版，第2页。

③ *Слово о полку Игореве*，https://ilibrary.ru/text/1375/p.1/index.html.

没有觉察致命早霞升起。

“伊戈尔公踏上金镫，/在旷野里开始趱行。/太阳用黑暗遮断了他的道路；/夜向他轰鸣着大雷雨，并将鸟儿都惊醒；/还响起了野兽的吼啸”[①]（Вступил князь Игорь в златое стремя/И поехал по чистому полю./Солнце дорогу ему тьмой заступило;/Ночь, грозою шумя на него, птиц пробудила;/Рев в стадах звериных!）。伊戈尔不畏日食和雷雨的警示，率领为数不多的军队深入波洛夫草原，战马由于草原猛兽的吼啸而受惊，而当“血的朝霞宣告了黎明”[②]之时，天空犹如猛兽张开的大嘴，随时要吞噬这些无畏的生命。

在那里，白烟缕缕，篝火熊熊，
笑声和玩闹，还有鸽子，
在那里，伊戈尔英勇的战士们
正在欢庆他们的首次胜利。

伊戈尔军队的快速奔袭迫使波洛韦茨人仓促应战，他们的车轮“在辚辚地喧嚷，好比一群被惊起的天鹅”（Кричат в полночь телеги, словно распущенны лебеди），但罗斯人“像利箭似的散布在原野上”（рассеясь стрелами по полю），并“以红色的盾牌遮断了辽阔的原野”（Русские поле великое червлеными щитами прегородили）。初战告捷，罗斯人掳获盛丰，黄金、绫罗绸缎、名贵的绣锦不计其数。战士们载歌载舞欢庆胜利。

可是公爵正为胜利而陶醉。
既欢快，又骄傲，还喧闹：
“贵族们何苦将我竭力阻止，
阻我前进，借口种种征兆。

就让霞照烧得火一样红，
让太阳被黑暗笼罩住，
我相信：我是为了荣誉而生，
我知道，欢乐是我的路。

① 佚名：《伊戈尔远征记》，第 5 页。
② 佚名：《伊戈尔远征记》，第 7 页。

谁敢于同雄伟的人争斗？
谁不怜惜自己的生命？”

伊戈尔也为自己的旗开得胜而欣喜，他驳斥了大军出征前贵族们借血红的朝霞和日食这种凶兆百般阻挠他寻求美名和光荣，他渴望带着自己的勇士们去“尝一尝大顿河的水”①（Отведать Дона великого），他坚信他们的到来定然会让波洛韦茨人闻风丧胆。

但是，如箭穿透的迢迢远处
正满布着重重的乌云。

凌晨已经来临，浓雾正迷蒙
隐隐传来钢铁叮当声……
而在心中不期而至的客人，
可怕的哀愁——突然觉醒。

“第二天的清晨，/血的朝霞宣告了黎明；/黑色的乌云从海上升起，/想要遮蔽四个太阳，/那蓝色的闪电在乌云中跃动，/巨大的雷声就要轰响！”（И рано на другой день кровавые зори свет поведают；/Черные тучи с моря идут，/Хотят прикрыть четыре солнца，/И в них трепещут синие молнии./Быть грому великому）面对伊戈尔军队的突袭，波洛韦茨汗戈扎克和康恰克选择迎战，因此，戈扎克“像灰狼似的奔突”（бежит серым волком），而康恰克“给他指引通向大顿河的道路”（ему след прокладывает к Дону великому），大军从南方奔袭而来，兵器的碰撞犹如电闪雷鸣，意欲消灭伊戈尔和他的兄弟弗谢伏洛德、侄儿奥列戈维奇、儿子弗拉基米尔四人（注：在古罗斯，王公被比作太阳）。②

波洛韦茨人的军队大暴雨般
压在了英勇战士们的头顶。
然而迎着异教徒们的利箭
不战而死——无异于丢脸。

---

① 佚名：《伊戈尔远征记》，第 3 页。
② 佚名：《伊戈尔远征记》，第 7 页。

“大雨将乱箭似的从大顿河对岸袭来”(Идти дождю стрелами с Дону великого),波洛韦茨人从四面八方包围了伊戈尔的军队,“魔鬼的儿女们以呐喊隔断了原野”(Бесовы дети кликом поля прегородили),但英勇的罗斯人没有退却,他们牢记伊戈尔的话——“与其被人俘去,/不如死在战场”(Лучше нам быть порубленным, чем даться в полон),他们决心“或者抛下自己的头颅,/或者就用头盔掬饮顿河的水”(положить свою голову/Или выпить шеломом из Дона)。因此,他们无畏地迎着波洛韦茨人的利箭,“以红色的盾牌遮断了辽阔的原野”(поле великое червлеными щитами прегородили)。[①]

要知道,马刀磨得锋利无比,
心比花岗岩还要坚硬……
他们厮杀了整整三夜三日,
同仇敌忾拼到最后一人!

“从清早到夜晚,/从夜晚到天明,/利箭到处飞舞,/马刀在头盔上铿铿地劈砍,/钢矛咔嚓咔嚓在折断”(От утра до вечера,/От вечера дóсвета/Летают стрелы каленые,/Гремят мечи о шеломы,/Трещат харалужные копья),“厮杀了一天,/又是一天厮杀”(Билися день,/Бились другой),“马蹄下的黑土中/撒满了尸骨,/浸透了鲜血:/忧愁的苗芽已在罗斯国土上长出”(Черна земля под копытами/Костьми была посеяна,/Полита была кровию,/И по Русской земле взошло бедой),在第三天晌午时,伊戈尔的“军旗纷纷倒下”(Пали знамена Игоревы)。[②]

尽管已软弱无力,遍体鳞伤,
伊戈尔公爵也为敌所俘,
尽管在草原的座座丘岗上
只有寒风在咆哮狂呼,

尽管以失败结束了那次战斗,
他们的命运值得赞美:

① 佚名:《伊戈尔远征记》,第 2—8 页。
② 佚名:《伊戈尔远征记》,第 10 页。

他们冒着敌人的矛林箭雨

为子孙后代扩展土地！[①]

在象征着“悲哀和眼泪”的顿河支流卡雅拉河畔，伊戈尔和他亲爱的兄弟符塞伏洛德分别为波洛韦茨不同的汗王所俘虏，“青草同情地低下头来，/树木悲凄地垂向地面”（Поникает трава от жалости，/А древо печалию/К земле преклонилось）。尽管基辅大公斯维亚托斯拉夫责备伊戈尔和符塞伏洛德为了给自己“找寻荣誉”，擅自发动对波洛韦茨人的远征，他们的这次惨败不仅让“罗斯的国土上泛滥着忧愁，/沉重的悲哀在罗斯国土上奔流”（Тоска разлилась по Русской земле，/Обильна печаль потекла среди земли Русския），而且把新的灾难引向罗斯大地，波洛韦茨人“节节胜利地侵袭着罗斯国土，/并从每户征收一张松鼠皮的贡赋”（Неверные сами с победами набегали на Русскую землю，/Дань собирая по белке с двора）。但大公还是含泪向罗斯王公们发出了自己的金言：“王爷们，请踏上你们的金镫吧，/为了今天的耻辱，/为了罗斯的国土，/为了伊戈尔的，/那勇猛的斯维亚托斯拉维奇的创伤！”（Вступите，вступите в стремя златое/За честь сего времени，за Русскую землю，/За раны Игоря，буйного Святославича！）他热切地期望罗斯的王公们能够不计前嫌，结束内讧，携手抵御外侮，保卫祖国，不让伊戈尔及其他罗斯勇士们的鲜血白流。最终，在基辅大公斯维亚托斯拉夫金言的召唤下，在伊戈尔的妻子雅罗斯拉夫娜虔诚地祈祷下，在波洛韦茨人奥佛鲁尔冒死的帮助下，伊戈尔踏上了归程，山川大地热情地拥抱年轻的王公，飞禽走兽也向他展示了足够的善意。为了不暴露伊戈尔的行踪，“这时乌鸦不啼了，/寒鸦已然噤声，/喜鹊也不再喳喳叫，/只有草原的长蛇在爬行。/啄木鸟以其叩啄声指引通向河边的路径，/而夜莺用自己愉快的歌唱/宣告了黎明”[②]（Тогда враны не граяли，/Галки замолкли，/Сороки не стрекотали，/Ползком только ползали，/Дятлы стуком путь к реке кажут，/Соловьи веселыми песнями свет прорекают）。

当阳光普照大地之时，伊戈尔终于回到了祖国罗斯的怀抱，欢歌笑语重

---

① 李延龄主编：《哈尔滨，我的摇篮》，顾蕴璞、李海译，北方文艺出版社、黑龙江教育出版社2002年版，第251—252页。

② 佚名：《伊戈尔远征记》，第11—27页。

新笼罩了罗斯大地。"荣誉属于王公和武士们，阿门！"[①]（Слава князьям, а дружине аминь!）《伊戈尔远征记》的作者如此结束此篇，不仅肯定了基辅大公斯维亚托斯拉夫和伊戈尔公及勇士们为抵御外侮所作出的贡献，也希望他们为了罗斯和罗斯人民安定祥和的生活，在以波洛韦茨为首的游牧民族的进犯面前真正团结起来，御敌于国土之外。

13 世纪中叶至 15 世纪下半叶（1240—1480 年），在蒙古鞑靼人的铁蹄下，俄罗斯经历了一个艰难而屈辱的历史时期。当然，压迫与反抗总是并肩而立，俄罗斯人民争取民族解放的斗争从未停止。《顿河彼岸之战》（*Задонщина*）讲述了 1380 年莫斯科大公德米特里·伊万诺维奇及其兄弟联合罗斯的王公们于顿河上游库利科沃原野战胜马迈率领的蒙古鞑靼军队的故事。正如俄侨诗人瓦西里·敖布霍夫在《古老的战旗》（*Древний стяг*）一诗中所写：

Белый конь на поле ярко-алом，血红的原野上一匹白马飞奔，
Свят-Егорий. Древнерусский стяг…圣叶果尔之旗。古罗斯之旗……
Мало тех на свете ныне стало，这样的英雄人物如今已罕见，
Что о нем и помнят и грустят.人们既缅怀他又为之悲戚。

Стяг великокняжеский, где конник，大公之旗飘扬，马上勇士——
Вихрь в ушах и светел юный взор，耳畔风声呼啸，目光锐利，
Поражая голову драконью，圣叶果尔扬鞭策马驰过原野，
Алым полем скачет свят-Егор.对准了毒龙的头颅奋力一击。

Стяг великокняжеский… Когда-то 大公之旗飘扬……遥想当年
Шли под ним московские полки，正是他统率着莫斯科的军旅，
А навстречу панцирям и латам 发现了黑压压的头盔铠甲，
Поднимались с Дона кулики.顿河上的水鸟儿纷飞逃逸。

Этим латам, звонкой меди звонче，铠甲发出了金属般的响声，
Извлечен рукой из-под плаща：一撩披风高高地扬起手臂。
« Отдохнем! Покуда путь окончен! »"行程已经结束！下马休息！"

---

① 佚名：《伊戈尔远征记》，第 29 页。

На заре могучий рог вещал.雄壮的号角声响彻在霞光里。

Становилась княжая дружина,公爵的卫队就地宿营扎寨，
На емшан ложилася роса,露水浸润的青草散发香气。
И тянулся к небу дым мышиный,洼地里的炊烟向空中飘浮，
И в ночи тонули голоса.夜色如水，话音渐归沉寂……

Не тогда ль, коней пустив по дерну,撒开缰绳任战马啃吃青草，
Говорил Ослябе Пересвет:佩列斯维特向奥斯良帕耳语：
«Скоро-скоро узрим в небе черном“夜空漆黑我们快见光明，
Тихий Свет, Неизреченный свет…»我们的语言难形容霞光美丽……”

С каждым годом вспоминаем реже 年复一年我们已经很少回忆，
Где тут помнить в грохоте машин? 汽车轰鸣哪个还有心思顾及——
Как молился Сергий в Радонеже 谢尔吉怎样在拉多涅日祈祷，
О победе княжеских дружин…祈祷公爵的军队能战胜顽敌……

Разве только старый и забытый 难道你翻开的这本“通用日历”，
Развернешь «Всеобщий календарь»当真已经陈旧已经被人忘记？
И в глаза серебряным копытом 眼睛里只看见银蹄上下翻飞，
Белый конь ударит, как и встарь.[1]那匹战马驰骋疆场一如往昔。[2]

“阵阵狂风从海上吹来，大片大片的乌云涌向顿河与第聂伯河的河口，逼向罗斯土地；血的朝霞从云朵里出现，蓝色的闪电在乌云中跃动。”(Подули сильные ветры с моря к устьям Дона и Днепра, принесли тучи огромные на Русскую землю; проступают из них кровавьте зори и трепещут в них синие молнии.)——当蒙古马迈军队入侵梁赞惨败后，转而联合梁赞大公和立陶宛大公，统兵三十万，扑向莫斯科。但马迈军队的来势汹汹并没有让莫斯科大公德米特里·伊万诺维奇后退，反而激起了他捍卫国土的坚强信念，他和自己的兄弟弗拉季米尔·安德列耶维奇用“刚勇武装了理智，并用刚勇燃烧起自己的雄心”(укрепив ум свой силой, закалив сердца свои мужеством)。于是，他们“征集了罗斯国土上所有骁勇的军队，缅怀着自己的

---

① Обухов Василий Николаевич, *Стихи* , https://antrio.ru/obuhov-vasilij-nikolaevich-stihi/.
② 李延龄主编:《松花江晨曲》,第 81—82 页。

曾祖基辅大公弗拉季米尔”(урядили свои храбрые полки в Русской земле, помянув великого прадеда своего - князя Владимира Киевского)。在莫斯科大公的激励下,“为了保卫罗斯土地和基督徒的信仰”(за землю Русскую и за веру христианскую),“在号声中诞生,在头盔下长大,用长矛的利刃进餐”(под звуки труб вспеленуты, под шлемами взлелеяны, с конца копья вскормлены)的罗斯健儿们在库利科沃平原和涅普利亚德瓦河上用“钢矛挺刺着鞑靼人的铠甲;宝剑劈击着回教徒的头盔,发出铿锵的声响”(Затрещали копья каленые, зазвенели доспехи золоченые, застучали щиты червленые, загремели мечи булатные о шлемы хиновские),因此“马蹄下的土地是黑色的,田野种满了鞑靼人的尸骨,而又为鲜血所浇灌”(Черна земля под копытами, костями татарскими поля засеяны, и кровью их земля полита)。尽管罗斯大军在最初的交锋中“踏破了丘陵和草地,搅浑了江河和湖泊”(потоптали холмы и луга, и замутили реки, потоки и озера),让马迈联军付出了惨痛的代价,但实力的悬殊也让马迈军队在随后的战斗中占尽上风,众多罗斯王公和武士们“陈尸在顿河岸上”(лежат посечены у Дона великого на берегу),“青草被鲜血浇灌,树木悲伤地垂向大地”(трава кровью полита была, а деревья от печали к земле склонились),战场上传来受伤将士的痛苦呻吟,莫斯科城响起阵亡将士妻子们绝望的恸哭,以至于“所有的飞鸟都唱起了悲哀的歌”(И воспели птицы жалостные песни)。①

此时,圣三一修道院的创始人圣徒谢尔吉“在拉多涅日祈祷,/祈祷公爵的军队能战胜顽敌”“大公踏上了金镫,右手握住宝剑”(Тогда князь великий Дмитрий Иванович вступил в золотое свое стремя, взял свой меч в правую руку)②——“大公之旗飘扬”,修士佩列斯维特向德米特里大公发出誓言:“与其被邪恶的人俘虏,还不如就此战死!”(Лучше нам порубленными быть, чем в плен попасть к поганым татарам!)③然后他毅然跨上快马,只见

① [俄]索封尼:《顿河彼岸之战》,佚名:《伊戈尔远征记》,第 52—56 页。*Задонщина*, https://skazki.rustih.ru/zadonshhina/.

② [俄]索封尼:《顿河彼岸之战》,佚名:《伊戈尔远征记》,第 54 页。*Задонщина*, https://skazki.rustih.ru/zadonshhina/.

③ [俄]索封尼:《顿河彼岸之战》,佚名:《伊戈尔远征记》,第 55 页。*Задонщина*, https://skazki.rustih.ru/zadonshhina/.

“血红的原野上一匹白马飞奔。/……马上勇士——/耳畔风声呼啸，目光锐利，/圣叶果尔扬鞭策马驰过原野，/对准了毒龙的头颅奋力一击”[①]——“旌旗猎猎地响，邪恶的人们在奔逃”（Ветер ревет в стягах великого князя Дмитрия Ивановича, бегут поганые），于是，“鞑靼人的土地开始呻吟了，它为灾难和忧愁所笼罩”（Застонала земля татарская, бедами ж горем наполнившаяся）[②]。库利科沃原野之战是俄罗斯民族在蒙古人铁蹄下的第一次真正意义上的反抗和胜利，被定义为“祖国解放之战”，它给俄罗斯带去了信心和勇气，其精神作用是无与伦比的。“欢乐充溢着罗斯大地”（Уже всюду на Русской земле веселье и ликованье）[③]，因为这次的胜利，大公德米特里获称“德米特里 · 顿斯科伊”（顿河之王），当然，故事以“光荣归于我们的上帝”（Богу нашему слава）[④]结尾，也暗示了诗人对宗教在战争中的作用的认可，如大公德米特里出发前与圣徒谢尔吉的祈福会晤、战争进程中谢尔吉向神灵的祈祷，还有受谢尔吉委托在战场上奋勇杀敌的修士佩列斯维特和奥斯良帕，都昭示着东正教在罗斯人的心理和行动上不可或缺的积极作用。

俄罗斯的很多古城都见证了自己国家的沧桑岁月，瓦西里在《普斯科夫城传奇》（*Повесть о Пскове*）中书写了普斯科夫的悠长古韵和历经的劫难。普斯科夫是俄罗斯最古老的城市之一，也是大诗人普希金的故乡，关于它的最早记载始于903年，人们称它为“久已存在的”，传说它在864年就已经属于诺夫哥罗德公国。普斯科夫于955年开始被基督教化，第一位王公是弗拉基米尔一世的小儿子苏迪斯拉夫。普斯科夫是普斯科夫州的州府，普斯科夫州也是唯一一个与三个国家接壤的俄罗斯一级行政区，西邻爱沙尼亚、拉脱维亚，南邻白俄罗斯，因此，注定了普斯科夫不是一个和平之地。在几百年的历史长河中，它是多次重要国际战役的发生地。俄罗斯有很多克里姆林宫（即古代俄罗斯堡垒，用石头或木头建造的防御工事），普斯科夫的克里

---

① 李延龄主编：《松花江晨曲》，第81页。

② ［俄］索封尼：《顿河彼岸之战》，佚名：《伊戈尔远征记》，第58页。*Задонщина*, https://skazki.rustih.ru/zadonshhina/.

③ ［俄］索封尼：《顿河彼岸之战》，佚名：《伊戈尔远征记》，第58页。*Задонщина*, https://skazki.rustih.ru/zadonshhina/.

④ ［俄］索封尼：《顿河彼岸之战》，佚名：《伊戈尔远征记》，第60页。*Задонщина*, https://skazki.rustih.ru/zadonshhina/.

姆林宫是最早建设的，它一度是俄罗斯及欧洲最大的城市之一。俄罗斯的教堂基本上以灰白色为主，普斯科夫也号称“俄罗斯的起点”（Россия начинается здесь）。早在13世纪，普斯科夫就成为俄罗斯内地和波罗的海沿岸港口间的贸易中心，也是一个重要的防御中心。

С давних лет прославленный доныне 炮声隆隆不绝，万千刀剑齐鸣，
Гулом пушек, скрежетом мечей，从古至今历来享有无上的光荣，
Над рекой Великой в небе стынет 强悍的普斯科夫人的白色城堡，
Белый кремль могучих псковичей. 屹立维利加河畔，凝固在晴空。

Города, посады и деревни 普斯科夫城世世代代威名远扬，
Век за веком - множество веков! -挺起古老的胸膛抗击强敌进攻，
От врагов своею грудью древней 祖祖辈辈捍卫身后的无数城市，
Боронил преславный город Псков. 多少世纪保卫集镇乡村的安宁。

Перначей, и совней поотведать 并非一次两次，而是屡屡抗击，
Не один, а много раз - не два! -与敌人的铁锤、长矛对阵交锋！
Под стеной его слетались шведы，它的城墙下面聚集过瑞典军队，
Рыцари-ливонцы и литва. 德国与立陶宛骑士曾气势汹汹。

13世纪，普斯科夫成为试图向东扩张的利沃尼亚骑士团（条顿骑士团）的进攻目标，“它的城墙下面聚集过瑞典军队，德国和立陶宛骑士曾气势汹汹”，并于1240年被攻占，这给当时的诺夫哥罗德共和国造成了巨大威胁。诺夫哥罗德大公亚历山大·雅罗斯拉夫迅速采取行动，不仅收复了普斯科夫，还在随后的楚德河冰湖血战中大败利沃尼亚骑士团，遏制了德意志骑士团的东进势头。在两次世界大战期间，普斯科夫也遭受了严重的侵略。德国分别于1918年2月至11月、1941年7月至1944年7月对普斯科夫进行了控制和掠夺。在此期间，普斯科夫经历了激烈的战斗，特别是在普斯科夫—奥斯特罗夫战役中，苏联军队与德军进行了艰苦卓绝的较量。所以，“炮声隆隆不绝，万千刀剑齐鸣”是普斯科夫城的常态，因为它“并非一次两次，而是屡屡抗击，/与敌人的铁锤、长矛对阵交锋”，但普斯科夫城始终“挺起古老的胸膛抗击强敌进攻，/祖祖辈辈捍卫身后的无数城市，/多少世纪保卫集镇乡村的安宁”。

На свое ли, на чужое горе,外国的军队长途奔袭越境作战，
Иноземным строем воевать 总是为自己也为别人制造不幸，
Раз привел король Стефан Баторий 有一次国王斯杰凡·巴托雷，
На него стотысячную рать.前来攻城率领着他的十万雄兵。

Были ратной удалью богаты 国王斯杰凡指挥着亲兵和随从，
Гайдуки Стефана-короля，一个个威武剽悍无比英勇，
Громыхали медные гарматы，马蹄踏踏，大地在簌簌震颤，
Под конями дрогнула земля.铁质的炮弹如雨隆隆轰鸣。

Осадили. Гарь смешали с мелом，城被团团围住。煤渣掺和白灰
Били в стены. Подрывали. Жгли.撒向城墙。炸药爆破加上火攻。
Крепким строем шли на приступ смело 密集的军队一次次勇猛地冲锋，
И к высоким башням подошли.高高的塔楼渐渐被敌军围拢。

Бой упорен был у этих башен，这些塔楼脚下战斗异常惨烈——
Их упорству не было конца…敌人顽强又疯狂似乎蛮力无穷……
Был свинец стрелецкий жгуч и страшен，射出的霰弹如火，十分可怕，
Страшен лик убитого стрельца.阵亡的射手脸上仍然带着惊恐。

Бились так сто сорок дней кровавых，一百四十个日日夜夜浴血奋战，
Лязг стоял от сабель и клычей，咬牙切齿诅咒，马刀利剑铮铮。
Но король с победою и славой 但国王无缘获得胜利与光荣，
Не вошел в детинец псковичей.始终攻不进普斯科夫的内城。

Не вошел. То было в год который? 未能攻下城池……是哪年哪月？
Щурит память старые глаза -记忆眯缝起它那双衰迈的眼睛——
Приходил под Псков Стефан Баторий 斯杰凡·巴托雷曾经到过城下，
И без войска повернул назад.丧失了全部人马独自踏上回程。

Он ушел. И век за веком стынет 他走了。普斯科夫高高的城堡，
Кремль высокий в небе голубом…世世代代凝固在蔚蓝的晴空……
Сохранила память нам доныне 我们至今铭记普斯科夫的荣耀，

Славу Пскова - повесть о былом.[1]民间传说常赞颂往昔的英雄。[2]

16 世纪和 17 世纪，普斯科夫再次成为周边国家觊觎的对象，波兰和瑞典先后对普斯科夫发起了围攻。1571 年，波兰国王斯杰凡·巴托雷曾“率领他的十万雄兵”前来攻城。尽管敌人“威武彪悍无比英勇”“顽强又疯狂似乎蛮力无穷”，“马蹄踏踏，大地在簌簌震颤”，普斯科夫城岌岌可危，因为“高高的塔楼渐渐被敌军围拢”，但最终在经历了“一百四十个日日夜夜浴血奋战”后，斯杰凡·巴托雷的“胜利与光荣”梦碎，只得在全军覆没后“独自踏上回程”。瑞典的古斯塔夫二世分别于 1581 年和 1615 年对普斯科夫进行了围攻，但同样未能攻克这座城市。普斯科夫凭借其坚固的防御工事和人民的英勇抵抗，成功抵御了波兰和瑞典的进攻，保持了城市的独立与完整。而“强悍的普斯科夫人的白色城堡，/屹立维利加河畔，凝固在晴空”，向后人彰显着“普斯科夫的荣耀”，颂扬着“往昔的英雄”。

屹立于涅瓦河畔的彼得大帝纪念碑，因普希金的长诗《青铜骑士》而声名远扬。彼得大帝不仅为俄罗斯打开了通向欧洲的窗口——建都圣彼得堡，而且使落后的俄国开始崛起于欧洲。为了昭示自己是彼得大帝改革精神的追随者和继任者，叶卡捷琳娜二世请法国雕塑家艾蒂安-莫里斯·法尔孔奈完成了《青铜骑士》这一传世之作。

Нет, не Москва, где каждый палисадник，不，不是莫斯科，那里每个庭院，
Где каждый двор - в миниатюре - Русь，每个院落——全是微型再现——罗斯，
Преодолеть мне помогает грусть 普希金讴歌的铜骑士向前注视，
О Родине, а устремленный всадник，他帮助我克服对祖国的怀念。

Воспетый Пушкиным. На вздыбленном коне，那位骑士稳坐在人立的马背，
Он по сей час и грозен, и победен…到此刻还显得威严不可战胜……
О, чары мастерства, что дали волю меди，技艺的魔力能将意志赋予铜，
Возможные в искусстве и во сне.可以体现在艺术中和在梦里。

Пусть конь храпит на твердом пьедестале，哪怕马在坚硬底座上打响鼻，

---

① Обухов Василий Николаевич. *Стихотворения*, https://antrio.ru/obuhov-vasilij-nikolaevich-stihotvoreniya/.

② 李延龄主编：《松花江晨曲》，第 79—80 页。

И борется с желаньем ездока - 哪怕它在与骑手的意愿抗争——
Его простертая вперед рука, 骑士的手向前方豪迈地直伸,
Зовет Россию к неизвестной дали. 指向未知远方,在号召俄罗斯。

在圣彼得堡十二月党人广场,在从卡累利阿地峡运来的巨型花岗岩上,彼得大帝端坐在马背上,意气风发、威严果敢,左手提缰,右手伸向远方,骏马后腿直立,前蹄高扬,昂首嘶鸣。《青铜骑士》不仅是彼得大帝一生事业的缩影,也是他对俄罗斯未竟事业的期许。

Ты чужд теперь нахмуренной толпе, 如今你是愁苦群众的陌路人,
Взнесенный в ночь, грозящий мраку рыцарь, 是夜里飞升威胁黑暗的武士,
Как в символе мистически таится 如同在象征中暗藏一种隐秘,
Российская империя в тебе, 仿佛俄罗斯帝国藏于你自身。

Чтоб вновь восстать нерукотворным чудом 为了在雪原和砖石堆中重又
Среди снегов и каменных громад, 用非人手所造的奇迹进行起义,
Затем, что Русь не отойдет назад, 之后,罗斯不再离去,不再后退,
А, как река, осилит все запруды.[①] 如同大河奋力冲走所有拦堵。[②]

在波罗的海彻骨的寒风中,在涅瓦河三角洲的沼泽中,彼得大帝力排众议,圣彼得堡拔地而起,但斑斓的历史下必有流血的呻吟,正如俄裔作家布罗茨基所言:这座城市与其说是坐落在被建筑工人打入地下的木桩上,不如说是坐落在建筑工人的骨头上。这让我们仿若听到了孟姜女的哭声,历史大抵如此相似。中国的长城为中原大地竖起一道安全屏障,而圣彼得堡作为俄罗斯向西看的航标,也成为彼得大帝改革的壁垒,成为欧洲乃至世界理解俄罗斯的桥梁。

回顾罗斯苦难的历史,再回望依依惜别之路,俄侨作家们颇有些"山河破碎风飘絮,身世浮沉雨打萍"的凄惶,如同"乌利斯之家在暗中招手,/珀涅罗珀依然相距遥远,/俄底修斯难回伊塔刻岛",他们同样"看不见灯塔的光焰"[③],但

---

① Петерец Николай Владимирович, *Стихотворения* , http://az.lib.ru/p/peterec_n_w/text_1944_poe.shtml.

② 李延龄主编:《哈尔滨,我的摇篮》,第 192—193 页。

③ 李延龄主编:《中国俄罗斯侨民诗歌赏析》,第 354 页。

先辈们不屈的战斗精神和“高耸云端光彩闪闪”[①]的克里姆林宫的十字架让迷茫无依的他们如同看到亚历山大·格林作品中给阿索丽带去幸福和奇迹的“红帆”，他们明白，只有满怀激情和希冀，才能点燃生命的火焰；只有拥有“雄关漫道真如铁，而今迈步从头越”的豪情，才能有应对世事变迁的豁达。

二、怀念精神偶像

俄罗斯侨民诗人，不管身处何方，不管离开俄罗斯多么久，他们的耳畔总是回荡着普希金响亮的诗句和深沉压抑的俄罗斯民歌。痴迷于缪斯，醉心于诗歌，是漂泊中的俄罗斯侨民诗人获取内在支撑的又一精神支柱。他们推崇普希金、丘特切夫、勃洛克，迷恋古米廖夫、曼德尔施塔姆、叶赛宁，这些诗人的诗集就装在他们的行囊里，伴着他们的漫漫漂泊路。

作为“俄国的第一位伟大作家”，普希金通过自己“清新别致的韵文”“引人入胜的想象力”，以及“对大大小小的暴君的自然嘲笑”，把“自由思想”洒向俄罗斯大地。为了扼杀他“韵文中的恣意潇洒”和“艺术家的遗世独立”，沙皇政府采用了包括“流放、严酷审查、无休止的纠缠、慈父般的教诲”等手段，最终将他推向了那场致命的决斗。[②] 瓦西里·敖布霍夫在《普希金也曾钟情于一颗星……》(*И Пушкин был влюблен в одну звезду…*)一诗中纪念普希金的流放岁月：

И Пушкин был влюблен в одну звезду…普希金也曾钟情于一颗星……
Когда волна дробила крымский берег，当克里米亚岸边浪花飞溅，
Следил он «облаков летучую гряду»诗人仰望着“舒卷的云絮”，
И думал о слепительной Венере.[③]炫目的维纳斯让他依恋。[④]

《舒卷的云絮渐渐飘散》(*Редеет облаков летучая гряда*)一诗是普希金1820年流放高加索期间献给倾慕的少女叶卡捷琳娜·拉耶夫斯卡娅的，诗中的主人公欣赏美丽的风景，同时回忆起短暂的青春恋情。诗人使用拟人化的技巧，将年轻女孩比作一颗星，她的出现照亮了周围的一切，包括“枯萎

① 李延龄主编：《中国俄罗斯侨民诗歌赏析》，第355页。
② [美]弗拉基米尔·纳博科夫：《俄罗斯文学讲稿》，第8—9页。
③ *Русская поэзия Китая: Антология*，https://litmir.club/br/? b=174318&p=63.
④ 李延龄主编：《松花江晨曲》，第61页。

的草原”(увядшие равнины)、“沉睡的海湾”(дремлющий залив)和“黑色的岩顶”(черных скал вершины),也“唤醒”了“我”对克里米亚半岛和短暂恋情充满温情的回忆。[①] 被迫侨居他乡的瓦西里·敖布霍夫对普希金的处境感同身受:

С прошедшим настоящее роднит 光彩的诗节中呼吸均匀,
В блестящих строфах мерное дыханье,使现在与往昔紧密相连,
И мы о нем в отторгнутые дни 在被剥夺的日子里,我们
Торжественно храним воспоминанье.对诗人怀着庄严的思念。

同时,普希金面对逆境的不沮丧、不悲观也激励和感染了敖布霍夫:

Грядущее так пламенно горит…未来的火焰熊熊燃烧……
Да воспоет великий мэтр в грядущем 愿伟大的韵律在未来飞旋,
Лучи твоей рубиновой зари 用永不生锈的如花妙笔,
Пером нержавым, мощным и цветущим.[②]为你宝石般的霞光谱写诗篇。[③]

陀思妥耶夫斯基曾说,我们所有人都是从果戈里的《外套》中走出来的。“果戈里的《外套》是一场怪诞、恐怖的噩梦,在昏暗的生活模式里留下一个个黑洞”,纳博科夫认为,“荒诞正是果戈里最爱的缪斯”,“在他的不朽之作《外套》中,当他真正达到了忘我的境界,在自己心灵深渊的边缘闲庭信步,他便成了俄国迄今为止最伟大的艺术家”[④]。《外套》《涅瓦大街》《鼻子》《肖像》均出自俄国“散文之父”果戈里的小说集《彼得堡故事》,作者以哀伤而荒诞的笔触述说着小人物的悲凉。俄侨诗人尼古拉·谢果列夫以《陀思妥耶夫斯基》(*Достоевский*)缅怀各位先辈:

Вот Гоголь. Он вышел на Невский 看果戈里,走上涅瓦大街,
Проспект, и мелькала шинель,他那件外套一闪一闪,
И нос птицеклювый синел,鸟喙似的鼻子冻得发青,

---

① Александр Пушкин, *Редеет облаков летучая гряда* , https://rustih.ru/aleksandr-pushkin-redeet-oblakov-letuchaya-gryada/.

② *Русская поэзия Китая: Антология* , https://litmir.club/br/? b=174318&p=63.

③ 李延龄主编:《松花江晨曲》,第 61 页。

④ [美]弗拉基米尔·纳博科夫:《俄罗斯文学讲稿》,第 69 页。

А дальше и сам Достоевский 陀思妥耶夫斯基跟随在后边，
С портрета Перова，точь-в-точь… 正如佩罗夫画的肖像活灵活现……

瓦西里·彼罗夫是俄国 19 世纪的风俗画家、历史和肖像画家，也是“巡回展览画派”的创始人之一，他的《出殡》《溺水》《三套车》等描画了俄国普通民众的艰辛生活。1871—1872 年，受特列季亚科夫画廊创始人委托，彼罗夫画了大量俄国作家、科学家、政治家和商人的肖像，其中就包括陀思妥耶夫斯基、奥斯特洛夫斯基等。陀思妥耶夫斯基通过长篇意识流小说《罪与罚》揭示了俄国下层人民的苦难生活：“正是那个马梅拉陀夫，/因酗酒喝光了文官制服，/整个世界都天旋地转。”（Ведь это，пропив ицмундир，/Весь мир низвергает，весь мир/Все тот же，его，Мармеладов）在他们的笔下：

Россия - то зьюга и ночь，俄罗斯忽而是风暴，是夜晚，
То светоч，и счастье，и феникс，忽而是明灯，是幸福，是凤凰，
И вдруг，это все замутив，突然，这一切都陷入昏暗，
Назойливый лезет мотив：令人生厌的曲调盘旋回荡：
Что бедность，что трудно-с，без денег-с. 诉说贫寒，艰难，缺乏金钱……

尽管主人公一再强调，他并不相信那些幽灵，不相信他们真的会出现在自己眼前，但由于远离故土，他还是希望他们能走近自己，因为“在这里，这些幽灵/让我觉得格外亲近，/亲得肝肠寸断，近得让人心酸……”（здесь до щемящей тоски/Мне призраки эти близки…）

Не верю я в призраки - нет！ 我不相信这些幽灵，不相信！
Но в этот стремительный бред，但对这连珠炮似的梦中胡言，
Скрепленный всегда словоерсом，对这接连不断的离奇荒诞，
Я верю… Он был，и он есть，我相信……过去常有，至今未变，
Не там，не в России，так здесь. 并非在俄罗斯，而是在这里，
Я сам этим бредом истерзан…[①] 我本人由于这梦呓而深受煎熬……[②]

陀思妥耶夫斯基以中篇小说《穷人》（*Бедные люди*）开始了他的文学生涯，但之后却因为“参加策划犯罪阴谋，散发别林斯基（写给果戈里的）充满

① *Русская поэзия Китая：Антология*，https://litlife.club/books/174318/read? page=106.
② 李延龄主编：《松花江晨曲》，第 269—270 页。

反对东正教和沙皇的无礼言论的信件，并伙同他人企图在私人印刷机构的帮助下散布反政府作品"[①]的罪名被判处死刑，临刑前被宣布改判为服苦役，从而开始了他在西伯利亚四年多的苦役以及五年的兵役煎熬。等回到阔别多年的彼得堡，陀思妥耶夫斯基全身心地投入文学创作，但由于沉重的家庭负担（在自己的哥哥去世后，陀思妥耶夫斯基自愿承担起照顾哥哥家人的重担），他不得不以更加疯狂的状态投入创作。高压之下，陀思妥耶夫斯基精品频出，"他以更敏锐的洞察力、更深刻的笔触、更广阔的视野和更宏大的规模"[②]，创作了一系列风格独特的小说，如《罪与罚》（*Преступление и наказание*）、《赌徒》（*Игрок*）、《白痴》（*Идиот*）、《群魔》（*Бесы*）、《少年》（*Подросток*）、《卡拉马佐夫兄弟》（*Братья Карамазовы*）等。诗人尼古拉·彼杰列茨通过诗句展示了陀思妥耶夫斯基在物质和精神的双重压力下灵魂与肉身备受折磨时的反应。

Как черновик，день скомкан и отброшен.日子如同草稿，揉成一团丢掉。
Туман густеет над ночной Невой，夜色中的涅瓦河上迷雾沉沉，
И Достоевский，словно гость непрошенный，陀思妥耶夫斯基不请自己来到，
По комнате шагает - сам не свой.在屋子里踱步——好不烦躁心焦。
Бормочет. Злобствует：« Не жизнь，а крошево，嘟嘟囔囔，怒气冲冲："不是生活，
Так трудно жить по-божьи，по-хорошему，大杂烩，在这混乱不堪的事物里，
Средь этой сутолоки деловой！很难像样地来把日子好好过！

О век рассудка！Век безличной массы！理性的世纪！无个性群体世纪！
И человек，как бес - во всем черта：人，如同魔鬼一样——丝毫不差：
Ведь мастер бес и шкодить и замазывать，魔鬼有乱中取闹胡搅的能耐，
И ненавистна бесу широта.魔鬼还憎恶宽容而喜欢促狭。
Не пишется… Забыты « Карамазовы »，不能下笔……《卡拉马佐夫兄弟》被忘怀。
Ведь некому и не о чем рассказывать.不知该向谁、该说些什么话。
Нет образов，одна лишь пустота.没有形象可言，有的只是空虚。

Зачем писать? Не восстановишь лада 为什么写？不能在破碎的心灵，

---

① ［美］弗拉基米尔·纳博科夫：《俄罗斯文学讲稿》，第120页。
② 张铁夫：《群星灿烂的文学——俄罗斯文学论集》，东方出版社2002年版，第377页。

В раздробленной душе, в больном мозгу! 在生病的头脑，把状态调整好！
С надрывом, с похотливою усладою.为上帝、俄罗斯，带着情欲、伤痛
Писать? Для Бога? Для России? Надо ли? 来进行写作，这样做是否必要？
Я отдал все… Я больше не могу! » 我已奉献了一切……我不再可能！”——
Душа тоскует старым Мармеладовым 心灵像老马尔梅拉多夫般忧伤，
И пьяницей замерзнет на снегу.而且也像醉鬼冻僵在雪地上。

通过不时出现在作品中的患有癫痫病的人物，如《被侮辱与被损害的》中的涅莉、《白痴》中的梅什金公爵、《群魔》中的基里洛夫和《卡拉马佐夫兄弟》中的斯麦尔佳科夫，陀思妥耶夫斯基再现了癫痫病对自己精神和肉体的双重折磨，这些病态而扭曲的灵魂践行着作家的创作理念：“陀思妥耶夫斯基对这样一种思想情有独钟，即身体上遭受的痛苦和精神上承受的屈辱能使一个品行端正的人更加完美，其原因可能在于他个人的悲剧：他一定感觉到自己体内那个自由的热爱者、那个叛逆者、那个个人主义者，都因他在西伯利亚监狱的经历而遭受了某种失落，至少对他创作的自发性也是有伤害的；但他始终固执地认为当自己从西伯利亚回来时已经是一个‘更好的人’了。”[①]

Томит тоска, набухнувшая тучею.受着浓重乌云般惆怅的折磨，
И одиночество. И боль. И мгла.还有孤独。还有病痛。还有黑暗。
Бороться ли с бедою неминучей? 是否该与摆脱不掉的灾难拼搏？
Вот молния сверкнула, обожгла，突然癫痫病发作，快疾如闪电，
И сотрясла, и выгнула падучая：它照耀、烧痛、震撼、扭曲着身躯：
На дыбе так подергивают, мучая，备受摧残、折磨的身体
Истерзанные пыткою тела，如同受酷刑似的抽搐，
Чтоб правду выведать…[②]为的是探寻真理……[③]

陀思妥耶夫斯基和他创作的人物一直都在试图舍弃所谓卑劣的幸福，而通过这种高尚的痛苦——孤独、病痛、黑暗——让自己的灵魂和肉体得到

① ［美］弗拉基米尔·纳博科夫：《俄罗斯文学讲稿》，第 137 页。

② Петерец Николай Владимирсвич, *Стихотворения* , http://az.lib.ru/p/peterec_n_w/text_1944_poe.shtml.

③ 李延龄主编：《哈尔滨，我的摇篮》，第 194—195 页。

净化和升华，无怪乎纳博科夫把陀思妥耶夫斯基称作“精神变态的天才”和“伟大的真理探求者”[①]。

费特作为19世纪俄国著名的抒情诗人，善于诗意地捕捉生活中的普通物象，并使它们笼罩在美的光晕中。因而，当诗人瓦西里·敖布廖夫“脚踩着路上沙砾沙沙沙”(О гравий дорожек хрустит башмачок)，俯瞰台阶下“水面上树木的倒影婆娑”(В воде от деревьев колеблются тени)，感触到凉亭前“风吁吁喘息，随后寂灭”(ветер вздохнул, задохнулся и замер)之时，“镶嵌着绿宝石的眼窝”(В оправе ресниц драгоценный берилл)让他的幸福感油然而生，才有了诗人由衷的感叹：“空气清爽，俯视水面，/心在欢笑，由于喜悦，/我觉得四周金光闪闪——/简直是费特诗中的一页。”(И в этой прохладе, над этой водой./Где сердце смеется от счастья и света,/Все кажется вдруг золотой-золотой/Страницей из томика милого Фета.)[②]俄罗斯白银时代阿克梅派诗歌的创始人之一尼古拉·古米廖夫含冤致死，直到20世纪80年代才得以平反昭雪。他的诗歌文风典雅、音韵和谐，深深影响了俄罗斯青年一代，“记忆不止一次向我展现/充满了痛苦的那座墓园，/长椅上古米廖夫的诗集，/以及黑眼睛里视线的欣喜”(И память мне не раз покажет нова/Кладбищенский многоречивый сад/И на скамейке томик Гумилева,/И темных глаз обрадованный взгляд)[③]——这是杰出的俄侨诗人瓦列里·别列列申向古米廖夫献上的敬意，古米廖夫的《俄国诗歌通信》曾一度成为俄侨诗社“丘拉耶夫卡”的诗人们的案头必备书。诗人尼古拉·谢果列夫认为：“凡是孤独的心灵，/都有达摩克利斯之剑悬在头顶……”(Везде - куда ни глянь! - над одинокой/Душой мечи дамокловы висят…)[④]列夫·托尔斯泰的《伊万·伊里奇之死》(*Смерть Ивана Ильича*)“就此完成”，创作了剧本《樱桃园》(*Вишневый сад*)的契诃夫因为肺病的恶化而最终遗憾离世：“未写完的诗行，默默无言，/那隐藏着危险的默默无言/地板

---

① [美]弗拉基米尔·纳博科夫：《俄罗斯文学讲稿》，第156页。

② 李延龄主编：《松花江晨曲》，第62页。*Русская поэзия Китая: Антология*，https://litmir.club/br/? b=174318&p=63.

③ 李延龄主编：《松花江晨曲》，第104页。*Русская поэзия Китая: Антология*，https://litlife.club/books/174318/read? page=71.

④ 李延龄主编：《松花江晨曲》，第267页。*Русская поэзия Китая: Антология*，https://litmir.club/br/? b=174318&p=106.

上，他的腿边，一个手帕/带着比红玫瑰还红的红斑。”而此时，勃洛克的《夜莺园》（*Соловьиный сад*）正“悬在深渊上空”。[①]

亚历山大·勃洛克被视为俄罗斯文学白银时代和象征主义流派的奠基人，诗人费多尔·卡枚什纽克以“……你走向原野一去不回……/可你的名字放射光辉……”（…Ты в поля отошла без возврата…/Да святится имя Твое…）为主题展开《对布洛克的痛苦怀念》（*Неизбывной памяти А. Блока*），同时践行着自己“在苦难中追求诗意，甘愿为艺术背负十字架”[②]的创作初心。

I

Ты в поля отошел без возврата -你走向原野一去不回——
Да святится имя Твое! 可你的名字放射光辉！
Небо кровью пожарищ объято，早晨的霞光一片血红，
Закровавлено зорь острие. 整个天空像浸过血水。

Ты в поля отошел, светлоликий，你满面开朗走向原野，
В снеговые поля тишины. 从此融入雪原的宁静。
Здесь безумятся черные крики，这里黑色的呼声狂暴，
Пляшут молнии жуткой весны. 恐怖的春天电闪雷鸣。

Ты в поля отошел без возврата 你走向原野一去不回，
К нареченной, последней мечте -走向指定的最后幻想——
Но смеялся и плакал, распятый，在天黑以前又哭又笑，
До последней зари, на кресте. 活活被钉在十字架上。

Ты - в полях, но Твой голос над нами，置身原野，你的声音
Над Голгофой звенел и не стих. 仍在蒙难初喧响不息。
Не сгорает чудесное знамя. 美妙的旗帜没有焚毁，
Не избыть светогимнов Твоих. 光明的颂歌没有沉寂。

Ты в поля отошел. Но не замер，走向原野，没有冻僵，
Не померк Твой сияющий лик. 面庞放光，没有暗淡。

① 李延龄主编：《松花江晨曲》，第 267，89 页。
② 李延龄主编：《松花江晨曲》，第 159，157 页。

В полыхающем зареве - мрамор 梦幻般的白色大理石,
Белогрезовый - вестью возник.[①]借晚霞燃烧传递信函。[②]

1905年俄国第一次革命之际,暴风雪成为勃洛克诗歌中的新主题,“早晨的霞光一片血红,/整个天空像浸过血水”,“你满面开朗走向原野,/从此融入雪原的宁静。/这里黑色的呼声狂暴,/恐怖的春天电闪雷鸣”。1912—1913年,由于好友安德烈·别雷介入诗人和妻子的感情生活,勃洛克创作了剧本《玫瑰与十字架》:“你走向原野一去不回,/走向指定的最后幻想——/在天黑以前又哭又笑,/活活被钉在十字架上。”一如诗人尼古拉·彼杰列茨在《亚·勃洛克诗集第三本……》(*Третий том Александра Блока*)中所言:“亚·勃洛克诗集第三本,/标明有可资记忆的诗,/莫非是你远方的声音,/悄声怨诉向耳中传递?”(Третий том Александра Блока/И подчеркнутый памятный стих,/То не голос ли твой издалека,/Тихой жалобой слуха достиг?)[③]十月革命的到来让诗人欣喜,长诗《十二个》是他用身心聆听革命的代表作:“美妙的旗帜没有焚毁,/光明的颂歌没有沉寂。”

II

Томился в темных перепутьях,在昏暗的十字路口煎熬,
Впивал немые голоса,声音陷于哑默,
И знал: на облачных лоскутьях,你知道:云片破碎凌乱,
Пылая, расцветет гроза! 蕴藏惊雷烈火!

И так внезапно, и так вешне,春天的雷霆竟如此突然,
Загромовела высота! 在空中隆隆不绝!
Еще светлее, белоснежней 十字架上的受难者闪光,
Распятый славил высь с креста.雪一样赞美高洁。

И пусть восторг внезапных молний 纵然那突发的闪电激昂,
Разлился кровью на горе -即便为痛苦流血,

① *Русская поэзия Китая: Антология* , https://www.rulit.me/books/russkaya-poeziya-kitaya-antologiya-read-267028-56.html.

② 李延龄主编:《松花江晨曲》,第159—160页。

③ 李延龄主编:《哈尔滨,我的摇篮》,第200页。Петерец Николай Владимирович, *Стихотворения* , http://az.lib.ru/p/peterec_n_w/text_1944_poe.shtml.

Он в жуткий миг не стал безмолвней，在恐怖时刻他没有沉默
Он даже кровь простил заре！敢用血与霞光告别！

Когда ж костровое безумье，当狂乱的篝火触及到他，
Мертвя，коснулося его，火焰快要熄灭，
Звенящим гимном в алом шуме 火红的喧嚣中一支颂歌——
Его сверкнуло торжество.[①]颂扬他的卓越！[②]

但当勃洛克渴望用诗歌净化革命的理念与新政权的流血现状相悖时，他深感失望："大火熊熊而燃。/魔力依旧——旋风，雷雨，/那时，在黑褐色双眼/徒然地迷蒙着泪珠。"（И разгорясь пожаром，/Чары прежние — вихрь и гроза，/А тогда туманилась даром/В темно-карих глазах слеза.）[③]痛苦之余，勃洛克在普希金纪念晚会上致辞《诗人的生命》，并创作《致普希金之家》，表达了文学永恒性和艺术家"秘密自由"的思想，"纵然那突发的闪电激昂，/即便为痛苦流血，/在恐怖时刻他没有沉默/敢用血与霞光告别！""当狂乱的篝火触及到他，/火焰快要熄灭，/火红的喧嚣中一支颂歌——/颂扬他的卓越"[④]。

诗人玛利娅·维吉借《献给勃洛克》（*Блоку*）一诗表达了自己对先辈的深深敬意，勃洛克如同"十字架上的受难者"（Распятый высь с креста）[⑤]，永远对俄罗斯怀着"富于牺牲精神的钟爱，一种无限的柔情"[⑥]：

Из камня белого Каррары 白色卡拉尔石头上
твой профиль вы сечет рука，雕塑出你的影像，
сереброструнные гитары 银弦铮铮的吉他琴
передадут тебя в века.时代把你颂扬。

---

① *Русская поэзия Китая：Антология*，https://www.rulit.me/books/russkaya-poeziya-kitaya-antologiya-read-267028-56-57.html.

② 李延龄主编：《松花江晨曲》，第 160 页。

③ Петерец Николай Владимирович. *Стихотворения*，http://az.lib.ru/p/peterec_n_w/text_1944_poe.shtml. 李延龄主编：《哈尔滨，我的摇篮》，第 200 页。

④ 《俄著名诗人勃洛克诞辰 140 周年》，https://wenku.baidu.com/view/38c5e727497302768e9951e79b89680203d86b1d.html?_wkts_=1676385626162。

⑤ 李延龄主编：《松花江晨曲》，第 160 页。

⑥ [俄]吉皮乌斯：《往事如昨——吉皮乌斯回忆录》，郑体武、岳永红译，学林出版社 1998 年版，第 31 页。

Ты будешь юный и певучий，你青春永驻，永远歌唱，
певцы живые не затмят 活的歌手淹没不了
ушедший твой печально-жгучий 你那已逝的悲伤的灼人的
и гордый и глубокий взгляд.高傲而深沉的目光。

Твой будет свет - лучом от Бога，你的光明来自上帝，
тебя мы чудом назовем 我们称你为奇迹，
и самой трудною дорогой 踏着最艰苦的路
к своим святилищам пойдем.①走向自己神圣的殿堂。②

或许，俄罗斯白银时代著名女诗人阿赫玛托娃为勃洛克去世二十五周年（1946年）纪念活动创作的诗，可以诠释身负“玫瑰与十字架”的勃洛克当之无愧地享有尘世的纪念碑和天堂的尊崇。

Он прав - опять фонарь, аптека，他说得对——又是街灯，药房，
Нева, безмолвие, гранит…涅瓦河水，万籁俱寂，花岗石墙……
Как памятник началу века，他站在那里，活像本世纪初，
Там этот человек стоит 竖立起来的纪念碑一样，
Когда он Пушкинскому Дому，当时他向普希金纪念馆，
Прощаясь, помахал рукой 挥动手臂告别辞行，
И принял смертную истому 他疲惫地接受了死亡，
Как незаслуженный покой.③作为不应得的安宁。④

诗人费多尔·卡枚什纽克在《神圣的罗斯》中表达了俄侨们不管遭受多少磨难，在心底都永葆对祖国的忠诚：

Но в миге пыточного бреда -然而痛苦的梦呓之中——
Какая радость!.. С высоты 包含多少欣喜！
К Тебе одной стремя мечты，空中的幻想惟独追寻你，

① *Русская поэзия Китая: Антология*，https://litlife.club/books/174318/read? page=20.
② 李延龄主编：《松花江畔紫丁香》，第256页。
③ Анна Ахматова, *Воспоминания об Александре Блоке*，https://biography.wikireading.ru/138913.
④ 潞潞主编：《命运与岁月——外国著名诗人传记、回忆》，北京出版社2003年版，第9页。

Я лишь Тебе, Тебе лишь предан，我惟独对你，对你忠诚，

О, Родина!.. В душе - лишь Ты.[①]祖国啊，我心里只有你！[②]

尽管祖国受到岁月沧桑的侵袭，“你身上有北方无言的痛苦烙印，/有冻土带的苦寒、忧伤与沉寂”（В Тебе - опечаленность немого севера，/Тоска и безмолвие угрюмой тундры，），“你的道路艰难！天空沉默”（Был путь Твой так горестен! Молчало небо），但她依然“无怨无悔走向命定的悲戚”（шла так безропотно к мучениям крестным），并“面对危险的深渊微笑”（улыбалася грозившим безднам）。因为屹立在各各他（耶路撒冷近郊的小山，据基督教传说，耶稣被钉上十字架受难于此）高地的十字架赋予她信仰和信念，她将用自己的苦难换得俄罗斯人民的幸福和安逸；因为她明白，“短暂的屈辱源自天意！”（повелены мгновения скорби!）尽管“血染褴褛；十字路口野蛮哄笑——/无形的焦虑使笑脸变得扭曲”（И кровь на лоскутьях，/И наглые хохоты на гулких распутьях -/Незримым томлением улыбку горбили），但她仍然“面含着微笑向他们走去”（шла，улыбаясь，к ним），因为她坚信，春天和“微笑的大地”“必将被太阳的光芒普照，/紫罗兰的欢歌将四处洋溢”（чтоб солнце-пламя/Заулыбавшимися прошло полями，/Бросая ландышные восторги песни）。正如苏轼在《定风波·南海归赠王定国侍人寓娘》中所言：“万里归来颜愈少。”历尽千帆，归来仍是少年，虽然历经无数屈辱与磨难，“亲爱的罗斯”（Родная Русь）、“神圣的罗斯”（Святая Русь），“还像从前，心灵依然年轻”（Все та же самая она，душа младенца，），“馥郁芬芳还是本来模样”（Благоуханная，она - все та же самая），“率真朴实”（безыскусственней）、“歌声悠扬”（напевнее）。而且她还拥有“海洋一般的力量”（Какая моревая сила），点燃了远离故土的孩子们“心中辉煌的火焰”（В душе разбуженной），笑对苦难，逍达坚毅。[③]

---

① *Русская поэзия Китая: Антология*，https://www.rulit.me/books/russkaya-poeziya-kitaya-antologiya-read-267028-57.html.

② 李延龄主编：《松花江晨曲》，第 162 页。

③ 李延龄主编：《松花江晨曲》，第 161—163 页。*Русская поэзия Китая: Антология*，https://www.rulit.me/books/russkaya-poeziya-kitaya-antologiya-read-267028-57.html.

第二节 坚守初心，期盼重返家园

“悲歌可以当泣，远望可以当归。/思念故乡，郁郁累累。”眷念故土、牵挂祖国，是俄罗斯侨民们挥之不去的情结。阿列克谢·阿恰伊尔在《在世界各国漂泊——献给我敬爱的父亲》（*По странам рассеяния Эмигранты-Дорогому моему отцу*）一诗中，形象地道出了俄罗斯侨民们历经坎坷，不变的唯有俄罗斯情怀，虽然受到“国家驱逐”，但“我们带着俄罗斯四处奔走”：

Мы живали в суровой Неметчине，我们曾寄居严酷的涅梅奇纳，
Нам знаком и Алжир，и Сиам；我们熟悉阿尔及尔，熟悉暹罗，
Мы ходили по дикой Туретчине 我们到过荒僻的土列奇纳，
И по льдистым Небесным Горам.也曾在天山的冰天雪地跋涉。

Нам близки и Памир，и Америка，我们去过巴格达，去过利翁湾，
И Багдад，и Лионский залив.到过美洲，登过帕米尔高原，
Наш казак у восточного берега 我们哥萨克流落到东海岸，
Упирался в Дежневский пролив.在杰日尼奥夫海峡遭遇风险。

Легче птиц и оленей проворнее，漂泊流浪的地方数以千计，
Рассыпаясь по тысячам мест，我们比麋鹿机敏比鸟儿轻盈，
Доходил до границ Калифорнии 孤独的哥萨克四处飘零，
Одинокий казачий разъезд…也曾涉足加利福利亚[①]边境。

И теперь，когда черные веянья 现在，当狂风暴雨的黑风，
Разметали в щепы корабли，-把轮船一举劈成了碎片——
Снова двинулись в страны рассеянья 我们离开可爱而肮脏的土地，
Мы от милой чумазой земли…又起程去闯荡地北天南……

---

① 原译文为“加利福利亚”，指加利福尼亚州。

世界五大洲都留下了俄罗斯侨民颠沛流离的身影，为了生存，他们不仅涉足亚洲的伊拉克和泰国、北非的阿尔及利亚、欧洲的里昂湾（利翁湾）、太平洋东岸的加利福尼亚，而且也去过北美洲的加拿大、南美洲的阿根廷，经受住了天山、帕米尔高原、杰日尼奥夫海峡等地恶劣气候环境的考验。为了生存，他们“在种植园、在农场、在工厂，不能躺、不能站，劳作不息”。

На плантациях, фармах, на фабриках, -在种植园、在农场、在工厂，
Где ни встать, ни согнуться, ни лечь, -不能躺、不能站，劳作不息，
В Аргентинах, Канадах и Африках 在阿根廷、加拿大，在非洲，
Раздается московская речь.我们说带莫斯科口音的俄语。

Мы с упорством поистине рыцарским 像真正的骑士那样固执，
Подавляем и слезы, и грусть,我们强忍着泪水强忍着忧伤，
По латинским глотая кухмистерским 在拉丁美洲的小饭馆里，
Жидковатые щи à la russe.喝外国人做的俄罗斯稀菜汤。

И в театрах глядим с умилением 在剧场里我们看得入迷，
(Да, пожалуй, теперь поглядишь!)（真的，巴不得现在还能看！）
На последнее наше творение -观赏我们那最后的作品——
На родную «Летучую мышь».诙谐剧《蝙蝠》让人百看不厌。

В академиях, в школах, на улицах, -在科学院、在学校、在街道，
Вспоминая Кавказ и Сибирь, -我们想西伯利亚、想高加索，
Каждый русский трепещет и хмурится,俄罗斯侨民都愁眉苦脸，
Развевая печальную быль…到处过的是凄惨的生活……

Не сломала судьба нас, не выгнула,虽然屡受压迫匍匐在地，
Хоть пригнула до самой земли.但我们绝不向命运低头。
И за то, что нас Родина выгнала, -正因为受到了国家驱逐，
Мы по свету ее разнесли.[①]我们带着俄罗斯四处奔走。[②]

纵然多年“屡受压迫匍匐在地”的凄惨生活让俄罗斯侨民们总是郁郁寡

① *Русская поэзия Китая: Антология*, https://www.rulit.me/books/russkaya-poeziya-kitaya-antologiya-read-305634-14.html.

② 李延龄主编：《松花江晨曲》，第18—20页。

欢,但哥萨克不屈的骑士精神让他们“强忍着泪水强忍着忧伤”,绝不向命运低头;尽管“我喜欢法国人风度从容,/欣赏德国人嘴唇的细褶”(Французской плавности телодвижений,/Англо-немецкой тонкой складки губ),但“我的本质不会德意志化,/至死也不会皈依于法国!”(И эту суть во мне не онемечит./Не офранцузит никакая смерть!)①“想西伯利亚、想高加索”,依然是俄罗斯侨民心中永远的念想;“说带莫斯科口音的俄语”“喝外国人做的俄罗斯稀菜汤”“(俄罗斯)诙谐剧《蝙蝠》让人百看不厌”,亦是俄罗斯侨民难言的惆怅和不屈的倔强。

在诗人阿列克谢·阿恰伊尔的《女侨民》(*Эмигрантка*)中,虽远离家园,俄罗斯的历史文化、自然风情却一直滋养着她。她知道在遥远的西伯利亚别廖佐夫城,不仅有着梦幻般的美景“飘落的雪像紫晶”“朝霞玛瑙一样红”,还是彼得大帝的权臣缅希科夫的流放地,是俄国历史画家苏里科夫著名画卷《缅希科夫在别廖佐夫镇》之所在,英雄迟暮的悲剧也标志着彼得改革时代的终结,但永不屈服的精神气质将会扎根在“女侨民”心底。她还知道诗人涅克拉索夫长诗《俄罗斯妇女》中十二月党人的妻子沃尔孔斯卡娅和特鲁别茨卡娅,为了支持和陪伴远赴西伯利亚服苦役的丈夫,决然放弃荣华富贵的生活,把忠于爱情的誓言化作行动。

О, мысли, куда занеслись вы 思绪呀,随着生活的风暴
в скитаньях судьбы вихревой! 颠沛流离,四处漂泊,
К обрывистым подступам Лысьвы,飞向雷西瓦的陡峭要塞,
на берег реки Чусовой… 飞向荒凉的丘索瓦亚河……

Ты маленькой девочкой учишь 小姑娘学习过地理课,
про Анды, про Альпы… Вокруг 安第斯山、阿尔卑斯山脉……
стоят живописные кручи,现在四周是如画的峭壁,
родные, как лица подруг.像女友的面庞那样可爱。

А там на востоке - Березов 在东方,在西伯利亚,
лежит на сибирской земле.坐落着一个别廖佐夫城,

① 李延龄主编:《松花江晨曲》,第 271 页。*Русская поэзия Китая: Антология* ,https://litlife.club/books/174318/read? page=104.

Там снег аметистово-розов，那里飘落的雪像紫晶，
а зори рубинов алей. 那里的朝霞玛瑙一样红。

И ты，восхищенная，встала，满怀着欣赏的喜悦起床，
к лучам повернувшись лицом. 你扭过脸来看霞光灿烂，
Вот Меншиков сносит опалу，这是缅希科夫的囚禁地，
и девочки рядом с отцом. 几个女儿曾把父亲陪伴。

А дальше，а дальше - как много 往昔岁月有数不清的人，
людей на Московском тракту！沿着莫斯科驿道跋涉，
Идет бесконечно дорога -络绎不绝，去伊尔库斯克，
в Иркутск，в Забайкалье，в Читу.[①] 去赤塔，去扎贝卡利叶……[②]

俄国流放犯人至西伯利亚的历史始于一口大钟，1591 年，伊凡雷帝年仅 9 岁的小儿子兼继承人德米特里在乌格利奇意外身亡，因怀疑小王子为沙皇摄政鲍里斯·戈都诺夫所害，人们敲响了乌格利奇教堂的铜钟，号召百姓进行抗议。起义很快被镇压，部分人被判放逐西伯利亚，而作为“政治团结象征”的铜钟在遭受了鞭打和拔出“钟舌”的惩罚后，也被流放至西伯利亚，从而成为“第一个无生命的流放者”。[③] 至此，西伯利亚逐渐成为沙皇俄国“清除旧世界里的不受欢迎之人”的“没有屋顶的大监狱”，据统计，“在 1801 至 1917 年，超过 100 万名沙皇臣民被放逐到西伯利亚”[④]。因《从彼得堡到莫斯科旅行记》（1790 年）一书被叶卡捷琳娜二世以“煽动暴乱和冒犯君主”的罪名流放西伯利亚的拉吉舍夫开始了“俄罗斯知识分子的殉难史”。他们被流放的理由林林总总，普希金因“侮辱最高当局”的罪名从流放西伯利亚改判流放南俄，赫尔岑因“胆大妄为、对社会极端危险的自由思想者”的指控先后被流放至彼尔姆、维亚特卡、弗拉季米尔和诺夫哥罗德等地，奥加廖夫因信件中的言辞被流放至奔萨省，莱蒙托夫因《诗人之死》的发表被流放至高加

① *Русская поэзия Китая: Антология*，https://www.rulit.me/books/russkaya-poeziya-kitaya-antologiya-read-305634-16.html.

② 李延龄主编：《松花江晨曲》，第 35—36 页。

③ ［英］丹尼尔·比尔：《死屋：沙皇统治时期的西伯利亚流放制度》，孔俐颖译，四川文艺出版社 2023 年版，第 1—2 页。

④ ［英］丹尼尔·比尔：《死屋：沙皇统治时期的西伯利亚流放制度》，第 4—5 页。

索，屠格涅夫因写文章追悼果戈里被流放至斯巴斯科耶，谢德林因《矛盾》和《错综复杂的事件》两部中篇小说被流放至维亚特卡。车尔尼雪夫斯基因为其主持的《现代人》杂志成为传播革命思想的强大阵地而被判终身流放至西伯利亚，前后达21年，也创下被流放时间最长的纪录。柯罗连科因涉嫌同革命活动家来往而先后被流放至维亚特卡省、彼尔姆、西伯利亚雅库特州。1825年的十二月党人起义为沙俄政府的政治流放创造了一个高潮，而十二月党人的妻子们的自愿流放则成为一个“伟大神话”，“多么动人、崇高的命运！我们必须感谢这些女性！她们为我们的历史增添了美丽的诗句”。[①]

《致西伯利亚的囚徒》(*Во глубине сибирских руд*)是俄国大诗人普希金于1827年创作的诗歌，它向在残酷的环境里受难的革命者送去了诗人忠诚的友谊、必胜的信念、热情的鼓励和崇高的敬意。

Во глубине сибирских руд 在西伯利亚矿坑的深处，
Храните гордое терпенье，望你们坚持着高傲的忍耐的榜样，
Не пропадет ваш скорбный труд 你们的悲痛的工作和思想的崇高志向
И дум высокое стремленье.绝不会就那样徒然消亡。

Несчастью верная сестра，灾难的忠实的姊妹——希望，
Надежда в мрачном подземелье 正在阴暗的地底潜藏，
Разбудит бодрость и веселье，她会唤起你们的勇气和欢乐，
Придет желанная пора：大家期望的时辰不久将会光降。

Любовь и дружество до вас，爱情和友谊会穿过阴暗的牢门，
Дойдут сквозь мрачные затворы，来到你们的身旁，
Как в ваши каторжные норы 正像我的自由的歌声
Доходит мой свободный глас.会传进你们苦役的洞窟一样。

Оковы тяжкие падут，沉重的枷锁会掉下，
Темницы рухнут - и свобода 黑暗的牢狱会覆亡，
Вас примет радостно у входа，自由会在门口欢欣地迎接你们，

① [英]丹尼尔·比尔：《死屋：沙皇统治时期的西伯利亚流放制度》，第87页。

И братья меч вам отдадут.弟兄们会把利剑送到你们手上。[1]

在送别玛丽亚·沃尔孔斯卡娅的文学沙龙中，普希金高声诵读的这首诗“如大炮般在整个 19 世纪回荡”，这首诗“吸引了公众的想象，塑造了对流放中的十二月党人的看法，并且让人们永远把他们记成报复心重的专制国家的受害者”。[2] 于是，18 世纪俄罗斯女性所表现出的自我牺牲精神给了 20 世纪的女侨民巨大的精神动力：“我也想做这样的人！”俄罗斯永远是“女侨民”的精神支柱，尽管“随着生活的风暴/颠沛流离，四处漂泊”，她的步态“更平稳更恭顺”“腰弯背驼身材枯萎”，她的目光“充满忧伤”，但她的思绪却飞向俄罗斯彼尔姆边疆区的雷西瓦河与丘索瓦亚河畔，那里林立的峭壁与岩石也曾见证过政治犯们的辛酸，“飞回祖国，听教堂唱圣歌”。

Волконская и Трубецкая，沃尔孔斯卡娅的命运，
чьи жизни в едино слиты.与特鲁别茨卡娅密切相关。
« Я тоже хочу быть такая », -“我也想做这样的人！”
мечтая, подумала ты…小时候你曾经浮想联翩……

Сбылось. Не Сибирь. Заграница.梦想实现。不是西伯利亚。
Шанхай. Сан-Франциско. Харбин.外国的上海。旧金山。哈尔滨。
Знакомые, прежние лица，熟悉的、早就认识的面孔，
лишь больше морщин и седин.只是增添了白发，多了皱纹。

Лишь тише, покорнее поступь 只是步态更平稳更恭顺，
и голос слабей и тускней，声音更虚弱更黯淡，
лишь, сгорбившись, сбавили росту.只是腰弯背驼身材萎缩——
А думы - как птицы над ней -然而思绪仍像鸟儿一样飞！

над родиной - пеньем хорала 飞回祖国，听教堂唱圣歌
под звон легендарной Москвы：听传奇的莫斯科人声喧嚷：
« Вы тоже, вы тоже с Урала? “你们也是从乌拉尔回来？
Из Лысьвы? - подумайте вы! 可是来自雷西瓦？您想想！

① Александр Пушкин, *Во глубине сибирских руд: читать стих* , https://rustih.ru/aleksandr-pushkin-vo-glubine-sibirskix-rud/. https://ru.tingroom.com/yuedu/shige/27161.html.

② ［英］丹尼尔·比尔：《死屋：沙皇统治时期的西伯利亚流放制度》，第 88 页。

А помните серые кручи 您可还记得灰褐色的峭壁？
и синюю реку у ног？可记得山脚下河水湛蓝？
А помните，- девочка учит 可记得小姑娘上地理课，
про Альпы и Анды урок？»背安第斯山、阿尔卑斯山？”

Тяжелые жизни уроки. 生活传授的课程太沉重！
Мечтанья сменились теперь 在充满忧伤的严肃目光里，
в глазах опечаленно строгих 如今幻想与丧失的伤痛，
застывшею болью потерь.[①]已经紧紧地交织在一起。[②]

在那里，“春去夏来脚步匆匆”带来了“尼古拉节”，“从圣母节直到圣诞”“原野上雪花纷纷扬扬”。“欢乐的谢肉节”期间，“铃铛声声，披肩飘飘”；“大斋来临”，“教堂里供桌前的神香，/袅袅飘浮像天庭的树”，随后便响起“耶稣复活了”的祝福。[③] 思念化作幽怨和无奈：“我不能把心分成份儿、成片儿，/俄罗斯、俄罗斯，我金子般的国家。”“我往北方看得更久，且更多更多”，“那里，那片像梦一样丢下的”是“永志不忘的祖国大地”——“在这些凉凉爽爽的、冥思苦索的夜晚，/如同冉冉的忧愁之星，我的怀乡病魔”。[④]

无论身在何方，俄罗斯永远是侨民们不变的牵挂。俄罗斯是弗拉吉米尔·斯拉鲍奇科夫笔下“属于传奇的勇士”和“充满爱与奇迹”的国家[⑤]，西伯利亚的原始森林和贝加尔湖幽深的湖水孕育了满是魔法师、精灵与妖怪的童话世界，“大地女皇帝”[⑥]伏尔加河上飘来船夫们苦闷而凄凉的歌声，而湍急汹涌的安加拉河上自由的风“雄劲地歌唱着”[⑦]，在“我的读经台”——莫斯科[⑧]，“泪水滂沱的星光”使“悲哀如蓝色幽暗爬来”[⑨]，而“刻上十字”的白桦

---

① *Русская поэзия Китая: Антология* ，https://www.rulit.me/books/russkaya-poeziya-kitaya-antologiya-read-305634-16.html.

② 李延龄主编：《松花江晨曲》，第 36—37 页。

③ 李延龄主编：《松花江晨曲》，第 56—57 页。

④ 李延龄主编：《中国俄罗斯侨民诗歌赏析》，第 296—297 页。

⑤ 李延龄主编：《中国俄罗斯侨民诗歌赏析》，第 327 页。

⑥ 李延龄主编：《中国俄罗斯侨民诗歌赏析》，第 33 页。

⑦ 李延龄主编：《中国俄罗斯侨民诗歌赏析》，第 43 页。

⑧ 李延龄主编：《中国俄罗斯侨民诗歌赏析》，第 238 页。

⑨ 李延龄主编：《中国俄罗斯侨民诗歌赏析》，第 45 页。

树[①]和“严肃古老”的圣像[②]让复活节的钟声成为“唯一的甘甜”[③]。俄侨诗人米哈伊尔·沃林笔下不仅有真实可感的俄罗斯——“无座雪橇和三套车”“车夫压抑忧伤的歌”“傍晚灰蒙蒙的雾”“雾中孤独阴森的河”“十字架和哥萨克高筒帽”，还有爱而不得的俄罗斯：“胸膛里止不住的疼”“永远燃烧不熄的火”。[④]

当然，不管是果戈里“慌乱，与地狱一样”的俄罗斯，还是丘特切夫“痛苦、谦逊”的俄罗斯，以及别雷如同“燃烧着的海洋”一样的俄罗斯，都让侨民们“怀旧之情毒药般又如多年之前/让我不能自控”。[⑤] 因此，漂泊岁月中故土难回的痛苦化作思念、不屈、希望，化作持续不断地刺激着他们眼帘的乡愁，再转化为珍珠般的诗句，书写着侨民们永恒的悲悯和不倦的憧憬，这既是个人的记忆，也是时代的印痕。

第三节　感念中国，描摹异域风情

俄罗斯侨民大批迁徙中国是在俄国十月革命前后，他们主要定居在东北三省以及新疆地区，后来逐渐前往天津、上海、青岛、武汉等地。他们对中国从陌生到熟悉，从戒备到喜欢，从旁观到融入。

初到中国，首先映入眼帘的是各地独具特色的风景，因此，俄侨作家们以近乎陌生化的笔触让我们了解了20世纪初真实的中国。一首《松花江上》不仅唱出了东北民众乃至全国人民的悲愤情怀，也点燃了中华大地的抗日烽火。在阿列克桑德拉·巴考尔的《回忆》(*Воспоминание*)中，我们看到和平时期的松花江：

---

① 李延龄主编：《中国俄罗斯侨民诗歌赏析》，第79页。
② 李延龄主编：《中国俄罗斯侨民诗歌赏析》，第135页。
③ 李延龄主编：《中国俄罗斯侨民诗歌赏析》，第35页。
④ 李延龄主编：《中国俄罗斯侨民诗歌赏析》，第343页。
⑤ 李延龄主编：《中国俄罗斯侨民诗歌赏析》，第230页。

Неширокая лента пляжа 一条不宽的带形浴场
И широкий простор реки.和一片宽宽的河面空间。
Скоро ночь синей дремой ляжет 夜，就要卧进凉沙里，
В остывающие пески.开始它那蓝颜色的初眠。

一切都是那样的静谧而美好，梦境慢慢袭来。但在“夜晚的哈尔滨神秘之乡”，仍然不时有“汽艇载晚归者返航”，尽管被晚归的人儿不定时地惊扰着美梦，松花江依旧温和而包容：

Запоздавших увозит катер，汽艇载晚归者返航，
Полон тайны ночной Харбин，夜晚的哈尔滨神秘之乡，
Тихо Сунгари волны катит 大平原高粱田之间，
В гаолянах чужих равнин.松花江静静翻滚着波涛。

“我的家在松花江上/那里有森林煤矿/还有那漫山遍野的大豆高粱”，松花江不仅润泽出我国富饶的东北大粮仓，而且孕育出“三江平原、松花江森林、长白山雪景”的美丽画卷。静谧美好的松花江夜景不由得让诗人忆起圣彼得堡的母亲河——涅瓦河，如果说松花江凸显了哈尔滨的神韵，那么涅瓦河则赋予了圣彼得堡灵魂。或许，异乡似曾相识的风景最能勾起被迫背井离乡的游子的思乡愁吧。

Ночь мечтой и загадкой манит…夜令人陶醉，用谜和幻想，
Это Сунгари или нет？这，是不是松花江？
Не другая ль река в тумане 雾霭之中，可不是别的江，
Нам струит серебристый свет？在向我流淌着银光？

Не другие ль в сплошном сиянье 那不间断的闪光里面，
Всплыли зеленью острова？不是别的岛屿的绿色浮现？
Не тревожьте воспоминанья…还是别撩拨我回忆吧！
Не услышит наш зов Нева…[①]涅瓦河听不见我们的呼唤……[②]

---

① *Стихотворения Александры Паркау - Наталья Лайдинен*，https://laidinen.ru/stihotvorenija-aleksandry-parkau/.

② 李延龄主编：《中国俄罗斯侨民诗歌赏析》，第13—14页。

“九一八九一八/从那个悲惨的时候/脱离了我的家乡/抛弃了那无尽的宝藏/流浪流浪/整日价在关内/流浪流浪”，在瓦西里·洛基诺夫笔下，松花江似乎也感受到人间的不幸，变得不安而焦虑。

Свистят ветра. Шаланды пенит скат 风在呼叫。平底驳船下
Волн желтизну. Шипит песок прибрежный.泛起黄色波涛。沙岸也鸣叫。
Эпическая мирная тоска.[1]这是史诗般祥和的忧伤。[2]

同时，诗人洛基诺夫又借《啊，松花江上的都城》(*О, сунгарийская столица…*)一诗，为我们铺开了哈尔滨的市井人生。诗人永远难忘的是那座城市生机盎然的烟火气，那里有从容奔跑的人力车、负重前行的大车、桅杆林立的平底船，有冬日的暖阳、灯火下人群熙攘的街道，“衣服丝绸的精美”——仿若国泰民丰、岁月安好的注解；但阳光下的阴暗也让诗人难以释怀，那里有社会的毒瘤——“傅家甸鸦片”，有底层人的悲哀——“摆不脱苦难的乞丐”。看似温馨幸福的生活、劳动人民辛劳的创造、社会底层的痛苦挣扎，所有这些构成了哈尔滨“神秘不解的面容”，也是诗人对哈尔滨难以言喻的萦系。

О, сунгарийская столица! 啊，松花江上的都城！
До гроба не забуду я 至死我都不会忘记：
Твои мистические лица 你神秘不解的面容，
И желтые твои поля，你田野的黄色土地，
Бегущего рысцою рикшу，从容跑着的人力车，
Твоих изысканных « купез »，你衣服丝绸的精美，
Шелк платья, ко всему привыкший，它适用一切的一切，
Твоих шаланд мачтовый лес，你平底船桅杆林立，
И звонкой улицы Китайской 街道的响亮的声音，
Движенья, шумы и огни，人来人往，喧闹，灯火；
И тяжкий скрип арбы китайской，大车的沉重吱呀声，

① *Русская поэзия Китая: Антология*，https://www.rulit.me/books/russkaya-poeziya-kitaya-antologiya-read-267028-74.html.

② 李延龄主编：《中国俄罗斯侨民诗歌赏析》，第 224 页。

И солнечные в зимах дни，冬日里太阳的暖和，
И Фудзядяна смрадный запах 还有那傅家甸鸦片
От опия и от бобов，和豆子的气味好怪，
И страшных нищих в цепких лапах 还有受着岁月煎熬、
Нужды и тягостных годов.[①]摆不脱苦难的乞丐。[②]

关于长春，尼古拉·沃赫金幽默地写道："那奇异的城市里有一处空荡荡的宫殿，/街道上行驶着的电车也显得人稀座空，/不起眼的小店铺里正摆着谱坐着老板，/而且用嗓音重的言语招揽过往的行人。"之后，他满含讽刺地宣告，长春亦见证了傀儡政权伪满洲国的倒行逆施和覆亡："这座城市，它曾是——一处被废弃的剧院，/那里，一处平庸的剧目以彻底失败告终（指伪满洲国）。"[③]

尽管身处内忧外患，中国还是向俄侨们张开了宽厚的臂弯，让他们有了"此心安处是吾乡"的泰然与超脱："啊，我真想停止飘零，/像鸽子飞回方舟来此休憩，/……/像颤抖的鸟儿，/在这里躲避逼近的雷雨，/忘却尘世的生死与荣辱，/在此生存，在此隐居。"《从碧云寺俯瞰北京》（*Вид на Пекин из Би-юнь-сы*）中，诗人别列列申俯视着脚下纷扰的尘世，不免有种"天下熙熙，皆为利来；天下攘攘，皆为利往"的感叹；回望身边庄重耸立的庙宇庭院，既气势非凡，又淡泊宁静，就连那永恒的风仿佛也在劝慰着游子迷茫、飘零的心。当悟到"虚名浮利终无益"时，诗人终于与"毫无用处"的自己和解："全能的上帝啊，没有桂冠，/我也感到高兴，感到幸运！"

Стою, как путник давний и бездомный，身为游子长期无家可归，
У мраморного белого столба，我站在白色大理石柱一旁，
И город подо мной лежит огромный，脚下是一个庞大的城市，
Как целый мир, как море, как судьба.人们熙熙攘攘如喧嚣的海洋。

Так высоко стою, так величаво 我站在高山上，碧云寺

---

① *Русская поэзия Китая: Антология*，https://www.rulit.me/books/russkaya-poeziya-kitaya-antologiya-read-267028-74.html.

② 李延龄主编：《哈尔滨，我的摇篮》，第 182 页。

③ 李延龄主编：《中国俄罗斯侨民诗歌赏析》，第 253 页。

Вознесся храм Лазурных Облаков，庙宇高耸，巍然壮观，
Так высоко，что умолкает слава 如此庄严，名利烟消云散，
И только ветра слышен вечный зов. 只听见永恒的风在呼唤。

О，если бы，прервав полет невольный，啊，我真想停止飘零，
Сюда прийти，как голубь в свой ковчег，像鸽子飞回方舟来此休憩，
Впервые под сосною белоствольной 第一次安居在松树下，
Вздохнуть и упокоиться навек！心情恬淡，轻轻地叹息。

Да，если бы，как трепетная птица，但愿能像颤抖的鸟儿，
Здесь обрести прибежище в грозу，在这里躲避逼近的雷雨，
Так спрятаться，врасти и притаиться，忘却尘世的生死与荣辱，
Чтоб смерть забыла - и прошла внизу！在此生存，在此隐居。

Я тих，но быть могу еще неслышней. 我平静，可做到无声无息，
Я дело сделал. Я ненужный мавр. 我是个毫无用处的摩尔人，
О как я рад，как счастлив я，Всевышний，全能的上帝啊，没有桂冠，
Что нет хоть здесь ни лавров，ни литавр！[①] 我也感到高兴，感到幸运！[②]

或许是因为和自己内心的和解，诗人开启了与环境、与世界和解的对话，在诗人的笔下，《湘潭城》（*Сянтаньчэн*）被誉为"隐秘的幸福仙境"，云彩、清风、河水、鸽群、霞光、朝雾相聚于此，微笑、幻想、胡琴、花朵、寂静点缀着它，而"我""梦中飞向湘潭城"——"奔向和平与宁静"。

В Сянтаньчэн рано - на рассвете - 黎明，云彩飘逸想休息，
Отдыхать ходят облака. 早早飘向湘潭城，
В Сянтаньчэн улетает ветер，清风吹向湘潭城，
В Сянтаньчэн тянется река. 河水流向湘潭城。

Сянтаньчэн - за холмом прохладным：白天，鸽群飞向山冈，
Днем туда голуби летят，山冈后面是湘潭城，
А потом фениксом нарядным 傍晚，霞光像只五彩凤，

① *Русская поэзия Китая：Антология*，https://litlife.club/books/174318/read? page=72.
② 李延龄主编：《松花江晨曲》，第 110—111 页。

В Сянтаньчэн прячется закат.它愿栖息湘潭城。

В Сянтаньчэн просятся улыбки,微笑向往湘潭城，
В Сянтаньчэн сходятся мечты.幻想聚会湘潭城，
Про него всхлипывают скрипки,胡琴赞美湘潭城，
На него молятся цветы.花朵倾慕湘潭城。

А когда бархатное знамя 夜晚挥舞天鹅绒的旗帜，
Тишины ляжет на холмы,寂静笼罩了丘陵，
Я спешу, окрыленный снами,匆匆忙忙我逃离监狱，
В Сянтаньчэн из моей тюрьмы.梦中飞向湘潭城。

По одной, радостной, дороге -一路欢欣奔向湘潭城，
В Сянтаньчэн, в мир и тишину! 奔向和平与宁静！
К моему счастью-недотроге,谁能够禁止梦中飞行？
Верно, путь не заказан сну? 飞向隐秘的幸福仙境。

А когда возвращаюсь рано 当我早晨照原路返回，
В мой глухой ежедневный плен,返回逐日服刑的牢笼，
Вновь ползут встречные туманы 一路遇见的迷蒙朝霞，
Отдыхать - снова в Сянтаньчэн.[①]轻轻缭绕飘向湘潭城。[②]

因为只有“心安”，人们才会关注清风明月、花开花落，才能体味到“人闲车马慢，路遥星亦辞”的美好。因为当他们坐在小酒馆里同中国人吃饭时，他们已经逐渐融入，或者在尝试着融入这片国土的市井生活：“坐在小酒馆里同中国人吃饭，/谈论些不登大雅之堂的话题。/我每一个对中国习俗的观点，/全都具有奇异的欣快含义！”（Сижу с китайцами в харчевнях,/Ведя бесед несложных ряд,/И странной радостью напоен/Мой каждый в быт Китая взгляд!）故而，诗人“贪婪地吸收着对我陌生、/国度殊异、这种文化中的乳汁”（жадно впитывая соки/Культуры чуждой мне страны），于是，“精灵鬼怪，四方神仙，各显面貌，/静悄悄地在迷雾中游荡蹦跳”（И тихо

① *Русская поэзия Китая: Антология* , https://litlife.club/books/174318/read? page=73.
② 李延龄主编:《松花江晨曲》，第115—116页。

плавают в тумане/Виденья чудищ и богов)，而最让诗人震撼的则是“老子的聪慧过人的歌曲”(Из мудрых песен Лао-цзы)[①]。

俄侨作家们对中国的情感不仅表现在对中国的喜爱，还表现在对中国文化的认同，比如瓦列里·别列列申的《仿中国诗》(*Подражание китайскому*)：“今日就寝又相思，/石竹花束置床头。/梦中重入你花园，/双双踏露并肩走。”[②](Сегодня，спать ложась，с мечтательной любовью./Букет твоих гвоздик я ставлю к изголовью：/Быть может，хоть во сне опять в саду твоем/По трепетной росе побродим мы вдвоем?)[③]诗人仿照中国诗的体例表达了“夜来携手梦同游”的念想与伤感。七言绝句起源于中国六朝时期，成熟于唐代，比如唐朝诗人张泌的这首《寄人》——别梦依依到谢家，小廊回合曲阑斜。多情只有春庭月，犹为离人照落花。——书写了相思入梦、佳人难觅、清月照落花的惆怅。在《霜叶红》(*Красные Листья под Инеем*)中，别列列申写道：“霜叶红——说起来多么奇妙。/……/莫非枫叶上有霜?”(Красные Листья под Инеем - странное имя：/…/Иней на листьях кленовых?)比如唐代诗人刘禹锡《自左冯归洛下酬乐天兼呈裴令公》中的诗句：“华林霜叶红霞晚，伊水晴光碧玉秋。”霜降之时，华林霜叶，秋色渐染，惬意洒脱。晚唐才子温庭筠的“三秋岸雪花初白，一夜林霜叶尽红”(《盘石寺留别成公》)写尽芦花如雪、夜降霜露、万山红遍的壮美。还有宋朝方凤的赞叹：“秋尽吴江道，丹枫树树奇。叶为诗者色，霜乃画之师。望似醉乡近，疑犹花事迟。”(《咏霜叶寄皋羽善父》)霜降如同画师，用极致的红黄两色渲染着诗人多愁善感的心。别列列申不禁发出由衷的感叹：“中国有多少聪慧的词句！/我常常为它们怦然心动，/今天又为这丽词妙句痴迷。”(Сколько в Китае затейных и умных имен！/Часто бывал я пленен и обрадован ими，/В странное имя сегодня я снова влюблен.)诗人认为，“秋天干净透明，忧伤而随意”(Осень чиста и прозрачна，грустна и свободна)，“秋天的叶上霜是冰冷的铠甲”(Осенью иней на листьях，как панцирь холодный)。他希望“霜雪融

---

① 李延龄主编：《中国俄罗斯侨民诗歌赏析》，第 234 页。*Русская поэзия Китая：Антология*，https：//litmir.club/br/? b=174318&p=94.

② 李延龄主编：《松花江晨曲》，第 101 页。

③ *Русская поэзия Китая：Антология*，https：//litlife.club/books/174318/read? page=70.

化，/让我目睹霜下红叶和芳唇”(неласковый иней растает，/Красные листья и губы под ним я найду)[①]。霜降催红了枫叶，而枫叶努力用生命的最后温度点缀着自然，化作诗人笔下浓墨重彩的情愫。

在俄侨作家心里，俄罗斯是魂牵梦萦的灵魂之源，而中国则给了他们庇护之所和无偿的爱。因此，虽已离开中国，尽管“物换星移几度秋”，但岁月有痕，诗人沃林仍难以忘却中国的乡土风情。

Помню дымки от походных жаровень，记得香火盆冒出的青烟，
Сырость и запах хлопушек и гнили，鞭炮的气味，潮湿腐烂，
А с черепичными крышами вровень 记得房顶上的瓦整整齐齐，
Пряди тумана повисли в бессильи.[②]雾的发绺无力地挂在房檐。[③]

留在诗人记忆中的，不仅有为他遮风避雨的居所，那里每逢年节，中国人都会在家里或在佛堂寺庙摆上祭品和酒水，焚香放炮，祭拜神仙、祭祀祖先；还有那些在黄河上艰难求生的渔民，彼时诗人或许会想起伏尔加河上的那些纤夫，母亲河滋润了大地，也哺育了她的儿女。世事艰难，就连那条承载着世世代代中国人希冀与幻想的火龙——太阳——也失去了往日的神韵与光泽。

Над широкою желтой рекою 在宽阔的黄河上空，
Безмятежен закат и глубок.西天的晚霞深沉又安详。
Вот рыбак на весло кормовое 渔民摇着船尾的橹，
Бронзовеющей грудью налег.袒露着青铜色的胸膛。

Солнце тонет，как будто драконий 太阳呻吟着，像一条龙
Потухающий огненный зрак. 逐渐暗淡的火热目光。
Он поет，а как будто бы стонет，它的歌唱又像是呻吟，
И мне в сумерках слышится так：[④]苍茫中有声音传到耳旁：[⑤]

---

① 李延龄主编：《松花江晨曲》，第 125 页。*Русская поэзия Китая：Антология*，https://litlife.club/books/174318/read? page=74.

② *Русская поэзия Китая：Антология*，https://litlife.club/books/174318/read? page=23.

③ 谷羽：《俄语诗行里的中国形象》，南开大学出版社 2022 年版，第 165 页。

④ *Русская поэзия Китая：Антология*，https://litlife.club/books/174318/read? page=23.

⑤ 谷羽：《俄语诗行里的中国形象》，第 164 页。

诗人依然挂牵着中国人民的命运、同情着中国人民的苦难，并且坚信勤劳如蜜蜂、坚韧似水牛的中国人在“时辰未到”之际，一定在“积蓄力量”而不会坐以待毙，假以时日，他们必定会摆脱枷锁，昂首屹立于东方。

Нас мильоны, похожих, единых, 我们亿万人如同一个，
С желтым телом и сердцем, как медь, 心如铜铸，皮肤发黄，
Мы когда-нибудь хлынем лавиной, 到时候我们会迸发怒吼，
Приносящей мгновенную смерть. 一举带来顷刻间的灭亡！

Подожди, мы еще не проснулись, 等着吧，我们还没有苏醒，
Подожди, наше время придет. 等着吧，我们的时代
Мы, как пчелы, закрытые в улей, 必定到来，我们是蜜蜂，
Копим мщения сладостный мед! 在蜂巢中酿蜜，积蓄力量！

Вот он, Китай, этот буйвол тяжелый, 这就是中国，笨重的水牛，
В теплой трясине уснувший до срока. 睡醒之前卧在温暖的泥潭。
Оводы кружат - блестящие пчелы… 牛虻飞旋——闪光的蜜蜂……
Он неподвижен до некого срока. 时辰未到，它不会动弹。

Встанет, рога распластавши на вые, 一旦它站起身来崭露头角，
И заревет, напружинивши ребра, 挺直了腰板，放声呐喊，
И покривятся кресты Византии, 拜占庭的十字架会倾斜，
И пошатнутся тогда небоскребы.[①] 一座座摩天大厦簌簌震颤。[②]

诗人尼古拉·沃赫金在《告别》(*Прощание*)中倾诉着对中国的深情：“有时竟叫我忘记，/我，本不是你的亲生子。”因为在这里，“我的生活刚露晨曦”“我长大到成熟年纪”“我懂得了欢乐，/也懂得了最辛酸的苦楚”，诗人再次深情告白：“我，将要把你回忆，/像对朋友、兄弟、母亲的回忆。”[③]别列列申在《我，一定回中国！》(*Я вернусь в Китай*)一诗中表达了对中国不渝的眷恋：“我平平静静、明明确确知道，/我肯定要回中国，在死的那天。”[④]

---

① *Русская поэзия Китая: Антология*, https://litlife.club/books/174318/read? page=23.
② 谷羽：《俄语诗行里的中国形象》，第164—165页。
③ 李延龄主编：《中国俄罗斯侨民诗歌赏析》，第245—246页。
④ 李延龄主编：《松花江晨曲》，第90页。

尽管漂泊异域，历经风暴，俄罗斯侨民作家从未停止对祖国痛苦的思念、对先辈无尽的缅怀、对白昼热切的渴盼，因为身为诗人，“高度——吸引我们，/深远——召唤我们”(к себе привлекают высоты/и мабнят глуины)[①]，磨难只能压弯他们的脊梁，但屈服不了他们的精神；黑夜只能遮挡他们的双眼，但蒙蔽不了他们的心灵。尽管距离拉长了忧伤，但中国的善待也让他们的心里充满温情，正如诗人米哈伊尔·什梅谢尔所言：“我们，为圣彼得堡而忧伤，/但对它的忧情，并不强烈，/因为哈尔滨的俄罗斯面貌/让我们与痛苦的流亡和解。”[②](Грустим по Северной Пальмире,/Но грусть о ней не так сильна,/Когда с изгнаньем горьким мирит/Руссейший облик Харбина.-« Грустим по Северной Пальмире…»)[③]岁月流逝，一切归于尘埃，唯有诗篇永存。

① 李延龄主编：《中国俄罗斯侨民诗歌赏析》，第 135 页。Кондратович-Сидорова Вера，*Поэты*，https://stihi.ru/2014/10/29/3209.

② 李延龄主编：《中国俄罗斯侨民诗歌赏析》，第 208 页。

③ *Русская поэзия Китая: Антология*，https://litlife.club/books/174318/read? page=102.

第二章　漫步蜿蜒异乡路

我一如往常，
古老的亚洲任我流浪。
花哨的衣裳。
荒原寺庙，宫室殿堂。①

——［俄］阿列克谢·阿恰伊尔

被誉为“在时光中畅快漂泊的旅客”“在生命里从容漫步的诗人”的余光中在其著作《长长的路我们慢慢走》中写道：“他的心境，是企慕，是向往，是对于一种不可名状的新经验的追求。那种向往之情是纯粹的，为向往而向往。”②亚洲，东起白令海峡的狂涛巨浪，西至土耳其爱琴海沿岸的碧海蓝天，南至马来西亚丹绒比亚的“天涯海角”，北临北冰洋的浩瀚冰封。对一些俄罗斯侨民而言，亚洲有着不同寻常的吸引力，一方面，俄罗斯在亚洲的部分占其陆地面积的四分之三；另一方面，亚洲诞生了人类最早的文字、陶器、原始农业，孕育了众多古老文明，包括古朴悠远的两河文明、深邃莫测的古印度文明、恢宏博大的中华文明。并且，亚洲还是佛教（产生于公元前6世纪至前5世纪的古印度，由释迦牟尼创建。起源于今尼泊尔境内的迦毗罗卫国，向南最先传入斯里兰卡，再传入缅甸、泰国、柬埔寨、老挝等；向北经帕米尔高原传入中国，再传入朝鲜、日本、越南等）、印度教（诞生于公元前2000年至前1500年的古印度河流域）、基督教（产生于公元1世纪罗马帝国统治下的

---

① 李延龄主编：《松花江晨曲》，第38—39页。

② 余光中：《长长的路我们慢慢走》，光明日报出版社2017年版，第2页。

巴勒斯坦地区)、伊斯兰教(穆罕默德于公元7世纪初在阿拉伯半岛创立)、道教(创立于中国东汉末年)、琐罗亚斯德教(中国称拜火教,产生于公元前600年前后的古波斯)、锡克教(大约400年前创立于印度西北部的旁遮普邦,这里也是锡克人的发源地)的诞生地,这些宗教相互交流、碰撞与融合,多元并存、互鉴发展。此外,各个地区还有多元奇特的本土信仰,以自然神为主的多神崇拜也是古代先民信仰的主要特征之一。作为优秀的东方学者,俄侨诗人叶甫盖尼·雅什诺夫在《亚洲》(*Азия*)中深深折服于亚洲文明的璀璨夺目。

Колыбель и надгробье,摇篮与陵墓,
Пракультура, праглушь,-文化古老原始,
Ты глядишь исподлобья 你紧锁着眉宇,
На сумбур наших душ.[①]面对我们缭乱的思绪。[②]

第一节　探寻点亮人类精神的亚洲之光

亚洲作为人类文明的摇篮之一,黄河文明、美索不达米亚文明和印度河流域文明皆孕育于此,同时,这里有众多被纳入世界文化遗产名录的陵墓,如因爱情而生的"印度明珠"泰姬陵,庄严肃穆、气势宏伟,是印度最完美的瑰宝。被誉为世界第八大奇迹的秦始皇陵及兵马俑坑,其规模之大、陪葬坑之多、工艺之精、机关之奇,为中国历代帝王陵墓之冠。明清皇家陵寝将数量众多的建筑物巧妙置于地下,不仅体现了中国堪舆文化,而且诠释了古代中国的世界观和权力观。这些陵寝不仅是亚洲各国古代文化的重要遗产,也是世界文化的重要组成部分。正如诗人瓦列里·别列列申在《游东陵》(*Поездка в Дун-лин*)时所见:

① *Русская поэзия Китая: Антология*, https://litlife.club/books/174318/read? page=116.
② 李延龄主编:《松花江晨曲》,第319页。

К востоку поднимаются курганы，高高的陵墓，墓门朝东，
Как две белоголовые горы. 俨然是两座白色山峦。
Похороненные под ними ханы 陵墓中埋葬着历代帝王，
Во сне сраженья видят и пиры.[①] 他们梦见征战与盛宴。[②]

中国历代帝王都有修建陵寝的传统，他们相信人是有灵魂的，并且相信人死后灵魂不灭，因此，这些犹如地下宫殿一般的陵寝就成为帝王们灵魂的最后归宿。清东陵的修建遵照"陵制与山水相称"的原则，并按照居中为尊、长幼有序、尊卑有别的传统观念，安葬着顺治、康熙、乾隆、咸丰、同治等多位帝王，他们静静地卧在陵寝里，凝望着沧海桑田、斗转星移的世事纷扰，回味着自己或跌宕起伏，或安稳祥和的一生。

Возрастила ты злаки，你培育了谷物，
Оседлала коней，你驯服了马匹，
Пролила ты во мраки 你让黑暗中的祭坛，
Тихий свет алтарей. 点燃蜡烛光彩熠熠。

"正是亚洲先民与种子的最初邂逅，拉开了早期人类文明的序幕。"（纪录片《亚洲 文明之光》）位于亚洲西部的安纳托利亚高原曾被称为"小亚细亚"，希腊语意为"东方"或"太阳升起的地方"，这里是野生小麦的故乡。位于安纳托利亚高原的距今约 8000 年的恰塔尔·休于遗址是迄今已知人类最早的农业定居点，农作物除二粒小麦、单粒小麦、六棱裸麦、二棱大麦和豌豆外，还有十字花科油料植物。同时，那里也发现了人类圈养牛、绵羊、山羊的痕迹。除西亚外，东亚也是世界上最早的农耕中心之一。在中国河南新郑发现的距今 8000 年前后的裴李岗遗址，初步判断当时已有稻、粟等农作物的种植和猪、狗等动物的养殖；在距今 7000 多年前的河北磁山遗址，考古发现有厚达两米的粟类粮食堆积层，以及家鸡、家猪、家犬的骨骼，被誉为世界上粮食粟、家鸡和中原核桃的最早发现地。这里不仅是仰韶文化的源头之一，也是华夏民族的源头之一。作为中国南方早期新石器时代代表的浙江河姆渡遗址，除发现了堆积层厚达一米的世界上最早的稻谷遗存，还有家养动物

① *Русская поэзия Китая: Антология*，https://litlife.club/books/174318/read? page=71.
② 李延龄主编：《松花江晨曲》，第 100 页。

的遗骸。人类对动植物的驯化与培育为自身的生存和发展提供了可靠的食物来源，成为原始农业诞生的重要标志，也掀开了人类文明的序幕。大约5500年前，在哈萨克斯坦的平原上，哈萨克族的祖先成为人类历史上最早成功驯化马匹的人。马匹的驯化不但为农耕和运输提供了新的工具，而且促进了人类的迁徙、民族的融合、语言与文化的传播等。

"亚洲文明是人类信仰的摇篮"(纪录片《亚洲 文明之光》)，宗教是人类崇拜自然力的产物，也是人类文明的一种形式，帮助早期人类应对漫漫长夜的未知恐惧，继而为他们提供精神支撑和道德教化。多元共生的亚洲文明特质造就了亚洲宗教的多样性，信奉轮回转世和因果报应的印度教，倡导慈悲、智慧和禅定的佛教，主张道法自然、天人合一的道教，强调遵循真主的意志和依赖真主的恩典的伊斯兰教等，其教义既有地域性和民族性的特点，也有普遍性和共性的内容。

Обрела ты в пустыне 是你亲手制定
Изначальный закон，荒原上最早的戒律，
Написала на глине 是你在黏土上
Начертанье имен.画出了人的名字。

人类的文明是以人类的出现为标志，而按其工具的先进程度，人类分别经历了旧石器时代文明、新石器时代文明、青铜文明和文字文明。美国历史学家摩尔根认为，真正意义上的现代人类文明是从文字开始的。文字的发明比人类历史上的任何其他发明都重要得多，它不仅改变了世界，也成为人类进入现代文明的重要标志。从人类鸿蒙初醒时期，人们就尝试着用图像和符号描绘自己以及所处的环境，如古代西亚、埃及、中国和印度，有文字记录的历史可以追溯至四千到五千年前，语言和文字将人类与动物、文明与野蛮区别开来。据称，人类最早的文字书写遗迹曾封存于古代西亚的两河流域(幼发拉底河和底格里斯河中下游)的大地中。随着原始商业和贸易的发展，当时的苏美尔人在潮湿的泥板上通过图画的形式记录，比如刻画动物的形态、物体的形状等，然后将泥板在阳光下晒干，最早的象形文字由此产生。随着时间的推移，人们发明了许多标准的图画和抽象的含义，比如用一个碗表示食物，一个人头加一个碗表示吃。这种图片就逐渐形成了一种表意符号，而且苏美尔人还用它来表示声音，几个表意字合在一起代表一个复杂的

词或短语。大约公元前 3000 年，苏美尔人开始使用芦苇秆在泥板上刻画符号。芦苇秆的尖端在泥板上留下的痕迹比秆身要粗，形状就像楔子，这种文字就是我们现在所说的楔形文字。接下来的两千年中，楔形文字成为古代西亚人的通用文字，到公元前 14 世纪，用阿卡德语书写的楔形文字也已经成为西亚北非地区的通用文字，连埃及人、赫梯人、叙利亚人和古波斯人也都使用楔形文字。

公元前 2000 年前后，在巴勒斯坦的拜不勒斯出现了形似象形文字的文字，故被称为"伪象形文字"，较之象形文字和楔形文字的几百个符号，它的字符数大大简化，仅有 80 个符号。公元前 1500 年前后，在西奈半岛出现了约有 30 个字符的原始西奈字母文字。公元前 1000 年，在亚洲的黎巴嫩、叙利亚沿海一带生活的迦南人，即希腊语中的腓尼基人完成了对全人类意义重大的一次创造。为了商贸便利，腓尼基人借用古埃及的几个象形文字简化苏美尔人的若干楔形文字，将数千个不同图像化繁就简，转化为实用且书写便利的 22 个字母，这就是腓尼基字母。腓尼基字母的诞生成为人类文明历史上的高光时刻，它成为全世界绝大部分字母文字的源头。腓尼基字母向欧洲传播，派生出古希腊字母，并衍生出拉丁字母和斯拉夫字母，成为所有西方国家字母的基础；向亚洲各地传播，派生出阿拉美亚字母，由此又演化出印度、阿拉伯、希伯来、波斯等民族字母。比如英语的 26 个字母就可以追溯至亚洲腓尼基人的伟大创造。

汉字不仅是目前世界上使用人数最多的一种文字，也是人类历史上诞生最早的文字中唯一没有消亡的文字。汉字发展可大致分为古文字阶段和今文字阶段。在古文字阶段，目前已知最古老的文字源头，是一件出土于河南贾湖遗址、距今约 7762 年的刻符龟甲，其上铭刻着中国迄今发现最早的刻画符号。殷墟甲骨见证了汉字形成系统，成为东亚地区最早成熟的文字。西周金文古朴厚重，书法形态日渐成熟，史墙盘是这一时期金文的代表；秦诏版是秦始皇统一六国的重要物证，更是秦统一文字的历史见证，小篆是中国古文字的最后阶段。小篆之后，汉字发生"隶变"，开启了汉字的今文字阶段，"汉字"之名也由此定格。两晋南北朝时，相继出现楷书、行书、草书等书体风格，可谓诸体咸备。唐代，楷书成为官方字体，成为沿用至今的汉字正体。[①] 由此可见，在几千年的漫长历程中，汉字完成了从最原始的刻画符号到“汉字七体”[甲骨文、金文、篆书(大篆和小篆)、隶书、楷书、行书、草书]的演变。

秦始皇的“书同文”使中国大地上的文化交流与融合有了最稳固的载体，不仅造就了中华民族大一统的基础，而且促进了外来民族的融合。南北朝时期，为了融入中原文化，北魏孝文帝推动汉化改革，将汉语确立为官方语言，要求学汉语、用汉字、穿汉服，这个政策对中国南北统一产生了巨大影响。宋朝时期，北方少数民族建立的辽、西夏、金等政权也受到汉文化影响，其自创的民族文字借鉴了汉字偏旁部首。中国历史上的契丹、西夏、女真等文字，都借用了汉字的偏旁部首和笔画。同时，汉字对中国周边国家的文字形成及历史文化也产生了深刻影响。在很长时期内，汉字曾是东亚地区的通用文字，20 世纪前还是日本、朝鲜半岛、越南等的官方书面规范文字，因此，东亚诸国在创制自己的文字时往往把汉字作为参照的样本。例如日本产生了与汉字有着密切关系的“万叶假名”，朝鲜半岛出现了由汉字形体和朝鲜语语音混合而成的“吏读”，这些均是利用汉字的音和意记录本国语言。越南也出现了以汉字构造的“六书”理论(即象形、指事、会意、形声、转注、假借)为原则的借源文字——“字喃”(又称“喃字”，或“南字”，即南方人的文字)。随着汉语的传播，中国儒释道价值理念对古代朝鲜半岛、日本及越南的精神文化与制度文明有明显的构筑功用。此外，汉字还见证了中华文明沿着丝绸之路与其他文明的交流对话。敦煌藏经洞发现的敦煌遗书中，中国古代的经、史、子、集俱全，其中就有奉为儒家经典的“十三经”，这也是中华文化对外输出交流的有力例证。

Наполняла ты тропы 你让条条小径，
Гулом конских копыт，马蹄声踏踏不息，
Потрясала Европы 你震撼了欧洲
Зарождавшийся быт. 业已生根的风习。

И с невольным вопросом 时至今日，我们

---

① 单鹏、王鹏：《东西问 | 魏敏：汉字为何是中华文明传承、交流的“活化石”？》2023 年 9 月 21 日，https://www.chinanews.com.cn/dxw/2023/09-21/10081943.shtml。

До сих пор мы в твоем 不禁想要问你，
Древнем взгляде раскосом 你的目光自古斜视，
Новых замыслов ждем.[①]心中构思是否新奇？[②]

丝绸之路是古代中国与外国沟通的交通要道，它承接了从西汉至今的几千年中国文明史。传统的丝绸之路，起自中国汉唐古都长安或洛阳，经中亚国家、阿富汗、伊朗、伊拉克、叙利亚等而达地中海，以罗马为终点，全长6440千米。这条路被认为是连通亚欧大陆的古代东西方文明的交会之路，是古代中国经过中亚通往南亚、西亚以及欧洲、北非的陆上贸易交往的通道，而丝绸则是最具代表性的货物。在数千年的历史长河中，曾有无数使者踏上这条连接东西方的丝路，为沿线各国的文化交流作出了自己的贡献。"凿空西域"的西汉著名外交家、探险家张骞被誉为"丝绸之路的开拓者""第一个睁开眼睛看世界的中国人"，他将中原文明传播至西域，又从西域诸国引进许多新奇的物种，比如汗血马、石榴、胡麻等，促进了东西方文明的交流。自此，西域与中原建立了密切的关系，西域历史也成为中国历史的一部分，中亚草原成为连接中国和西方文明的桥梁，而西方的音乐、舞蹈、绘画、杂技等传入中国，对中国古代文化艺术产生了积极的影响，推动了世界文明和社会的发展。卫青和霍去病是为汉朝打通河西走廊，奠定西域通道的重要人物。东汉时期的班超经营西域三十余年，巩固了西域边疆，进一步促进了中国和西亚各国的经济文化交流。甘英曾奉班固之命出使大秦（东罗马帝国），是第一个到达波斯湾的中国人，也是史料记载创造丝绸之路终点的人。玄奘和法显作为佛学家，不仅将中原文化传播给西域各国，还将佛教文化引入中国，对中国历史文化产生很大的影响。《马可·波罗游记》的作者马可·波罗正是经由西域来到中国，在中国游历17年后，用这本游记激起了欧洲人对东方的强烈向往，也对之后新航路的开辟产生了巨大的影响。成吉思汗的西征打通了东西方经济文化交流之路，缩短了地球的距离，改变了世界历史发展的方向。郑和是海上丝绸之路的奠基者，揭开了世界大航海时代的序幕，他以多元宗教文化为先导，打通东南亚海上丝绸之路，将中国的航海事业铭刻在世界航海史的里程碑上。丝绸之路不仅是物质交换的通

---

① *Русская поэзия Китая: Антология*，https://litlife.club/books/174318/read? page=115.

② 李延龄主编：《松花江晨曲》，第319—320页。

道，更是东西方文明对话的桥梁，从张骞到郑和，众多历史人物的探索与贡献，不仅丰富了中华文明，也深刻影响了世界历史进程，使丝绸之路成为人类文明互动互鉴的光辉典范。

中国西安的大雁塔（又名“慈恩寺塔”）作为现存最早、规模最大的唐代四方楼阁式砖塔，是佛塔这种古印度佛寺的建筑形式与华夏建筑文化融合的典型物证。它曾经是唐代长安（今西安）城中最高的天际线，玄奘将自己由天竺经丝绸之路带回的经卷、佛像安放在这座雄伟的佛塔中，其余生的夙愿便是将这些印度佛教典籍翻译成中国文字。根据玄奘的途中见闻撰写的《大唐西域记》记载了他游历西域的所见所闻，从不同层面和不同角度展示了西域的风土民俗，成为研究中国西北地区和中亚地区以及阿富汗、印度、尼泊尔、巴基斯坦、孟加拉国、斯里兰卡等国古代历史地理的主要文献。玄奘也早已成为中国和印度文化交流的象征，更是中国人不断学习域外文化的精神指引。

中国西部的敦煌，一个被高山、戈壁环绕的小绿洲，是古丝绸之路的咽喉之地。中华文化、古印度文化、西亚及中亚的文化在此汇聚，成就了独具魅力的敦煌文化。鸣沙山东侧的崖壁上，莫高窟保存着令人叹为观止的古代佛教艺术遗迹。从公元 4 世纪起，这些壁画与雕塑耗费千余年时光才得以完成，工匠除了中国人，还有印度人、阿拉伯人和波斯人等，莫高窟也因此融入了南亚、西亚、中亚及地中海地区的艺术特质。飞天飞行于天空，或手持乐器，或蹁跹起舞，这是属于亚洲文明的非凡想象力，是莫高窟艺术最重要的人物角色之一。飞天源于古印度佛教中的歌舞神，在印度和阿富汗等地现存的飞天遗迹中，人物形象大多为男性，莫高窟早期的飞天带有明显古印度文化的痕迹——男性、高鼻、卷发。自隋唐以后，中国人才遵循自己的审美，将飞天演绎为俏丽的女性。自他乡而来的飞天成为中华文明中永恒飘逸的倩影。

丝绸之路是古代亚欧大陆商贸往来和文明交往之路。横跨亚欧的丝绸之路漫长且充满艰辛，那些行进在这条漫漫征途上的商人通过自己的买卖行为联通亚欧，互通有无，从胡椒到洋葱，从柑橘到葡萄，从沙特阿拉伯的香料到中国的丝绸，丝绸之路不仅丰富了人们的餐桌，也让东西方文明不断交融互鉴。正如诗人所言：“ 你让条条小径，/ 马蹄声踏踏不息，/ 你震撼了欧洲/ 业已生根的风习。”丝绸、瓷器、茶叶等中国特产通过丝绸之路源源不断进入欧洲，改变了欧洲人的消费习惯，一度出现了堪比洛阳纸贵的盛况——“罗马丝绸贵”，比如凯撒大帝曾身着丝绸制作的长袍出现在罗马大剧院，也使欧洲的黄金、罗马银币等大量流入中国和阿拉伯半岛。也是借由丝绸之路，源自中东的弹拨乐器乌德琴成为音乐文明传播的先行者，从波斯传入中国后，演变为中国的民族乐器琵琶；向西进入古罗马时期的意大利，演变为曼陀铃。

一如纪录片《亚洲 文明之光》中所言：“两千多年间，贯通亚洲之间、亚洲与世界之间的丝绸之路，跨越了埃及文明、巴比伦文明、印度文明、中华文明的发祥地，跨越了佛教、基督教、伊斯兰教信众的汇集地，跨越了不同国度和肤色人民的聚居地，宛如一条人类文明交融沟通的大动脉。驼铃、马蹄和桅杆推动着人类的进步，给世界以无限的机遇和希望。”如今，“历史的长河滚滚向前”(Медлительно по азиатским долам)，我国提出的“一带一路”倡议，不仅使古丝绸之路重新焕发生机与活力，也开辟了全球经济合作与文化交流的新平台。

Медлительно по азиатским долам 历史的长河滚滚向前，
Текла вперед истории река，经过亚洲的峡谷流速缓慢，
Порой плескаясь гунном иль монголом.偶尔有匈奴或蒙古的浪花飞溅。

Забыты нами кочевые тропы；游牧的小路早已被我们忘记，
Наполненные ржанием века 世世代代布满了斑斑锈迹，
Заглушены шоферами Европы.这锈迹已被欧洲的司机们遗弃。

Но нас ведет тропинкой прихотливой 但命运之手从来不会清闲，
Судьбы неугомонная рука，引导我们沿古怪的小路向前，
Сменяются приливы и отливы.涨潮与退潮总是不停地轮换。

Для наших внуков не придет ли время，我们的后代子孙可会遭遇——
Когда они средь смут издалека 世道动荡混乱，战火不息，
Услышат вновь бряцающее стремя?[1]飞奔的战马又让他们恐惧？[2]

文明的起源、进步与发展都得益于水的哺育与滋养。被誉为“巨河之

---

① *Русская поэзия Китая: Антология* ，https://litlife.club/books/174318/read? page=116.
② 李延龄主编：《松花江晨曲》，第 322 页。

洲”的亚洲，其汇集的大河数量占七大洲之首，被称为“世界屋脊”的青藏高原造就了亚洲大陆中部高、四周低的地势，多源发于中部的江河也因此呈放射状向四周分流而去。江河之水不仅滋养了土地，也汇聚了更多的人口，不同文化的碰撞最终催生出不同的文明。在西亚，源于安纳托利亚高原的幼发拉底河与底格里斯河（两河流域）先后诞生了苏美尔文明、阿卡德文明和古巴比伦文明；在南亚，从喜马拉雅山脉奔流而下的印度河与恒河，共同孕育并滋养了古印度文明——哈拉帕文明和吠陀文明；在东亚，源于青藏高原的黄河与长江分别孕育了半坡文化与河姆渡文化，继而生发出华夏文明；在中亚，源于帕米尔高原的阿姆河与锡尔河（中亚的“两河流域”）孕育出雅利安人等族群，向南扩张创造出吠陀文明，向西征战发展出波斯文明，堪称东西方文明的十字路口，深刻影响了丝绸之路沿线包括欧亚草原、波斯、印度、汉唐的历史文化。

漫漫数千年，古老的亚洲文明为人类的进步与发展奉献了无穷的智慧，除了植物、动物的栽培与饲养，陶器的制作也极大地推动了饮食文化的进步，中国江西的仙人洞遗址出土了最远古的陶片，古巴比伦人独创了最早的陶器上釉技术，最早的高温陶器由赫梯人研制而成。在解决人类基本温饱的基础上，棉花的种植（印度河流域）和丝织品的诞生（中国长江流域）不仅改变了人类的穿着习惯，也丰富并推动了服饰文化的发展。除此之外，亚洲还为人类贡献了最早的数字、天文、历法、法典、乐谱和乐器等，尽管由于阿拉伯数学家花拉子密的《印度的计算术》一书的传播，数字被称为“阿拉伯数字”，但 0 至 9 的十进制数字仍是古印度文明的伟大创造。负数最早由中国数学家发明，并在《九章算术》中被提及和应用。古印度人最早计算出地球的周长。除了创建代数和三角学，阿拉伯人还测算出了本初子午线的长度，对天体运动有深入研究。成书于中国战国时期的《甘石星经》是世界上较早的天文学著作。古巴比伦王国的苏美尔人在公元前 3000 年左右制定了世界上最早的历法之一——太阴历。世界上最早的成文法典《乌尔纳姆法典》（早于《汉谟拉比法典》）属于古代西亚乌尔第三王朝（约公元前 2113 至前 2008 年）。世界上最早的乐谱源于公元前 1400 年的古巴比伦王国，而距今约 9000 年的中国的贾湖骨笛则是世界上最早的可吹奏乐器。

当然，喜马拉雅山、珠穆朗玛峰、里海、阿拉伯半岛、马来群岛——这些世界之最见证了亚洲从荒蛮走向丰盈的历程。诗人叶甫盖尼·雅什诺夫在

《光秃秃的亚洲！四周有多少……》(*Лысая Азия! Сколько кругом*…)一诗中，感叹于亚洲桑田沧海的变迁、文明历史的悠久。

Лысая Азия! Сколько кругом 光秃秃的亚洲！四周
Дикой иззечной свободы! 有多少自由源自洪荒！
Все зародилось на лоне твоем: 植物、畜群和各族人民，
Злаки, стада и народы. 都在你的怀抱中生长。
В круговращеньи судеб мировом, 世界的命运周而复始，
Знаю, весенние воды 我知道，春汛来临，
Снова наполнят степей водоем. 会使草原上湖水荡漾。

亚洲作为人类最早的定居地，见证了其子民驯化粮食、牲畜的艰辛，目睹了陶器、瓷器和铁器制作过程的惊艳，亲历了“古代东方四大奇迹”——中国的长城、印度的泰姬陵、印度尼西亚的婆罗浮屠、柬埔寨的吴哥窟——崛起的辉煌。在岁月流转中，历史遗迹或许会因各种原因消失或损毁，但亚洲先民们留给世界的精神财富则将影响久远。

Чувствую я, из Европы беглец, 我，来自欧洲的逃亡者，
Отпрыск культуры постылой, 失去了文化依托四处流浪，
В гаме верблюдов, коней и овец 当骆驼、马匹和绵羊在叫，
Потенциальные силы. 我感到一种潜在的力量
Слышу, как в творческом акте Отец 我听见，正在创作的父亲，
Пружит набухшие жилы. 膨胀的血管在跳荡。
Вижу, мужает скуластый творец. 我看见，高颧骨的创造者体魄坚强，
Жатва - на западе, в Азии - жнец![1] 收割者在亚洲，而收获却在西方。[2]

亚洲，这片孕育了人类璀璨文明的古老大陆，其辉煌不只是局限于地域，而是跨越时空，对全球文明的演进产生了深远而广泛的影响。在西亚，两河文明的悠悠古韵为后世文明奠定了坚实的基础；在东亚，中华文明以独特的哲学思想、艺术成就与科技发明等照亮了人类历史的天空；在南亚，印度文明则为世界文化宝库增添了丰富的宗教哲学、数学与文学等瑰宝。这些亚洲文明的

① *Русская поэзия Китая: Антология*, https://litlife.club/books/174318/read? page=115.
② 李延龄主编：《松花江晨曲》，第 313 页。

瑰宝,不仅滋养了本土,更以直接或间接的方式促进了古希腊文明乃至古罗马文明的萌芽与繁荣,成为欧洲乃至世界文明发展的重要源泉。

在这片充满智慧的土地上,伟大的思想家们如繁星般璀璨。琐罗亚斯德以其对宇宙秩序的独特见解,启迪了后世的宗教与哲学思考。老子与孔子的智慧,分别通过道家与儒家的学说,深刻影响了中国乃至东亚社会的伦理道德与价值体系。释迦牟尼的佛教思想则跨越国界,成为连接亚洲各国乃至世界的精神纽带。卡南达、阿维森纳等先贤的学说,同样在世界学术史上留下了浓墨重彩的一笔。他们不仅用智慧的光芒照亮了古老的亚洲,更如同灯塔一般,引领着人类思想的航向,对欧洲乃至全球的文化、哲学、宗教等领域产生了深远的影响。此外,宗教文明作为人类文明不可或缺的一部分,亦深深扎根于亚洲。从古老的犹太教、琐罗亚斯德教,到印度教、佛教、耆那教、道教等,这些宗教思想历经千年而不衰,不仅塑造了亚洲社会的精神面貌,也通过交流互鉴,丰富了全球文化的多样性。尤为值得一提的是,当今世界三大主要宗教——基督教、伊斯兰教、佛教均起源于亚洲,它们跨越地域与文化的界限,成为连接不同国家和地区人民心灵的桥梁。

由此观之,古老的亚洲曾以其深厚的历史底蕴、丰富的文化遗产与卓越的智慧成果编织了人类文明的多彩画卷,而今天的亚洲,在继承与发扬古老智慧的基础上,正以前所未有的开放姿态,积极参与全球文明对话与交流,致力于构建一个美美与共、文明互鉴的美好世界。在这幅恢宏的新卷中,亚洲不仅将继续展现其独特的魅力与风采,更将携手世界各国,共同书写人类文明发展的新篇章。

第二节 回眸历史沧桑,步入现实神秘

龙的起源,深深植根于中国古代古老而神秘的土壤之中,先民们面对浩瀚的自然界,自感渺小又充满好奇,于是,龙这一集万物之灵于一身的神兽应运而生,它不仅是先民们对自然奥秘的敬畏与想象的表达,更是中华民族精神信仰与文化智慧的结晶。据说龙“角似鹿,头似驼,眼似兔,项似蛇,腹

似蜃，鳞似鱼，爪似鹰，掌似虎，耳似牛”，是说它的角如鹿之优雅，头似驼之沉稳，眼含兔之灵动，项展蛇之蜿蜒，腹藏蜃之深邃，鳞披鱼之光泽，爪握鹰之锐利，掌显虎之威猛，耳呈牛之稳健。“九似”之说，不仅是对龙形象具体而微的描绘，更是中华民族兼容并蓄精神的体现。

俄侨诗人弗谢沃洛德·伊万诺夫在其作品《龙》(*Дракон*)中，通过富有想象力和神话色彩的笔触，描绘了一个遥远而混沌的史前时代，并以“神奇时代的最后一个人——/一个中国人认识了云中龙”巧妙地诠释了“龙的传人”的渊源，强调了龙文化在中国文化中的重要地位及其对人类文明的深远影响。

« Давно, давно, когда лишь берега“很久很久以前的古代，
В потопе поднялись и залегла в лога 泛滥的洪水回归沟壑，
Вода, что сброшена вновь проязленной сушей, 陆地从水中显露出来——
Тогда суставами поверстаны деревья，那时的树木枝节相等，
Туманы над землей, а на животных перья，大地有雾，动物长羽翎，
И жизнь на островах среди безбрежных рек. 河中的岛屿繁衍着生命。
Тогда летали те грозящие драконы，那时可怕的龙会飞行，
И знал китаец их на облаках огромных-神奇时代的最后一个人——
От дивных дней последний человек ».[①]一个中国人认识了云中龙。”[②]

龙在中国文化中兼容了图腾、神灵、帝王、佛教、道教等表征和意蕴，被赋予了吉祥、权力和神圣的象征意义。[③]《说文解字》中，龙是变幻莫测的灵性生物——“龙，鳞虫之长，能幽能明，能细能巨，能短能长，春分而登天，秋分而潜渊。”韩愈的《龙移》中，龙是威武霸气的代名词——“天昏地黑蛟龙移，雷惊电激雄雌随。”白居易的《长恨歌》中，龙是帝王的化身——“天旋日转回龙驭，到此踌躇不能去。”《易经·乾卦》中，龙是祥瑞的象征——“飞龙在天，利见大人。”《楚辞·离骚》中，龙承载着诗人浪漫瑰丽的想象——“驾

---

① *Русская поэзия Китая: Антология* , https://litmir.club/br/? b=174318&p=38.
② 李延龄主编：《松花江晨曲》，第 359—360 页。
③ 参见何星亮：《中国龙文化的发展阶段》，云南社会科学 1999 年第 6 期，第 57—64 页。铁军等：《日本龙文化研究》，中国传媒大学出版社 2013 年版，第 118—132 页。

八龙之婉婉兮，载云旗之委蛇……为余架飞龙兮”“麾蛟龙使梁津兮”[①]。

Фонарь из пузыря. Он тянут белой грушей，尿脬灯笼。膨胀如白梨，
Лениво-матовой，как будто жемчуга.像珍珠似的微微发亮。
Над ним же приподнял коричнево рога 灯笼的上方有一条龙，
Дракон，извившийся своею узкой тушей.[②]角呈棕色，躯体盘绕细长。[③]

Дракон на кровле в ярости и муке，房顶上的龙愤怒又痛苦，
Разъявши пасть，глядит на тихий дол.[④]龙口大张注视寂静的峡谷。[⑤]

中华民族的龙文化从考古学角度看，可以早到六七千年以前；从传统角度看，可以早到三皇五帝时代。从远古时代直到现在，龙文化随着民族的形成和发展贯穿始终，一直活跃在中华五千年文明中，可以说源远流长。龙文化渗透在各个民族中，从帝王阶层到广大民间，从天文到地理，从正史到野史，从雕刻、绘画到诗词歌赋，从各类建筑到器皿、衣着，从语言词汇到传说故事，从祭祀到节庆，无不打上龙文化的烙印。“龙的传人”与炎黄二帝是中华人文始祖一样，是民族凝聚力心理的认同。

如果说龙象征力量与守护，那么，佛教中的千手观音则代表慈悲与救赎，都承载着人们对美好生活的祈愿与向往。千手观音即“千手千眼观世音菩萨”或“千眼千臂观世音菩萨”，为佛教六观音之一。据《千手千眼观世音菩萨广大圆满无碍大悲心陀罗尼经》记载，观音菩萨为利益众生，身化出千眼千手，以遍观世间并佑护众生。千手观音的形象起源于古印度佛教，后传至中国、日本、韩国等国，形成了各自独特的风格，其在中国佛教和民间信仰中都有着重要位置，被认为能帮人渡劫、消病免灾，有着无穷的慈悲和智慧。俄侨诗人尼古拉·斯维特洛夫借《千手观音》(*Сторукая*)一诗，展示了千手观音在庙宇佛塔中的尊位，以及普罗大众为了祈求平安与吉祥对她的膜拜。

Я целовал твое святое тело，我亲吻你圣洁的躯体，
Я целовал твои святые руки；我亲吻你圣洁的臂膀；

---

① 《楚辞》，林家骊译注，中华书局 2013 年版，第 30—31 页。
② *Русская поэзия Китая：Антология* ，https://litmir.club/br/? b=174318&p=38.
③ 李延龄主编：《松花江晨曲》，第 359 页。
④ *Русская поэзия Китая：Антология* ，https://litlife.club/books/174318/read? page=22.
⑤ 李延龄主编：《松花江晨曲》，第 243 页。

Но ты, божественная, захотела,观音啊,可是你却想
Чтоб наше счастье стало нашей мукой.让我们的幸福化为悲伤。

И стало так. По твоему веленью 言而有信,照你的吩咐,
Дневное солнце больше не всходило.白昼的太阳不再升起。
Я стал молиться, преклонив колени,我开始祷告,双膝下跪,
Невидимому черному светилу.祈求黑色的无形天体。

Я стал учиться трудному искусству 我开始钻研艰深的佛法,
Быть каменным, быть всюду одиноким.以石为鉴,处处孤单,
Я поклонился в ноги Заратустре 拜倒在威严神像的脚下,
И сам себя стал называть пророком.自称先知,为神代言。

Я уходил под своды древних храмов,遍访古代的名刹寺院,
Где, в свете свеч, пред золотым Майтрейей 叩拜烛光中的弥勒佛,
В тумане фимиама дремлют ламы,香烟如雾,喇嘛打盹,
Рыдает гонг, и жертвенник алеет.锣声响处,佛事红火。

Я там искал Сторукую богиню,在那里寻找千手观音,
Ту, у которой бронзовое тело,她的身体为青铜铸就,
Одежд которой дым струею синей 浅蓝的香烟如丝如缕,
Касается неслышно и несмело.怯懦地触及她的衣袖。

Я жег пред нею тлеющие свечи,我在她面前点燃蜡烛,
Бросал в огонь священную бумагу.把烧纸投向圣洁火焰,
И на лицо ее, на грудь, на плечи 我怀着情欲大胆窥视,
Смотрел со страстью, с дерзкою отвагой.她的面庞、乳峰和双肩。

Божественная! Ты глядела строго 观音啊,你目光威严,
Куда-то вдаль, в ненужное нам небо.凝视着虚幻的九霄云外,
Вокруг тебя толпились молча боги,你四周的神和我一样,
Прося - со мной - твоей любви, как хлеба.像祈求面包祈求你的爱。

Да, это ты! Века, тысячелетья.这就是你啊,世世代代,
Мильоны лет - ты та же, ты все та же;亿万年不变,始终如一;

И эти храмы, пагоды, мечети -这些庙宇佛塔供奉你,
Тебе, звезде, которая всех краше.[①]闪烁星光,你最美丽![②]

亚洲的许多寺庙散发着古老的沧桑和神秘气息,在造福天地万物的同时展现出无限的佛教文化,让信徒向往,尤其在中国和日本,寺庙不计其数,每座寺庙都有自己传统的文化特色。但日本最早的一些佛教寺庙,大部分都是模仿中国寺庙建筑样式建造的,因此这些寺庙不仅有许多日本佛教文化的特征,也展示了中国建筑的魅力。同时,由于历史上东南亚国家受中国文化的影响,日本也多次到中国学习先进文化和制度,因此以东亚地区汉族和其他民族为代表的民族对龙文化有着强烈的认同感。

日本最主要的宗教是神道教和佛教,神道教属于泛灵多神信仰(精灵崇拜),视自然界各种动植物为神祇。其中日本佛教属于北传佛教之一,从西域经唐朝传入,距今已有1400余年的历史。纵观日本佛教,教理上多源自中国宗派而发展,然而在修行实践上则趋于易行及通俗化。在日本,寺庙是一种非常重要的文化建筑,这些古老而庄严的建筑不仅反映了日本千年文化传统,也展示了对唐朝文化和建筑风格的强烈借鉴。7世纪,随着佛教从中国传入日本,唐朝式样成为当时最主流的建筑风格。此后,在接下来的数百年里,日本各地兴建了许多唐朝式样的寺院。例如,飞鸟样式是日本飞鸟时代受到中国南北朝建筑文化影响演变出的一种建筑式样,代表建筑为四天王寺和法隆寺;而白凤样式是日本奈良时代初期受到中国隋、唐初期建筑文化影响演变而来,如药师寺的东塔;天平样式是日本奈良时代末期受中国唐朝建筑文化影响演变而成,如唐招提寺的金堂和法隆寺的梦殿;镰仓样式中的大佛样(即天竺样)和禅宗样(即唐样)都是日本镰仓时代受到中国宋代福建一带禅宗和江浙一带建筑文化影响演变而来,如净土寺的净土堂和正福寺的地藏堂等。

这些古老的寺庙文化也强烈地吸引着俄侨作家,诗人、翻译家米哈伊尔·谢尔巴科夫20世纪20年代居住在哈尔滨,曾游历亚洲,足迹遍及朝鲜、日本、越南、马来西亚、斯里兰卡等国。《日本寺庙》(*Японский храмик*)就是诗人在日本下关送给俄侨画家米·乌尔旺采夫的诗歌。

---

① *Русская поэзия Китая* , https://coollib.com/b/224662/read.
② 李延龄主编:《松花江晨曲》,第226—227页。

Коричневый дракон изваян в потолке；天棚上刻一条棕色的龙，
колючие хвосты сползают по колонкам. 带鳞片的尾巴环绕廊柱。

На лаке алтаря зеркально-ломком 漆如明镜的供台上，
нефритовый божок уселся в уголке 一尊玉佛笑容如儿童，
и пухлым улыбается ребенком. 端坐在佛龛深处。

Внизу - огромный и горбатый черный краб -供台下一只巨大的黑蟹——
потрескавшийся гонг старинных церемоний，古代祭祀用的破锣，
и бронзовых курильниц ряд зеленый. 还有一排带铜锈的绿香炉。

Приятно приторен и ароматно слаб 一股淡淡的清香气味，
увядший запах прежних благовоний. 在空气中隐约飘浮。
1922 Шимоносеки[①]1922 年下关[②]

这首诗以简洁而富有意象的语言，勾勒出一幅充满历史韵味与宗教氛围的日本寺庙画面。天棚上的棕色龙与环绕廊柱的鳞片尾巴，展现了寺庙装饰的精致与神秘。供台上玉佛的笑容如儿童般纯真，透露出佛法的慈悲与温暖。供台下的黑蟹（或破锣）与铜锈香炉，则暗示了寺庙的古老与祭祀的传统，而空气中淡淡的清香气味，更是为这静谧的空间增添了一抹超脱世俗的宁静与祥和。整首诗通过细腻的描绘，展现了日本寺庙的独特魅力。

诗作《象头神》（*Ганеша*）则是诗人游历锡兰（今斯里兰卡）的印象。锡兰是一个多民族的国家，其宗教信仰有佛教、印度教、伊斯兰教和基督教等，其中，僧伽罗人大多信奉佛教，泰米尔人多为印度教湿婆派，伊斯兰教的信徒主要为摩尔人。印度教起源于印度，有着漫长而多变的历史，最早可追溯到公元前 16 世纪雅利安人创立的婆罗门教，而婆罗门教的前身则为吠陀教。印度教中有许多奇特而有趣的神灵，比如最受人喜爱和崇拜的神明——象头神，是印度教三大神（创造之神梵天、保护之神毗湿奴、毁灭之神湿婆）中的湿婆神和雪山神女帕尔瓦蒂的精神之子，为印度教及印度神话中的破除障碍之神、财神、命运之神、智慧之神，也是人们的家庭守护神。印度教认为，与文字和智慧有关的一切，都归象头神管辖，因此，信仰印度教的人在结

---

① *Русская поэзия Китая: Антология*，https://litlife.club/books/174318/read? page=107.

② 李延龄主编：《松花江晨曲》，第 293 页。

婚、拜师、求学、出门朝圣前都会祭拜象头神。象头神受众广泛，在藏传佛教中他被称为大圣欢喜自在天，或欢喜天、圣天，为佛教的守护神。在日本，被视为夫妇圆满之神和财神；在泰国，被称作象头神财天。

У розовых развалин в буйных розах 怒放的玫瑰花丛花枝凌乱，
Укрыл воздушными корнями баниан 榕树气根遮掩着古老祭坛，
Старинный жертвенник, и в кружеве лиан 祭坛的四周有青藤环绕，
На плитах воины в даронесущих позах.武士双手合十站立在石板。

Горящим обручем лампад обрамлена，点燃的长明灯列成了一排，
Синеет в мраморе таинственная ниша，照耀着大理石的神秘佛龛，
Где дремлет в лотосе, глухие гимны слыша，一尊巨大的玉雕象头神，
Большая статуя премудрого Слона.伫立在莲台，聆听者诵赞。

В ногах у Ганеши лег ворох полумертвый 象头神脚前摆放许多花环，
Душистых венчиков, янтарных, как заря；气息芳香，霞光一样灿烂；
Рассыпан крупный рис на плитах алтаря，祭坛的石板上撒满大米，
И медь блестит, устами дев истерта.姑娘吻过的铜香炉亮闪闪。
1920 Кэнди, Цейлон[①]1920 年于锡兰肯迪[②]

本诗通过怒放的玫瑰花丛、榕树气根、青藤环绕的祭坛等元素，营造了一个古老而神圣的氛围。点燃的长明灯、大理石佛龛与武士双手合十的恭敬姿态烘托出玉雕象头神伫立莲台之上接受颂赞的威严与慈悲。神像脚前的花环与祭坛上的大米，以及被姑娘亲吻过的铜香炉，不仅增添了画面的生动性，也寓意人们对神祇的虔诚供奉与美好祈愿。

象头神的梵文名字是伽内什或迦尼萨，意为“群主”，即伽那之主，因为他负责统领众多侍奉湿婆的、喜欢搞怪的小神。此外，象头神也被称为“毗那夜迦”，意为“无主者”，因为他不受任何人的控制。象头神是大腹便便且右边象牙折断的象头人身形象，持斧头、糖果、念珠、莲花，体色或红或黄，常有老鼠充当坐骑或伴其左右。这些特征都有着深刻的寓意。象头代表着智慧、力量和尊贵，人身代表着人性和亲和力。象头神既是慈悲和善良的，对

① *Русская поэзия Китая: Антология* , https://litlife.club/books/174318/read? page=107.
② 李延龄主编：《松花江晨曲》，第 289 页。

所有生灵都充满爱心和关怀，也是快乐和幽默的，喜欢玩耍和开玩笑。大肚腩彰显着其无穷的心量，代表着宇宙间所有的“能”与“不能”、善恶美丑、酸甜苦辣都包容在象头神伽内什的肚子里。四只手代表着多功能和全能，象头神能同时处理多种事物，无所不能。他手中常持有四样法器——斧子（代表着砍断无知和愚昧，开启智慧之门）、套索（代表着捕捉并控制欲望与贪婪，达到自律之境）、驱象刺棒（代表着驱赶惰性，激发行动之力）、甜食碗（代表着享受生活中的美好，感恩上苍）。断牙代表着牺牲和奉献。相传，印度神话史诗《摩诃婆罗多》的构思者广博仙人在口述其内容时，求助象头神伽内什用神笔记录，由于内容过于庞杂，神笔写坏了，为了不打断仙人的思路，伽内什急中生智，折断自己的右牙蘸上墨水，最终把《摩诃婆罗多》完整地记录下来，展现了他对知识和文化的热爱与贡献。老鼠代表着谦卑和机敏，虽然弱小，但却能在各种环境中生存下来；同时，老鼠也是象头神的忠实仆人，能帮助他完成各种任务。

每年 8 月底或 9 月初的月圆之日，是象头神伽内什的神诞日，在为期 10 天的象头神节中，信徒们会早早准备好椰子、花环、香枝、鲜果等祭祀用品，或去寺庙膜拜象头神，虔诚祈求象头神的佑护；或请一尊象头神神像放在家中供奉。在节日的最后一天，在欢乐的舞蹈、响亮的鼓声和虔诚的歌声中，信徒们将象头神像送入河流或大海，当黏土制成的神像溶解时，既意味着伽内什带上信徒的烦恼和不幸消解在水中，除旧布新，也象征着象头神开始了返回圣山吉罗娑之旅，最终将回到其父亲湿婆神和母亲帕尔瓦蒂女神的身边。印度教徒敬拜神像，相信神像能给予世人强大的正能量，同时他们也认识到宇宙处于不断变化之中，一切有形终将归于无形的能量。信众们将神像送入江河湖海，也是在提醒自己记住“不着相”（指一种超越凡俗的境界）修行的智慧。

此外，诗人对信仰原始萨满教的通古斯人也兴味盎然，《在北方——铃鼓》(*На севере-Бубен*)一诗就由此而来。“通古斯”一词最早出现于近代俄罗斯，有“蓄猪之民”和“东方之人”的含义，代指源于贝加尔湖附近的一个古老民族。如今的通古斯人包括分布于今俄罗斯中西伯利亚、东西伯利亚和黑龙江以北、乌苏里江以东俄罗斯境内的奥罗奇人、那乃人（都是赫哲人，即原女真人的一支）、乌底盖人、乌尔奇人、雅库特人（都是原女真人）；分散于黑龙江以南、乌苏里江以西中国境内的满族、锡伯族、赫哲族、鄂伦春族、鄂温克族等。鄂温克是鄂温克族的自称，意为“住在大山林中的人们”，他们世代生活在大兴安岭周边地区。

在数千年的发展中，通古斯人主要以捕鱼、狩猎和畜养驯鹿为生，他们居无定所、四处迁徙，住在半穴居的房屋里。他们崇拜野猪，认为野猪是力量和勇敢的象征，普遍信仰原始萨满教。雪橇是冬天最主要的交通工具，他们的雪橇通常用松木做成，板底贴着兽皮，前面弯，后面呈坡形，中间设有绑腿的皮带，大雪封山的日子，平时需要走三四天的路程，用雪橇一天就能完成。他们用皮张、鹿茸、熊胆等去山下换取武器、铁锅、食盐、粮食、布匹、烟、酒、糖、茶等物品。

Сопки сегодня с проседью，起伏的山冈长出了白发，
Иглы льда у отлива；今天，冰笋悬挂在窗檐；
К самым поварням осенью 秋季捕鱼的吊脚木屋旁，
Нерпы легли лениво.有几只海豹懒散悠闲。

Скоро с гор на равнину 通古斯人乘着雪橇，
В нартах скочуют тунгусы；很快会下山来到平原，
Будут менять пушнину 他们将用毛皮兑换烧酒，
На спирт，бисер и бусы.兑换玻璃珠子与珠串。

萨满教相信万物有灵和灵魂不灭，其核心信仰包括祖先崇拜、图腾崇拜和自然崇拜。萨满巫师被认为是萨满神在氏族内的代理人和化身。萨满巫师的装备有神鼓和鼓槌，着神衣、神帽、神裤、神裙，神衣上“既有用木片连缀成的人的脊椎骨造型，又有象征着人的肋骨的七根铁条、雷电的造型以及大大小小的铜镜”，神裙上“缀着无数串小铜铃，吊着十二条彩色的飘带，象征着十二属相”，神帽“像一只扣在头顶的大桦皮碗，后面垂着长方形的布帘，顶端竖着两只小型的铜质鹿角，鹿角杈上悬挂着几条红黄蓝的象征着彩虹的飘带，而神帽的前面垂着红色的丝带……”[①]氏族里当有人或驯鹿生病时，萨满巫师就会“跳神”。届时，人们燃起篝火或炭火，整个部族的人围坐在火堆旁，萨满巫师披上沉重的神衣神帽，左手持着神鼓，右手握着狍腿鼓槌，击打着神鼓边歌边舞，时而仰天大笑，时而低头沉吟，伴随着他的舞蹈，神鼓时

---

① 迟子建：《额尔古纳河右岸》，人民文学出版社 2022 年版，第 122 页。

而激越时而低沉，为人驱病或祈福。

Хилый старик зашаманит 夜晚，帐篷里生起炭火，
Ночью в угарной юрте; 瘦弱的老人开始跳萨满；
Бубном огромным грянет -铃鼓的声音格外响亮——
Грозный, хмельной и юркий. 响得灵巧、沉醉又威严。

Пламя костра ответит 篝火燃烧，熊熊的火焰
Бубну тревожной дрожью，应和着铃鼓亢奋的鼓点，
Зайчиками расцветит 萨满巫师的鹿皮衣服，
Кагаглю из красной кожи. 跳荡着五颜六色的光斑。

生活在兴安岭地区的鄂温克族最喜欢猎的就是犴达罕（驼鹿）和野鹿，犴达罕是一种体型庞大的动物。因为犴达罕和鹿都喜欢舔舐盐碱土，而它们又喜欢在向阳山坡活动，所以鄂温克猎人就会在向阳山坡做出碱场。他们先把地面的土挖出一尺（约33厘米）来深，再用木楔钻出一个个坑，把盐放进去，然后把挖出的土培上，使土地盐碱化，之后，猎人们只需守株待"鹿"和"犴达罕"了。

Бубна тупые удары 铃鼓的敲击迟缓有力，
Вырвались из юрты в селенье: 鼓声从帐篷传到村子里面：
Бродят по стуже чары，寒气中的幽灵四处游荡，
Жмется табун оленей，鹿群听见了纷纷抖颤。

И вкруг луны возникает 夜空中忽然出现了月亮，
Круг леодяний и туманный: 脸似冰霜，雾气弥漫：
Глаз Анназля мигает -通古斯头领听着铃鼓，
Слышит он бубен шаманий!..[1] 冲萨满巫师眨了眨眼！……[2]

除了捕鱼、游猎，鄂温克族还放养驯鹿。驯鹿性情温和且富有耐力，无论是在行猎还是搬迁时，驯鹿都可以轻松地负载重物穿行山林、跨越沼泽。驯鹿浑身是宝，皮毛可御寒，茸角、鹿筋、鹿鞭、鹿心血、鹿胎可入药，鹿奶为

---

① *Русская поэзия Китая: Антология*, https://litlife.club/books/174318/read? page=108.
② 李延龄主编：《松花江晨曲》，第299—300页。

鄂温克族提供清泉般的甘露。森林就是驯鹿的粮仓，它们总是能自主寻找食物，苔藓、石蕊、青草、桦树和柳树叶、蘑菇等都是它们的美食。鄂温克族认为驯鹿是有神性的，因为它们“夏天走路时踩着露珠，吃东西时身边有花朵和蝴蝶伴着，喝水时能看着水中的游鱼；冬天呢，它们扒开积雪吃苔藓的时候，还能看到埋藏在雪下的红豆，听到小鸟的叫声”[①]。因此，每逢搬迁时，驯鹿就负责驮载着鄂温克族最珍贵的玛鲁神和火种。玛鲁神通常以神偶的形式住在萨满巫师的狍皮袋子里，总共有12个神偶，主神是他们的祖先神舍卧刻，用哈卡尔木刻制成，为一男一女，有手、脚、眼、耳，穿着鹿皮做的衣服。其余的神偶都与主神舍卧刻有关，是他们喜欢的用具和动物。其中有鹿皮做的小鼓，因为舍卧刻喜欢听鼓声；也有噶黑鸟的皮，因为舍卧刻喜欢骑着噶黑鸟在天空飞翔；驯鹿的笼头和用鹿皮或狍子皮制成的缰绳玛卧格特，是专为舍卧刻驾驭驯鹿用的；用铁皮仿制的蛇神舍利，长15尺（约5米），有两个角，是鄂温克族比较畏惧的神。用白桦或落叶松做成的雀形的乌麦神，它能够保护孩子；用桦树或落叶松的细枝弯曲而成的熊神和驯鹿神“阿隆”，鄂温克人认为这种枝条能够保护驯鹿，一旦发生疫情，把它挂在驮玛鲁的驯鹿脖子上，就能保护所有的驯鹿。以熊作图腾，则源于熊是他们的祖先这一传说；此外，还有舍卧刻喜欢的灰鼠皮、水鸭皮、刻如那斯皮（刻如那斯通常居住在岩石丛里，身白、尾黑，身长约33厘米）。

当诗人的足迹踏上朝鲜半岛，不同宗教的和谐共处给他留下了深刻的印象，由此写下《和谐》（*Соответствие* ）一诗。

Взойти ступенями, внизу оставив гам，拾级而上，把喧嚷留在下面，
Промеж гранитных псов и темнохвойных сосен，石狗雕像与松林针叶之间，
И вдруг над кленами, чей лист кровавит осень，枫叶被秋天染得血红，再向上
В сквозистом воздухе - резной на сваях храм.一座木桩支撑的庙宇悬空出现。

Амиде ли, Фудо или иным богам，这庙宇供奉的是不是罗汉？
Которых вид свиреп и смертному несносен，面目狰狞让人看了胆战心寒，
Кому ты посвящен? Кому в рассветах весен 白色的圆形香炉香烟缭绕，
От белых пышных груш исходит фимиам? 春天的黎明该祭祀何方神仙？

---

① 迟子建：《额尔古纳河右岸》，第209页。

В ограде лаковой пространство мерит шагом 走进油漆栏杆圈起的祭坛。
Старушка в кимоно, свершая свой обет, 穿和服的老婆婆正在许愿，
И звонко падает мольба ее монет. 叮叮咚咚落下祈祷的铜板。

Так дальний костромич в часовне над оврагом, 不远处峡谷边的小教堂，
Соседа постучав по тощему плечу, 教士拍拍同伴瘦弱的肩膀，
Направит « к Празднику » семишную свечу. 让他去把节日的蜡烛点燃。
1922 Фузан. Корея[①] 1922 年于釜山[②]

朝鲜半岛有着多元化的宗教形态，既有萨满教、儒教、佛教和道教的影响，也有基督教和民族宗教的兴起。萨满教、儒教和道教源自中国，佛教和基督教经由中国传入，民族宗教则始于民族共同命运意识的觉醒。各宗教虽有教义的差异，但却呈现出包容、和谐共存的景观。诗人开篇用“拾级而上，把喧嚷留在下面”营造出一种远离尘嚣、寻求心灵净土的意境。“这庙宇供奉的是不是罗汉”，表达了诗人对未知宗教文化的好奇与尊重。庙宇中的罗汉与香炉展现了佛教文化的庄严与神秘，春天的祭祀则凸显出对宗教信仰的虔诚与习俗的传承。接着诗人的笔锋转向不远处峡谷边的小教堂和教士，这种基督教文化与佛教文化的和谐共存，不仅体现了当地社会的开放与包容，也寓意着人类文明的多样性和相互理解的重要性。

亚洲古老的文明孕育出多元宗教，随着贯通欧亚大陆的商贸路线——丝绸之路、瓷器之路、茶叶之路、香料之路等的开启与繁荣，亚洲各大宗教相互交流、融通互鉴，形成了多彩而又相融的宗教文明。从佛教、道教、伊斯兰教到印度教、基督教等，宗教的传播伴随亚洲文化的演变和传承，不仅促进了不同文明间的对话，也为构建和谐共存的宗教环境发挥了积极作用。由此可见，宗教的传播与交流不仅是一种文化现象，也是促进亚洲文明和谐共处、共同发展的重要纽带。古老的人类文明之光不仅点亮了过去，也照耀着未来。

---

① *Русская поэзия Китая: Антология*, https://litlife.club/books/174318/read? page=107.
② 李延龄主编:《松花江晨曲》，第 298 页。

第三节　他乡漫步——历史与现实的交织

漫步于他乡，俄侨作家们不只是在探索一个遥远国度的地理轮廓，而是以独特的视角观察着中国，以平实而温暖的笔触叙写着这片陌生土地上的风情画卷，切实地体味着曾被古老的文明之光照耀的现实。俄侨诗人基里尔·巴图林以途中所见描摹出一幅历史与现实交织的画卷。

Бамбуковая роща за каналом 小竹林，坐落水渠对岸，
И дом，крытый черепицей.一个房子，覆盖着瓦片。
Медленно поворачивает вол черпало 老牛，慢慢地拉着水车，
Спица за спицей.一个一个辐条地转呀转。

Каменной аркой перекинулся мост，石桥，是一座拱形的桥，
И фанзы на сваях обступили воду.带立柱的房子围着水边。
Дракон на крыше，загнувший хвост，房顶上的龙，蜷着尾巴，
Старится год от году.它衰老着，一年又一年。

Шиповник в щелях источенных плит，磨破的石板缝儿长月季，
В грязном проулке играют дети.孩子们在肮脏胡同里玩。
Императорский мост хранит 皇宫的桥保存许多传说，
Легенды тысячелетий.那传说，已经有几千年。

По ступеням - камням щербатым -台阶是一些带孔的石头，
Время царственно протекло，无可争辩流逝的是时间。
И день угасает ровным закатом，白昼熄灭成均匀的晚霞，
Хотя еще светло.尽管还依旧闪烁着光焰。

竹林、水渠、瓦房、石桥、水车、老牛、孩子，首先映入眼帘的是一幅岁月静好的画面；衰老的龙、磨破的石板缝儿、肮脏的胡同、皇宫的桥、带孔的石头，无不透着年轮的印记，承载着无数故事与梦想，并书写着历史过往的

沧桑。

Из серого гранита тупорылый лев 灰色花岗岩的大嘴狮子，
Ничком лежит в бурьяне. 大头朝下趴在杂草中间。
И никто не прочтет нараспев 那些古墓上边刻的墓碑，
Надписи на кургане. 谁也不会拉着长声去念。

Столбы могилы обвивает плющ，常春藤绕着古墓的墓碑，
Тропинкой стала аллея. 林阴路已经是小路弯弯。
Кому же войти под полог кущ 什么人会走进树冠之下，
Молитвенно благоговея? 去表示敬仰和祈祷冥安？

От старой кумирни остались обломки 依稀带着标志性的花纹，
В стертых узорах знаков. 那破旧小庙的残余碎片。
В заросли тополей бамбук тонкий 细竹从僧侣的墓里长出，
Растет из могил монахов.[1] 就长在那白杨树丛中间。[2]

在中国的寺庙、园林等传统建筑中，石狮通常作为守护神，寓意平安、吉祥和繁荣。如今，曾经威猛矫健的大嘴石狮无奈地趴在杂草间，失去了佑护的小庙破败不堪，僧侣的墓地被林木遮蔽，墓碑也被常春藤缠绕，或许早已无人去祭拜和祈祷，任由其伤感而静默地注视着时光的流逝。

如果说石狮是庙宇的守护神，那农夫就是土地的守护者。诗人阿尔谢尼·涅斯梅洛夫在《畦田》(*Гряда*)中刻画了一位不苟言笑、默默耕耘的农夫形象。

Щетина зеленого лука 在灰白的干涸的畦田里，
На серой иссохшей гряде. 吐绿着一片嫩葱的鬃毛。
Степные просторы, да скука，无垠的草原。无聊啊，
Да пыльная скука везде… 到处是落满尘土的无聊……

Вращает колеса колодца 一头毛驴，瞎眼而温顺，
Слепой и покорный ишак，拉动水井上水车的齿轮，

---

① *Русская поэзия Китая: Антология* , https://www.rulit.me/books/russkaya-poeziya-kitaya-antologiya-read-305634-18.html.

② 李延龄主编:《哈尔滨，我的摇篮》，第 301—302 页。

И влага о борозду бьется,一泓清水从地下涌出,
Сухою землею шурша.流得干土汩汩有声音。

И льется по грядам ленивой 寒冽的水在畦田里流着,
Струей ледяная вода -形成一股懒洋洋的细流,
Не даст ни растения нива 假如没有苦役般的劳作,
Без каторжного труда.田里一棵庄稼都不会有。

经过春天的辛勤劳作,从耕地到播种,再到施肥除草,农夫眼看着禾苗如嫩葱的鬃毛般破土而出,急需水分滋养,但天公不作美:"旱日与炎风,枯燋我田亩。"(白居易《夏旱》)"瞎眼而温顺"的毛驴如同它的主人一般,不知疲倦地拉动着水车,给土地和禾苗以生机。

Китаец, до пояса голый.一个赤膊齐腰的中国人,
Из бронзы загара литой,像是用晒黑的青铜铸造,
Не дружит с усмешкой веселой.不愿和欢快的笑结交,
Не любит беседы пустой.不爱和别人随便闲聊。

Уронит гортанное слово 刚说了一句喉音重的话儿,
И вновь молчалив и согбен -他又沉默了并弓背如常——
Работы, заботы суровой 是个严酷地工作、操劳的
Влекущий, магический плен.有魔法的奴隶,令人向往。

Гряда, частокол да мотыга,畦田、围栅,加上铁铲,
Всю душу в родную гряду! 我要把整个身心投入畦田!
Влекущее, сладкое иго.这是我所无法觅得的
Которого я не найду![1] 令人向往的甜蜜的负担。[2]

毛驴的主人,那个"像是用晒黑的青铜铸造"的"赤膊齐腰的中国人"让人想起唐朝诗人白居易描写自己回乡劳作时的形象:"谷苗深处一农夫,面黑头斑手把锄。"(白居易《得袁相书》)与欢笑绝缘,和闲聊疏离,农夫如同一

---

① https://ru.wikisource.org/wiki/%D0%A1%D1%82%D0%B8%D1%85%D0%BE%D1%82%D0%B2%D0%BE%D1%80%D0%B5%D0%BD%D0%B8%D1%8F_(%D0%9D%D0%B5%D1%81%D0%BC%D0%B5%D0%BB%D0%BE%D0%B2).

② 李延龄主编:《哈尔滨,我的摇篮》,第3—4页。

个“严酷地工作、操劳的/有魔法的奴隶”，也印证了白居易的愤慨——“嗷嗷万族中，唯农最辛苦。”(《夏旱》) 因为“假如没有苦役般的劳作，/田里一株庄稼都不会有”。而对于有国不能归、有家不能回而备受精神折磨的诗人来说，如果能全身心地投入畦圧——这是归宿的象征——劳作，那将是“令人向往的甜蜜的负担”。

俄侨诗人瓦列里·别列列申的诗歌涉及在中国的生活和游历，比如《游山海关》(*В Шаньхайгуане*)。山海关古称榆关，又名渝关、临闾关。因其北倚燕山，南襟渤海，地扼华北与东北的交通咽喉，故有“两京锁钥无双地，万里长城第一关”之誉。

Поднявшись на стены у « Первой Заставы Вселенной »，登上长城的“天下第一关”，
Оттуда смотреть на прекрасные дымные горы，看雾气蒙蒙的雄伟群山，
На город，умолкший внизу，на поселок застенный，看山脚下沉寂的城市与荒村，
На эти раздвинутые далеко кругозоры！视野开阔，直望到天边。

Зубчатые стены побиты в бесчисленных войнах，历次战火毁坏了无数城垛，
Тяжелые своды осели，близки к разрушенью.沉重的塔楼已快要塌陷。
Но осликов кротких отрада - меж вязов спокойных 炎热的中午躲在阴凉下休息，
В полуденный зной отдыхать под зубчатою тенью.温驯的毛驴拴在榆树中间。

“边郡之咽喉，京师之保障”，山海关特有的战略位置，使其承受了太多的战火之痛。比如改变了中国历史走向的山海关甲申石河大战，见证民族屈辱的八国联军火烧老龙头，影响中国军事格局的直奉军阀山海关混战，打响中国军队长城抗战第一枪的山海关战斗(榆关抗战)，挫败国民党迅速控制东北企图的山海关保卫战等。时至今日，当你走近山海关那布满弹孔的斑驳城墙时，仿佛依然能够听到炮火的轰鸣和将士的呐喊。

На западном небе резка Барабанная Башня，西天映出了鼓楼的剪影，
Где мудрый Вэньчан восседает под сумрачной аркой.庙中供奉着圣明的文昌君，
Студент，чтобы стать на экзамене трудном бесстрашней，为了在考场不至于胆怯，
Там свечи приносит душистые жертвой неяркой.学子们带来了香烛做贡品。

А вечером，в уединенном углу ресторана，傍晚，在饭店一个角落，
Сквозь приторный голос ловить отдаленную скрипку 嘈杂中传来胡琴的声音，

И снова в безумие падать, и жаждать обмана,重新陷入迷乱、等人欺骗,
И гордое счастье свое отдавать за улыбку.为了博取一笑而出卖自尊。

Я, как собиратель камней дорогих и жемчужин,我搜罗贵重的宝石与珍珠,
Что прячет их нежно в резные ларцы и шкатулки:在雕花的匣子里好好收藏。
И каждый прохожий мне дорог, и каждый мне нужен,我珍视并需要每一个行人,
И память хранит вечера, города, переулки.记住这夜晚、城市与小巷。

О жадное сердце, о неутолимое море,贪婪的心啊,永不满足的海,
Несытая бездна, ужель тебе мало и света,欲壑难填,莫非你缺少光亮、
И счастья, и знанья, и зла, и бесценного горя -幸福、知识、罪孽与痛苦?
О, что ты ответишь и чем ты заплатишь за это?[①] 你怎样答复? 怎样给予报偿?[②]

历史的风风雨雨给了山海关苍凉、残破之感,但并没能让它屈服。穿越历史的烟火和岁月的风尘,山海关依然顽强地伫立于此,默默守护着人间烟火。午休的劳作之人和温顺的毛驴、拜祭文昌帝君的学子、拉胡琴卖唱讨生活的艺人、搜罗贵重珠宝的“我”,行业有别、人生百态,不禁让人感慨世间的诸多不公与痛苦或许是源于某些人的欲壑难填。

“物苦不知足,得陇又望蜀。”得陇望蜀的何止凡夫俗子,别列列申在《游东陵》时有了切实的感悟。清东陵共有陵寝和园寝15处,包括帝陵、后陵、妃园寝、公主园寝等。全陵区以顺治帝的孝陵为中心,其他陵寝依次分列两旁,按统绪嗣承关系构成庞大的枝状系,表达了瓜瓞绵绵、尔昌尔炽、江山万代的愿望,而犹如仪仗队般排列在孝陵神道两侧的18对石像生,包括文臣、武将各三对,马、麒麟、象、骆驼、狻猊、狮子站、卧(或坐)各一对,另有望柱一对,则是皇权仪卫的缩影。文臣武将代指帝王的侍从,瑞兽负责镇墓、辟邪,象征帝王的威仪从生前延续到身后。

В твоих глазах - безоблачные дали,你的眼睛望着天边浮云,
Синеет жилка нежная на лбу…鬓角的血脉呈现浅蓝……
Здесь юноши о девушках вздыхали 青年在这里为姑娘叹息,
И лютни жаловались на судьбу.抱怨着命运弹奏琴弦。

---

① *Русская поэзия Китая: Антология* , https://litlife.club/books/174318/read? page=72.
② 李延龄主编:《松花江晨曲》,第112—113页。

Таятся в соснах шорохи столетий，松树间消融了百年岁月，
Здесь приютившиеся навсегда. 在此处栖身直到永远。
Мы ту же самую - дурные дети - 我们这些不成器的孩子，
Тревогу томную несем сюда. 同样承受着惊恐扰烦。

Рисунками，стихами，именами 陵墓墓门的拱形墙壁，
Испещрена горбатая стена. 满是图画、姓名与诗篇。
Мы высекаем острыми камнями 我们也用尖尖的石头，
И наши варварские имена.[①]把野蛮的名字刻在上边。[②]

中国文人墨客，尤以唐宋为盛，游山玩水之际，兴之所至素有题字、题诗之雅兴。比如崔颢登楼题写《黄鹤楼》，从而引出“崔颢题诗李白搁笔”的佳话——“眼前有景道不得，崔颢题诗在上头”。崔护寻人不得而写于院门的《题都城南庄》，苏轼书写于庐山西林寺的《题西林壁》，陆游题于沈园墙壁的《钗头凤》，辛弃疾的《丑奴儿・书博山道中壁》等，这些题壁诗无不见证并承载着诗人们的足迹与悲欢，并为后世留下了宝贵的文化遗产。本诗的作者以古今对比的手法，感叹岁月的消融、命运的轮回，当“我们”把“野蛮的名字”刻在陵墓墓门的墙壁之上时，“我们”也完成了与先祖在时光深处的对望。

“生，事之以礼，死，葬之以礼，祭之以礼。”（《论语・为政》）“生养死葬”是中国人衡量“孝”的一个标准，而葬的首要是有一口好寿棺承载逝者的遗体，所以中国很多地方都有提前为长辈准备寿材的习俗。正如俄侨诗人韦涅季克特・马尔特在《三生有幸》（*Три души*）中描述的：

Ку-юн-сун седой，горбатый 顾云松白发，驼背，
В фанзе закоптелой 在烟熏的小屋中
Занят малым делом：正在干他的小事：
На тряпье кладет заплаты. 破衣烂衫打补丁。

У него сегодня радость：他今天有喜庆事：
Смастерил сыночек 儿子在背着别人

---

① *Русская поэзия Китая：Антология*，https://litlife.club/books/174318/read? page=71.
② 李延龄主编：《松花江晨曲》，第 100 页。

В праздничный денечек 利用假日偷偷地
Ему гроб от всех украдкой.给他把寿木制成。

《吕氏春秋》有言："所重所爱，死而弃之沟壑，人之情不忍为，故有葬死之礼。葬也者，藏也，慈亲孝子之所慎也。"(《吕氏春秋·孟冬纪·节丧》)土葬之俗于中国有几千年历史，而葬之前要为逝者沐浴更衣，换上寿衣，将逝者入殓，再行下葬之礼。古俗以为，提前为长辈准备寿材，一为孝顺，二为添寿。所以，打寿棺是件喜事，选好日子，请专门的木匠上门去打。有些地方，亲友们还会上门祝贺。

Вся семья с утра в работе -全家一早就忙碌——
Старику покойно.老人家却很安然。
В старости пристойно 老有所养，守规矩，
Знойный день забыть в дремоте.打着盹过闷热天。

На циновках в нарах грязных 肮脏陋屋草席上
Ку-юн-сун забылся…顾云松睡意蒙眬……
И от будней отдалился 摆脱掉世俗惆怅
К снам, как небо в зное, ясным.追捕天青色的梦。

…В зеленеющей долине,……在那绿色的山谷
В гуще гаоляна,稠密的高粱地里，
На земле прорыта рана -挖出来一道伤口——
Там начало от кончины.[①]寿终从这里开始。[②]

所以，当全家人都在忙碌时，顾云松却很安然，"老有所养，守规矩"。寿材制好后，每年都要定期抬出去晾晒几天，还要一遍遍刷桐油进行保养，以防水防腐。中国人认为，寿棺也是逝者的阴宅，一副好的寿棺，不仅能让逝者走得体面，也能让生者安心。尽管对死亡怀有敬畏之心，但顾云松也能从容面对，他知道，在"那绿色的山谷/稠密的高粱地里"，会有他的身后之居处，而对于逝者的安葬之地，也就是阴宅的选择也体现了"事死如事生"的理念。入土为安"莫如无动，莫如无发"(《吕氏春秋·孟冬纪·节丧》)，故"葬

① *Русская поэзия Китая: Антология* , https://litlife.club/books/174318/read? page=54.
② 李延龄主编:《哈尔滨，我的摇篮》，第237页。

不可不藏也，葬浅则狐狸扣之，深则及于水泉。故凡葬必于高陵之上，以避狐狸之患、水泉之湿”。

子曰：“孝子之事亲也，居则致其敬，养则致其乐，疾则致其忧，丧则致其哀，祭则致其严。”（《孝经·纪孝行》）子女或晚辈侍奉长辈，居家极尽恭敬，奉养和颜悦色，病时忧虑，身故哀戚，祭祀肃穆庄严，方能谓之孝。在《傅家甸近郊》（*У Фудзядяня*）中，诗人马尔特见证了中国民间丧葬礼俗中的戴孝。

Как мандарин, торжественно-спокойно,像一位达官大人，庄严稳重地
Сжимая трубку в теплой рукавице,在暖手袋里攥着一只烟斗，
Купец-китаец едет на ослице.一个中国商人骑着头小毛驴，
За ним с кнутом бежит погонщик стройный,后边修长的赶驴人手持鞭子。
Держась за хвост ослицы утомленной,抓着疲惫的小毛驴的驴尾
Напев твердит сонливо-монотонный.哼唱着无精打采单调的歌曲。
В его косе вплетен шнурочек белый -他的辫子上接着白色的绳绦——
Знак траура по близком человеке:这标志着他给亲近的人戴孝：
Покинул близкий кто-то мир навеки.他亲人中有人永远弃世而去。
Крадутся тени сумерек несмело.黄昏的阴影怯生生偷偷来到。
Осенний ветер в травах наклоненных 萧瑟秋风在匍匐着的杂草中
Творит сухой напев шуршаньем сонным.以沙沙声唱昏然乏味的歌子。
Вот фанзы Фудзядяна видны взору.眼前已出现了傅家甸的房子。
Спешат седок, погонщик и ослица:骑驴人，赶驴人，毛驴快步前进：
Седок - к жене, погонщик - накуриться,骑驴人——找妻子，赶驴人——过烟瘾，
Ослица - повалиться у забора…[1]小毛驴——卧到篱笆边下去休息……[2]

通常，长辈寿终，直系亲属都会戴孝，以示对逝者的尊敬和缅怀。当然，戴孝的习俗因地区和时代的不同而有些差异，但一般而言，都遵循着一些基本的传统规则。子孙需披麻戴孝，回灵之前，孝男要穿戴麻衣草帽，孝女（含媳）罩粗麻布，此谓披麻。在一些地方，男性还需系上草绳作为腰带，女性则

---

① *СЕРЕБРЯНЫЙ ВЕК*: *Венедикт МАРТ*, https://ferrea-aetas.livejournal.com/5725.html.
② 李延龄主编：《哈尔滨，我的摇篮》，第 236 页。

将白布搭在头上或戴白色包头巾。此外,他们还需要穿孝鞋(白鞋或用白布覆盖在鞋子表面)。回灵之后,全家脱下麻衣,改在袖子上缠黑纱、辫子上扎白绳等,称为戴孝。所以,诗中的赶驴人"辫子上接着白色的绳绦——/这标志着他给亲近的人戴孝:/他亲人中有人永远弃世而去"。戴孝期间,男女均穿素色衣服,不宜嫁娶,不宜饮酒作乐。赶驴人"哼唱着无精打采单调的歌曲",就连秋风也仿若受到其情绪的影响,"以沙沙声唱昏然乏味的歌子"。

中国传统丧葬礼仪包括丧礼和葬礼,反映了人们对灵魂不灭、祖先崇拜、血缘关系等伦理思想和宗教观念的重视。丧葬礼仪不仅是关于死亡的仪式,也蕴含了人们对新生的渴求和对生命永恒与不朽的追求。因此,中国人的殡葬道德观念、原则和死亡观都包蕴于繁缛、隆重且独具特色的丧葬仪式中。走出中国传统丧葬礼仪的历史,诗人格奥尔吉·格拉宁留下《河畔的早晨》(*Утром у реки*)一诗。

Сегодня утро рыжекудрое 今天的早晨满头红发,
горит на солнечной реке,燃烧在阳光照耀的河上,
и что-то радостно-немудрое 有个中国人在远处唱歌,
поет китаец вдалеке.歌声平庸却格外欢畅。

Переливаясь - валик к валику, -河水流淌,如此轻盈,
вода струится так легко,卷起了一排又一排细浪,
а я слежу за красным маленьким 我注视红色的小小浮标,
задумавшимся поплавком.那浮标像在沉思默想。

От камышовой гибкой удочки 柔软的芦苇杈做鱼竿,
в воде - колеблющийся след…水中的竿影在轻轻摇晃……
Вот так, не думая о будущем,我真想就这样坐一百年,
я просидел бы сотни лет,对未来不做任何猜想。

смотря, как облачное кружево 注视水中倒映的云影,
дробится в медленной реке…随缓缓的流水漂浮荡漾……
…А имя ваше - как жемчужина, 而你的名字像一颗珍珠,

потерянная на песке.[1]已经失落在沙滩之上……[2]

阳光洒满河面，河水轻盈流淌，中国人的歌声庸常欢畅，诗人用心感受着这清幽淡然的生活，颇有些"慢品人间烟火色，闲观万事岁月长"的意味。走过尘世沧桑，看遍世态炎凉，诗人以更加平和的心态、从容的态度去看待过往，纵使名字如珍珠失落在沙滩，但他坚信，只要坚持本心，不随"沙"逐流，终将绽放属于自己的华彩。

《杭州》(*Ханьчжоу*)让置身其间的诗人阿列克谢·阿恰伊尔感到"此前的生活像无处栖身的荒山野岭"，因为这里既有"几处早莺争暖树，谁家新燕啄春泥"(白居易《钱塘湖春行》)的生机勃勃，也有"天与云、与山、与水，上下一白"(张岱《湖心亭看雪》)的清寂宁静；既有"彩舫笙箫吹落日，画楼灯烛映晚霞"(王安石《杭州呈胜之》)的神醉心往，也有"不独光阴朝复暮，杭州老去被潮催"(白居易《潮》)的黯然神伤；既有"接天莲叶无穷碧，映日荷花别样红"(杨万里《晓出净慈寺送林子方》)的明丽娇艳，也有"山寺月中寻桂子，郡亭枕上看潮头"(白居易《忆江南·其二》)的追忆难舍。

Как пчелы и осы, звенели, жужжали и скрипки, и лютни,
胡琴、琵琶弦乐交织，如蜂群嗡嗡，
и ярко в цветах утопало, вздыхая в дремоте, Ханьчжоу.
杭州沉溺在花丛，轻轻呼吸在梦中。
И жизнь, что пред этим казалась оскаленных скал бесприютней,
此前的生活像无处栖身的荒山野岭，
цвела, распускаясь нарядно, и пышно, и сказочно ново.
而这一刻繁花竞放，童话一般新颖。

И в зеркале вод отражались священные древние храмы.
湖水如明镜印着神圣古寺庙的倒影，
Но вдруг отраженья скривились, в ребристые сморщились складки,
倒影突然扭曲，随波浪闪烁浮动，
как будто под пламенным солнцем нахмурились древние ламы

---

① *Русская поэзия Китая: Антология*, https://litlife.club/books/174318/read? page=28.
② 李延龄主编:《松花江晨曲》,第 152 页。

就像古代的喇嘛在阳光下紧锁眉头，
да так и остались в морщинах… И несся мучительно сладкий
皱纹凝固……而弯向水面的紫藤

томительный запах курений от гнувшихся к водам глициний,
散发出甜香，气味如烟让人困倦，
и ветра бесплотные руки меня заносили в нирвану.
清风双手无形把我引向涅槃之境，
И был только он, только купол, мечтательно плавный и синий,
只有它——蓝色的拱顶完美从容，
укрывший отверстого сердца еще не зажившую рану,
庇护着敞开的心尚未平复的伤痛，

诗人眼中的杭州，不仅有尘世的欢乐和谐，弦乐交织、花团锦簇，让人仿若走入欧阳修笔下的西湖——“轻舟短棹西湖好，绿水逶迤，芳草长堤，隐隐笙歌处处随”，杭州沉睡其中，亦如“鸥鹭闲眠，应惯寻常听管弦”，亦有仙境般的宁静永恒，湖中古寺庙的倒影、垂向水面的紫藤，水波中喇嘛紧锁的眉头、紫藤花神秘的幽香，让诗人如入“涅槃之境”，从执着、忧愁、伤痛中解脱出来。

и был только он - только отдых. И сон, и полет в беспредельность,
只能借休闲，借梦，向无垠飞行，
и скрипки, и лютни, и цитры, и радостный крик окарины,
胡琴、琵琶、三弦、埙的欢快呼声，
и дрожь трепетавшего гонга, и млечность, и вечность, и цельность,
震颤的锣响，水乳交融，和谐永恒，
и - облачный ладан, и звезды, и - путь в поднебесье орлиный.
香烟飘如云，星星——通天的途径。[①]

“山外青山楼外楼，西湖歌舞几时休？暖风熏得游人醉，直把杭州作汴州。”（林升《题临安邸》）在碧波花香中，细腻柔美的胡琴、清脆且极具穿透力

① *Русская поэзия Китая: Антология* , https://litlife.club/books/174318/read? page=16. 李延龄主编:《松花江晨曲》,第 47 页。

的琵琶、粗犷豪放的三弦、幽深哀婉的埙、低沉洪亮且余音悠长的铜锣带着悠远的乐声，从远古穿越而来，仿佛带来了中国先祖的呼吸声，也让诗人仿佛看见通向永恒无垠的天梯——"我来这里舀取一点点安宁，/仿佛扑向母亲的胸膛似的。"①

行走于中原大地，俄侨们不仅感受到别样的风景，也惊叹于中国传统手工艺的精湛，比如作家米哈伊尔·谢尔巴科夫在《喷泉——中国刺绣》（*Фонтан-Китайская вышивка*）中展示了将自然之美定格于瞬间的中国刺绣的独特魅力。映入眼帘的是喷溅着银色水珠的喷泉，树影倒映在幽深的水潭里，坠落的红叶像一群金鱼在趁波逐浪；阳光正好，紫色蝴蝶围着绿色的陶瓷花瓶嬉戏，翠鸟停歇在金色的水仙花旁；放眼望去，松林后面的大海依稀可见，绯红的天空中云朵在悠闲地游弋。一针一线，绣出了自然界的灵动与鲜活，也绣出了时光清幽、岁月静好。

Фон - темно -шелковистая листва.背景是深色丝绣的树叶，
В кольце из бархаток оранжевых - фонтан 橘黄色的丝绦环绕喷泉，
роняет на папирусы серебряные капли.银色水珠迸溅洒落草地。

Над притаившейся водой краснеют листья；水潭发暗，潭上树叶红；
их отраженья，оторвавшись，树的倒影，坠落的叶子
поплыли скtайой рыбок золотых.顺水漂流，像一群金鱼。

Среди фаянсовых зеленых ваз 有几只绿色的陶瓷花瓶，
лиловы бабочки гелиотропа，紫色蝴蝶在阳光中嬉戏，
а около нарциссов золотых -一丛金色的水仙花旁边，
лазурный зимородок с длинным клювом.鸟喙长长的翠鸟在休憩。

Вдали，меж сосен，видно море 透过松林能望得见大海，
и облака прозрачно-розовых вершин.②云朵在绯红的天空游弋。③

中国刺绣，又称丝绣、针绣，是指人们按设计的花样，用丝、绒、棉等各种彩线，借助一根细小的钢针（绣针）在丝绸、布帛等织物上刺缀运针，勾成各

① 李延龄主编：《松花江晨曲》，第 91 页。
② *Русская поэзия Китая：Антология*，https://litlife.club/books/174318/read? page=107.
③ 李延龄主编：《松花江晨曲》，第 290 页。

种优美图案或文字的工艺。中国刺绣的种类很多,包括苏绣、湘绣、蜀绣、粤绣等,每种刺绣都有其独特的风格和技艺。作为一种古老而丰富的艺术形式,中国刺绣承载着深厚的文化内涵,它跨越时空,以其独特的方式传承着中华文化并展现了其文化的多样性。

在古人的思想观念里,人们的富贵贫贱、吉凶祸福等,无一不取决于命运。[①] “算命术在东汉末年确立概念,形成雏形以后,经过唐朝李虚中的发展,基本形成了体系,后来又经过徐子平创‘四柱’法,从而标志了中国算命术的瓜熟蒂落,正式成熟。”[②]诗人马尔特在诗中刻画了能预知未来,掌握别人“明日”的算命先生,毛笔、砚台、《周易》或签盒、铜钱等道具一应俱全。

У дверей харчевни 靠小酒馆的大门口
Стол гадальщика стоит.摆着算命先生桌子。
Старец чужеземный 他是外地来的老头,
« Завтра » каждого таит.掌握着每人的“明日”。

Три монетки медных,三枚小小铜制钱,
Тушь и кисть на тростнике.黑墨和一支毛笔。
Книги строгие отметок 书本记载着卦签
Ожидают в уголке.正等候在角落里。

算命也叫预测,是一门古老的行当。狭义的算命是指对人生辰八字即对出生时间的推算预测,比如四柱八字、六柱预测;广义的算命则涵盖相术(面相、手相)、紫微斗数、奇门遁甲、八卦六爻等,还有古代的占卜、筮法、青乌术等都属于算命范畴。我们平常生活中所说的算命泛指四柱八字预测。

Изредка прохожий 来来往往的行人
Остановится гадать,有时停下来占卜,
И старик находит,老头就琢磨来人,
Что судьба готова дать.告诉他命运结局。

Мудро и спокойно 聪慧而又持重地
Отмечает всякий знак,不放过每个迹象,

① 洪丕谟、姜玉珍:《中国古代算命术》,上海人民出版社 1989 年版,第 1 页。
② 洪丕谟、姜玉珍:《中国古代算命术》,第 12 页。

И медлительной рукою 用缓慢的手推移
Тайны сдвинута стена. 那阻挡秘密的墙。

Длинными ногтями 用长长的指甲盖
Придавил морщинки лба 弄平额头上皱纹，
И сонливо тянет 说话时无精打采，
Напряженные слова. 语言又十分生硬。

古代算命先生也叫相士，他们一般精通卜筮、堪舆、名利、相术、解梦、择吉等，以卜筮为师，通过推算命理来预测未来，为求签之人提供建议和指导。

Тайны покупатель 购买秘密的顾客
Отсчитал на стол гроши，在桌上扔下小钱，
И опять гадатель 持有"明日"秘密者
Тайну « завтра » сторожит. 重又守在卦摊前。

Три монетки медных，三枚小小的铜钱，
Тушь и кисть на тростнике，黑墨和一支毛笔，
Книги строгие отметок 书本记载着卦签
Ожидают в уголке.[①] 正等候在角落里。[②]

中国古代最早的占卜之法是用龟壳、蓍草来起卦预测，如《史记·龟策列传》所言："龟千岁乃游莲叶之上，蓍百茎共一根。又其所生，兽无虎狼，草无毒螫。"龟、蓍皆为天生有灵之物，故占卜用之。后来慢慢简化为三枚铜钱，铜钱的外圆内方设计，象征着天圆地方，中间的皇帝年号则代表人，正好构成了天、地、人三财，三则取"三生万物"之象征。

诗人关注算命先生，大概也源于占卜在俄罗斯人的生活中几乎是不可或缺的存在，无论是古老的占星术、塔罗牌占卜，还是神秘的鹅卵石占卜，都是俄罗斯人预知未来、寻求心灵慰藉的方式。因此，诗人兴趣盎然地走在异乡的大街上，继续体味着普通中国人的市井人生。

Китаец лепит фигурки из теста，一个中国汉子在捏面人，

---

① *Русская поэзия Китая: Антология*, https://litlife.club/books/174318/read? page=54.

② 李延龄主编：《哈尔滨，我的摇篮》，第 238—239 页。

Его окружает толпа зевак.四周围了一圈人看热闹。
Сгрудились, склонились стеною тесной,你挤我撞好像一堵墙,
Китаец - мастер зевак зазывать! 这师傅招呼游人都来瞧!

Следят за ловкой игрою пальцев 几十双眼睛全神贯注,
С наивным вниманьем полсотни глаз.看师傅手指活动格外灵巧。
Фигурки растут… И в ритмичном вальсе 面人已成形……捏出的臂膀
В руках искусных ходит игла.内有铁丝,面人转动像舞蹈。

捏面人,是面塑的俗称,源自山东、山西、北京等地面花的制作,后演变为以面粉为主料,添加色彩、石蜡等成分制作各种人物或动物形象的民间艺术。面塑艺人出现在街头巷尾或集市庙会,用出神入化的巧手捏出精巧逼真、呼之欲出的人物或动物的面塑造型,吸引着人们,尤其是孩子们驻足围观、流连忘返。面塑历史悠长,起于汉代,盛于清代,如今已成为中国非物质文化遗产。

Чиновников важных ряд вырастает.捏成了一排高贵的官宦。
У рыцаря в шлеме блещет копье.戴盔的武将手执闪光的长矛。
- А сабля, гляди, на ём… - золотая! "看,他的刀……是金刀!
Знать, чин охвицерский…这么说,他的官职挺高"
- Кан-ка пуё!.."不要动,不要! ……"

Солдаты гордятся медной кокардой,士兵以他的铜奖章为荣,
Купцы - животами (в руках - кошель!)生意人为他的肚子自豪,
- Вон, куня!..手里还攥着个大钱包!
- Ишь, тоже, цаца какая!.."嘿,这脸,脸像果子酱! ……"
- Лицо-то… лицо… брусничный кисель!.."哈,姑娘!""这娃娃不孬!"

面塑艺术的特点是"一印、二捏、三镶、四滚",面塑艺人在用面粉和面加彩后,在手中经捏、搓、揉、掀塑造大体形制,再用塑刀、梳子等简单的工具点、切、刻、划,精雕出手脚、头面、神情等局部细节,最后加上头发、胡须、衣裙及相关配饰,千姿百态的人物等艺术形象就随手而成了。据说人物塑造中最难把控也是最传神的部分就是"文的胸、武的肚、老人的背脊、美女的腰"。

Недолго на свете живут фигурки…面人在世上不会保存多久……
Цена им - пятак, чтоб прожить два дня.五分一个,两天饭钱混个饱,
Рассохнувшись быстро, в мусор, в окурки 很快就变干,扔进垃圾堆,
Летят их тела, к потехе дворняг.肢体破碎,被猪拱、被狗叼。

Фигурки из теста! Так странно схожа 面人啊面人！与我们的经历
Судьба ваша - с черной судьбой людей;多么相似！人生实在糟糕！
Но только за жизнь мы платим дороже.①只不过人付出的代价更高。②

通常来说,面人的基本形制为签举式和案置式两种。在面塑艺人的巧手翻飞中,人们情不自禁掏腰包擎回家中——“五分一个,两天饭钱混个饱”,惟妙惟肖的面人给沉寂的生活增添了一些乐趣。但当面人变干后,它就被无情地“扔进垃圾堆,肢体破碎,被猪拱、被狗叼”。从奉若上宾到弃之如履,面人的命运让诗人感喟莫名,从家国的主人到飘零的游子,相似的经历,凄惨的命运。

漫步华夏,俄侨作家不仅目睹了其辽阔疆域所蕴含的无限生机,更深刻体悟到这个农耕文明的根基——农民的坚韧与智慧;既认识了屹立边陲、守护中原安宁的山海关,又亲睹了文化的璀璨夺目与民俗的异彩纷呈。从肃穆的帝王陵寝到朴素的百姓寿材,从温情的守孝习俗到神秘莫测的算命先生,从细腻温婉的中国刺绣到栩栩如生的面塑技艺,作家们踏历史脉络,感文化精髓,见证历史沉淀,更感中华民族勇往直前、探索不息的蓬勃生命力。

第四节　与中国智慧的碰撞和交融

漫游异乡,除了感受中华大地的山川景物、风俗习惯,俄侨们也与中国的宗教和哲学思想进行了交流与碰撞。宗教性是俄罗斯民族文化中最重要

① *Русская поэзия Китая: Антология*, https://litmir.club/br/? b=174318&p=87.
② 李延龄主编:《松花江晨曲》,第 213—214 页。

的特征之一，因此，信仰东正教的俄侨诗人不可避免地对中国佛教充满好奇，而作为中国佛教形象大使的弥勒佛尤其受到关注。俄侨女诗人塔玛拉·安德烈耶娃在《弥勒》(*Ми-Син*)中刻画了慈悲宽容、心宽体胖的弥勒佛形象。在寺庙，僧侣们"点烛烧香，击鼓鸣钟"，青铜铸就的弥勒佛大腹便便、胖若鲢鱼，"笑脸眯眯，睡意正浓"。

По вечерам, средь запаха растений，每天晚上，大腹便便的弥勒，闻着草木味，
Обрюзгший бог, скрестивши ноги, спит.盘腿瞌睡。他老态龙钟。
Он очень стар. Отяжелел от лени，他胖得如同一周岁的鲢鱼，
Раскормленный, как годовалый кит.懒惰使他变得肥胖臃肿。

Пока он спит, медлительные бонзы 他在酣睡，僧侣们慢慢腾腾
Сжигают свечи, ударяют в гонг.点烛烧香，击鼓鸣钟，
Но замер он, весь вылитый из бронзы，可是他，全身由青铜所铸，
Под медленно струящийся дифтонг.在悠悠的双音中一声不吭。

Он слушает несущий звуки вечер 他耳朵下垂，挂着金环，
Отвисшим ухом с золотым кольцом…倾听傍晚送来的响声……
Рокочет барабан. Треща, пылают свечи 蜡烛噼啪在燃烧，鼓声叮咚。
Пред сонно улыбнувшимся лицом.[①]他的笑脸眯眯，睡意正浓。[②]

弥勒佛以"大肚能容，容天下难容之事；开口便笑，笑世间可笑之人"之姿，深刻诠释了包容、和谐、欢喜的至高境界。他的形象不仅是佛教慈悲与智慧的象征，更映照出中华民族宽宏大量、乐观向上的精神风貌。在纷扰世间，弥勒佛的豁达与淡泊启迪着人们以宽广胸襟面对生活，笑对人生百态的生活态度。

维克多里娅·杨科夫斯卡娅在原始森林捕猎的过程中、在离群索居的穷乡僻壤中感悟人生，在《秋季的迁飞》(*Осенний перелет*)中，当看到从水中飞起的野鸭时，诗人渴望能与野鸭们交换一下命运——"让我从高空俯瞰一下大地！"

Все в красочном осеннем оперенье，万物披上秋天的彩装，

---

① *Русская поэзия Китая: Антология*, https://litlife.club/books/174318/read? page=12.
② 李延龄主编：《松花江畔紫丁香》，第 195 页。

Как распустивший хвост фазан-петух，如同展现尾羽的锦鸡，
Крадусь с двустволкой вдоль озер в волненьи 带着猎枪我沿湖爬行，
И，точно пойнтер，напрягаю слух.紧张得像猎犬一样集中听力。

Слетают утки всплесками прибоя，野鸭溅着水声飞起，
«На юг! На юг!» - октябрьский их девиз.“往南飞！”这是它们十月的鸟语。
Ах，поменяться бы своей судьбою 啊，如果能和它们交换一下命运，
И с птичьего полета глянуть вниз! 让我从高空俯瞰一下大地！

人们总会对别人的风光或自己达不到的境遇艳羡不已，却全然不考虑其背后的艰辛与风险。诗人只看到野鸭畅游云海的无拘无束，却没有考虑到它们为了生存的迁徙之途危机四伏。对野鸭来说，长途跋涉中每一次的停歇与起飞都是生死考验。

Нежданно - смерть от маленькой дробины，没有想到一粒铅弹就能结束生命，
Зато в полете вечном жизни путь，只在永恒的飞行中才有生存的契机，
И мир просматривать，как ленту кино，看看世界如同看一场电影，
И где понравится - там отдохнуть.喜欢哪里就在哪里落脚歇息。

Осенняя утиная фиеста! 这是秋天野鸭欢配的季节！
И бесконечные простор и ширь!..茫茫无垠，天地辽阔！……
А мы - рабы друзей，вещей и места，而我们只配给朋友给东西给地点当奴仆，
Нам узы эти - тяжелее гирь.这是比套在我们身上还重的枷锁。

И，наглядевшись，я стреляю в стаю…我看够了，向野鸭开了枪……
Опомнись. Не завидуй облакам! 清醒一下吧！不要羡慕云朵！
Мгновенно жизнь утиная простая 一只野鸭的小小生命
Безвольно падает к моим ногам.刹那间在我脚前坠落。

И всплески судорожно будят воду…拍打水的声音惊搅着湖面……
Луна за горизонтом жжет костер.地平线上的月亮像燃烧的篝火。
Осенняя вечерняя природа 秋季傍晚的大自然，

Роняет оперенье вглубь озер.[①]羽毛在湖水深处沉没。[②]

当一只野鸭因为贪恋眼前的安逸，被一颗铅弹“结束生命”之后，诗人顿悟道——“只在永恒的飞行中才有生存的契机”——风险与机遇同在，人只有不断进取，才有可能达到自己想要的目标，所以，“不要羡慕云朵”，云朵看似自由，却不能决定自己停留的位置，人亦如此，不能“喜欢哪里就在哪里落脚歇息”，还有很多责任和义务需要履行和承担。

在《雁群》(*Гуси*)中，雁群北归的鸣叫总是让漂泊异乡的诗人有种“夜闻归雁生乡思”的感伤——“我总会为雁鸣而惊醒，/仿佛鱼叉刺入我睡眠的灵魂！”但是，家书难递，“鱼书欲寄何由达，水远山长处处同”。因此，大雁也能明了我的心意——“大雁的叫声总是相同：/向往远方，惆怅不稳……”正是因为悟透了人生的无常，生命才变得更加坚韧。

Это ночью пролетали гуси -这一夜，雁群飞过——
Над уснувшим городом большой табун;飞过沉睡的城市，浩浩荡荡一大群；
Но от крика их всегда проснусь я，我总会为雁鸣而惊醒，
Точно в душу сна вонзается гарпун! 仿佛鱼叉刺入我睡眠的灵魂！

Этот звук всегда одно и то же：大雁的叫声总是相同：
Беспокойная тоска，стремленье вдаль…向往远方，惆怅不稳……
Весь инстинкт бродяжий растревожит，记忆撕掉披上的面纱，
Сдернет память драпирующий вуаль.[③]把整个游荡的本能搅混。[④]

在《在那潮湿的春天……》(*Весенними влажными днями…*)中，诗人独自穿行在山川峡谷，感慨着“人对幸福有不同的看法。/各自寻找自己的路”。幸福一直是人们孜孜以求的生活状态，早在我国先秦时期，老子、孔子、孟子等先贤就对幸福做了大量论述，形成了深刻的幸福观。在中国古代典籍中，“乐”即为幸福的代名词。老子认为，“知足之足，常足矣”(《道德经》)，适可而止、知足常乐才是幸福的基础；孔子认为，“饭疏食，饮水，曲肱

---

① *Русская поэзия Китая: Антология* , https://litlife.club/books/174318/read? page=111.

② 李延龄主编：《松花江畔紫丁香》，第158—159页。

③ *Стихотворения Виктории Янковской - Наталья Лайдинен* , https://laidinen.ru/stihotvorenija-viktorii-jankovskoj/.

④ 李延龄主编：《松花江畔紫丁香》，第156—157页。

而枕之,乐亦在其中矣。不义而富且贵,于我如浮云"(《论语·述而》),精神满足、安贫乐道才是幸福的源泉;孟子认为,"父母俱存,兄弟无故,一乐也;仰不愧于天,俯不怍于人,二乐也;得天下英才而教育之,三乐也"(《孟子·尽心上》),家庭平安、问心无愧、有英才可教是人生幸福的真谛。

Весенними влажными днями 在那潮湿的春天,
Одна я блуждаю с винтовкой.我带着猎枪独自漫游。
Пересекаю часами 整个小时地穿行在
Овраги, долины, сопки.平川、山冈和峡谷。

По-разному смотрят на счастье.人对幸福有不同的看法。
По-разному ищут дороги.各自寻找自己的路。
А мне - побродить по чаще,让露水浸湿我的脚,
В росе промочить ноги.让我经常不断地漫步。

И сердцем дрожать, как собака,望着野鸡的出没,
На выводок глядя фазаний,心脏像狗般哆嗦,
А ночью следить из мрака,夜里在黑暗中观察
Как угли пылают в кане.炕里燃烧的煤火。

Такие простые явленья,这些现象如此平凡,
А жизни без них мне не нужно.可是我不能没有这种生活。
И здесь, в горах, в отдаленье,在这里,在山区,在穷乡僻壤,
Мне кажется мир - дружным.[①]我感到世界的谐和。[②]

诗人的幸福在于,露水浸湿双脚、山间野鸡出没、炕里煤火燃烧,"在这里,在山区,在穷乡僻壤,/我感到世界的谐和"。诗人这种摒弃物质追求,注重精神满足的幸福观,契合了儒家安贫乐道的"孔颜之乐"——"一箪食,一瓢饮,在陋巷,人不堪其忧,回也不改其乐。"(《论语·雍也》)"孔颜之乐"意为接受当下、活在当下,不管外部环境如何改变,颜回始终保持一种恬淡自得的平静心态和乐观旷达的生活态度。诗人抛开世俗功利的幸福,探寻与天地同体、心境淡然的自在快乐。

---

① *Русская поэзия Китая: Антология* , https://litlife.club/books/174318/read? page=112.

② 李延龄主编:《松花江畔紫丁香》,第163页。

玛莉娅·维吉在《飞得愈高愈冲……》(*Чем выше и блистательней полет*…)中意识到:"飞得愈高愈冲,/摔下时就会愈疼愈痛。/光明愈是灿烂辉煌,/黑暗中的人愈会感到可怜心伤。"正如老子教导我们的"祸兮福之所倚,福兮祸之所伏"。常言道:"盛极必衰,物极必反。"一个人名利地位攀升得越高,一旦失利,受到的打击越大。因此,孔子主张凡事有度,过犹不及——"心灵不要求生活更大的安康"。

Чем выше и блистательней полет,飞得愈高愈冲,
тем человек больнее упадет,摔下时就会愈疼愈痛。

и чем великолепней свет сиял,光明愈是灿烂辉煌,
тем жальче тот, кто в темноту попал.黑暗中的人愈会感到可怜心伤。

Дай, Боже, ровный путь и тихий свет 上帝啊,赐给平坦的路和柔和的光——
спокойнее житья для сердца нет.[1]心灵不要求生活更大的安康。[2]

在《画——致玛利亚·柯罗斯托维茨》(*Картина-Марии Павловне Коростовец*)中,诗人瓦列里·别列列申通过一幅中国山水画,展现了中国哲学的出世和入世的思想,中国的先贤们也一直在寻求着出世与入世的融合。

Есть у меня картина: между скал 我有一幅画:山峰之间,
Простерто небо, всех небес лучистей.天空开阔,明亮无比。
Китайский мастер их нарисовал 中国的国画大师绘制,
Легчайшею и совершенной кистью.笔触轻灵,堪称神奇。

Внизу, в долине, зелень, как ковер,峡谷在下,绿草如茵,
Стада приходят на призыв свирели.牛羊走来,牧童吹笛,
Так безобидный высказан укор 人生的目的不宜渺小,
Всем возлюбившим маленькие цели.仿佛是这画中的真意。

峰峦叠嶂之上,天空开阔明亮,峡谷中绿草如茵,牧童的笛声中,牛羊悠闲自在,远离"车马喧"的困扰,享受着"悠然见南山"的恬淡,"此中有真意,

① *Русская поэзия Китая: Антология* , https://litlife.club/books/174318/read? page=21.

② 李延龄主编:《松花江畔紫丁香》,第264页。

欲辨已忘言”，人生的乐趣亦不过如此。

А выше есть тропинка по хребту，上面的山岭有条小径，
И будет награжден по ней идущий 攀登山径者当受鼓励，
Вишневыми деревьями в цвету，樱桃树开花花团锦簇，
Прохладою уединенных кущей.树木的阴凉凉风习习。

Здесь мудрецы，сдав сыновьям дела 贤哲把家事托付子辈，
И замуж внучку младшую пристроив，嫁了孙女，来此栖居。
Вздохнут о том，как молодость цвела 他们叹息说青春如花，
Надменней роз и радостней левкоев.骄矜与欢乐俱成往昔。

А скалы те，что в небо уперлись，山岩光裸，如同冰峰，
Обнажены，как варварские пики，-高峻的峭壁倚天而立——
Немногие полюбят эту высь，很少人喜欢危崖高耸，
Где только ястребы да камень дикий.唯独鸱鹰深爱这峭壁。

Но там над пропастью взвилась сосна，悬崖之上有孤松凌空，
Торжественно，спокойно，равнодушно，冷静恬淡，身姿飘逸，
И там царит такая тишина，那里笼罩着一片宁静.
Что сердце ей доверится послушно.恭顺的心灵为之痴迷。

Лишь только смерть，легка и хороша，只要死神还追不上我，
Меня нагонит поступью нескорой，只要我还能四处游历，
Я знаю，наяву моя душа 我知道，我这一颗心
Придет бродить на вычурные горы.[①]必来此观赏山的神奇！[②]

隐居山林，过悠闲淡然的渔樵生活，是中国古代文人先贤的理想追求，所以中国的古诗词中多有隐居主题的出现，表达了文人们的精神寄托，也为后人留下了独特的人生思考。汪元亨“乱云堆里结茅茨，无意居朝市”(《朝天子·归隐》)的豁达，王昌龄“清溪深不测，隐处唯孤云”(常建《宿王昌龄隐居》)的清高，陶渊明“山气日夕佳，飞鸟相与还”(《饮酒·其五》)的舒畅，张

① *Русская поэзия Китая: Антология*，https://litlife.club/books/174318/read? page=71.
② 李延龄主编:《松花江晨曲》，第 102—103 页。

志和“却把鱼竿寻小径，闲梳鹤发对斜晖”(《渔父》)的逍遥，李煜“一壶酒，一竿身，快活如侬有几人”(《渔父·浪花有意千里雪》)的向往，陈抟“携取旧书归旧隐，野花啼鸟一般春”(《归隐》)的执着……“无丝竹之乱耳，无案牍之劳形”(刘禹锡《陋室铭》)，无世俗纷扰，无名利诱惑，唯有宁静与安逸充盈心间。画中的贤哲放下名利浮华，选择与烟霞、孤松为伴，或许是受此触动，诗人决心到此山一探究竟，看看是怎样的奇山能吸引贤哲去过隐逸的生活。

“在中国拱形桥梁很多”，它们跨越河流或峡谷，“石拱桥的桥洞成弧形，就像虹”，因此诗人们“爱把拱桥比作虹，说拱桥是‘卧虹’‘飞虹’，把水上拱桥形容为‘长虹卧波’”。“上桥时缓慢而且吃力，/下桥时轻松快步如飞……”过桥恍如人生，有攀登，亦有顺遂，向上的每一个台阶如同我们迈过的每一道坎，只有不断超越苦难、超越自我，才能享受下桥时的轻松快意。

Есть мостики горбатые в Китае:在中国拱形桥梁很多：
До середины медленно, с трудом,上桥时缓慢而且吃力，
А дальше, вниз - легко, почти слетая…下桥时轻松快步如飞……
А наша жизнь - не век, и мост - не дом.人难活百岁，桥也非民居。

Я медленно взошел до середины,迟缓地走到桥的中间，
Я шел оглядываясь, не спеша,不慌不忙，我时时回头，
Чтоб нынче, в день тридцатой годовщины,以便在三十岁的生日，
Понять, что жизнь безмерно хороша.感悟生活美好顺遂无忧。

Но дальше вниз - легко, почти паденье…而下桥轻快如同坠落……
Стой, путник, и движенья не ускорь:站住，行人，不要太快：
Не упусти весеннего цветенья,请你别忽视春季花开，
Закатов царственных и звонких зорь! 记住朝霞晚霞都很精彩！

Как часто ты, услышав гул погони,常觉得背后如有人追捕，
Оплачешь плен у ладана и книг.你为囿于书香而哭泣，
Учись, учись же на возвратном склоне下坡的年纪仍不懈学习，
Благословить за ломкость каждый миг![1] 为破碎的瞬间心存感激![2]

---

① *Русская поэзия Китая, Антология* , https://litlife.club/books/174318/read? page=72.
② 李延龄主编:《松花江晨曲》,第107页。

过桥如人生，只有永葆初心、坚忍不拔，才能为人生画上圆满的句号。每个人的人生路都会经历上桥和下桥，上桥时的拼搏奋斗如同青春的旋律，只有不负时光，才能在到达桥的中间时“感悟生活美好顺遂无忧”；下桥时不要得意忘形，一如桥的拱背，放低自己，时刻谦卑，才能容纳他人，收获不一样的人生；不要谨小慎微，只专注于脚下的土地，而忘记欣赏沿途的风景；不要悲观消极，要感悟人生、积极生活，因为“朝霞晚霞都很精彩！”

在哈尔滨出版的文艺作品集《映山红》的作者们满腔热忱地书写着遥远东方的双重面孔：“东方，是佛教寺院千年的宁静宝地，是穿着黄色僧服、在活佛面前虔诚祈祷的喇嘛手里的金铃。东方是绿色的国度，是宽阔的海洋，是海员烟斗里散发着蜂蜜味的烟，是在大洋的远方乘风破浪的海轮，是高高翘起了船尾、桅杆上挂着红色灯笼的中国军舰的轮廓……东方是一个办公室里凉风习习的国度，是银子和‘商人’的国度……”[①]

Это небо - как синий киворий，这天空庇荫着昔日的天堂，
Осенявший утерянный рай，它好似藏圣餐的蓝色柜儿，
Это милое желтое море - 还有这大海似的迷人黄色，
Золотой и голодный Китай.这就是卓越的饥饿的中国。

Я люблю эти пестрые стены，我爱这些墙垣的五光十色，
Эти дворики, сосны, цветы.还有这些院落、松树、花朵儿。
Ах, не всем же, не всем же измены 啊，只要你的心是忠诚的，
Сердце, верным останься хоть ты! 就不会什么都被记忆淡漠。

Сердце мудрое, где ни случится，人心是睿智的，不管在哪儿，
Как святыню ты станешь беречь 你都会宛如珍惜宝贝一样，
Этих девушек кроткие лица，特别喜欢姑娘们的短脸儿，
Этих юношей мирную речь.特别喜欢小伙们话语温和。

И родные озера, озера! 还有那些亲切的湖泊、湖泊！
Словно на материнскую грудь 我来这里舀取一点点安宁，
К ним я, данник беды и позора，仿佛扑向母亲的胸膛似的，

① 李延龄主编：《中国，我爱你》，李蕾薇、荣洁、唐逸红译，北方文艺出版社、黑龙江教育出版社2002年版，第109页。

Приходил тишины зачерпнуть…我这不幸与耻辱的进贡者。

Словно дом после долгих блужданий，这个奇异的又喧闹的天堂，
В этом странном и шумном раю 好似久游之后回归的家舍，
Через несколько существований，经过了这么一些居住生活，
Мой Китай，я тебя узнаю![1] 我已经了解你了，我的中国。[2]

俄侨们用脚步丈量着中国大地，用眼睛观察着山川河流，用心感知自然与风情，用笔记录着所见所感。在中国智慧中，俄侨们看到弥勒佛的洒脱自在、贤哲出世的豁达，感悟到鱼与熊掌不可兼得的痛苦、物壮则老的无奈，体悟到珍惜当下的孔颜之乐、岁月如桥的凸凹起伏。在饥饿但依然卓越的土地上，天空的高远宁静、大地的宽广厚重、姑娘小伙的友善、庭院湖泊的亲切，都让不幸的诗人如同扑进母亲的胸膛，温暖且踏实；在这个奇异而又喧闹的天堂，身心俱疲的诗人好似久游之后的回归，陌生而又熟悉的感觉冲淡了漂泊时的疲惫与无助，重获久违的归属与安宁。

---

① Валерий Перелешин，*Стихотворения*，http://morett.ru/poems/texts/pereleshin/pereleshin.htm.
② 李延龄主编：《松花江晨曲》，第 91 页。

第三章　御风而行，徜徉松花江畔

我们漂泊、流浪
我们是欢快的风，
我们鼓荡着船帆穿越海疆万里……①
——[俄]瓦西里·救布霍夫

这里是清代诗人沈承瑞笔下“东去大江水，高源何处来。混同天一色，长白雪千堆”（《松花江》）浩荡辽阔的松花江；这里是清乾隆帝笔下“松花江水西北来，摇波鼓浪殷其雷。波收浪卷滩石出，高低列翠如云堆”（《翠云砚歌》）激荡澎湃的松花江；这里是近现代诗人连横笔下“沿堤十里柳丝丝，羌笛吹残日已移”（《松花江晚眺》）中桃红柳绿的松花江；这里是梁漱溟先生笔下“雁阵横空霜洗新，江月照碧泛清辉，渔舟归去灯火阑，妆罢沉吟闻松花”（《松花江夜行》）令人心驰神往的松花江。松花江是黑龙江第一大支流，水域覆盖吉林、黑龙江、辽宁和内蒙古，流入俄罗斯境内的鄂霍茨克海，最终注入浩渺的太平洋。就江名的演变来看，唐代称“粟末水”，辽、金时称“鸭子河”“混同江”，宋、元为“宋瓦江”“混同江”，明代称“松花江”。清代满语称“松阿哩乌拉”，取发源高远之意，意为“天河”，据此自长白山以下定名曰松花江（即松阿哩乌拉）。俄罗斯的侨民们南下至松花江畔，带着母国的体感，携着异国的风情。让我们循着俄侨诗人们的足迹，漫步松花江畔，遍览中国东北大地无限风光。

① 李延龄主编：《松花江晨曲》，第66页。

第一节　人生若只如初见，何事秋风悲画扇

俄罗斯侨民们怀揣各异的心绪踏足中国，有的忧虑重重，有的满怀梦想与希冀。幸运的是，初抵这片土地，映入眼帘的是松花江这幅宁静壮美的画卷，江水悠悠，白帆点点，瞬间抚慰了旅人的心，让一切不确定都融化在这份自然和谐之中。

今天多晴朗一个白天，
苍穹像水彩画似的蓝。
天空流淌下来的恬静，
呼唤人们快活地休闲。

河柳沙沙，俯向一边，
俯向那绿色的小河湾。
柔和的微风在吹拂着，
悠悠闲闲的槭树树冠。

诗人米哈伊尔·什梅谢尔向我们呈现的是温柔拥抱春天的松花江，蓝天呼唤风筝，柳枝依偎河湾，微风轻拂槭树。在这样澄静明朗的春光里，不禁让人怀念郑板桥诗中"纸花如雪满天飞，娇女秋千打四围。五色罗裙风摆动，好将蝴蝶斗春归"(《怀潍县》)的美好，漫天飞舞的风筝、荡着秋千的娇女、堪与蝴蝶争艳的罗裙，春天是多姿多彩的，也是生机盎然的。

远地里在水湾那一边，
一些黑底船清晰可见。
仿佛是个乐天的乞丐，
江上荡着扯破的船帆。

江上的波浪跑得很慢，
岸上的沙被悄悄洗涮。

岸上到处阳光一片，
岸上到处是春意一片。[①]

诗人初见之下的松花江，岁月静好，作为黑龙江最大支流的松花江，堪称黄金水道，外运两岸盛产的木材、粮食等物产，运回东北大地所需要的物资。船工们辛苦劳作，往往也不足以使生活富足，但即使物质生活匮乏，他们依然乐观面对。“江上荡着扯破的风帆”，仿似那位唱着“鞋儿破，帽儿破，身上的袈裟破！你笑我，他笑我，一把扇儿破！”的南宋高僧“济公活佛”，不为物累，洒脱通透。对待那些乐观的陪伴者，松花江是温柔祥和的：“波浪跑得很慢”“沙被悄悄洗涮”，春天是生命勃发、梦想启航之时，温情陪伴、细心守护。

“轮船飘然行驶……浪染余晖。/不见灯塔。不见海鸥追逐轮船。”[②]诗人阿列克谢·阿恰伊尔向我们展现了夏日的松花江。

Над молочной рекою - шафранный закат，晚霞似藏红花照着一江乳汁，
Лижут воду огней языки，舔着奶水的是条条火舌，
У камней берегов，беспокоясь，лежат 从石头江岸眺望，周围是
Огневые на поле крути…起伏不定的火红原野……
Раскатай，раскатай голубую лазурь，像满洲面粉烙的一张大饼，
Как лепешку в маньчжурской муке！天空的蔚蓝不停地伸展，
Загруженные стаи лениво ползут 沿着奶油般肥腻的江水，
По молочной и жирной реке…缓缓驶过装得满满的货船……
Паруса - одеяла；бобы и мешки…被单当船帆；婆娘与麻袋……
Запотелая голая грудь…汗水淋淋的赤裸胸膛……

晚霞漫天，宛如火龙戏于天际，映红了江面，晕染了原野。满载的货船、被单制成的船帆、船工汗涔涔的胸膛、负责船工生活起居的妇人，这大抵是松花江畔夏日黄昏的日常，呈现出浓浓的生活气息。大自然也从不吝啬把美景馈赠给辛勤劳作的人们。

Ночью месяц-меняла на бликах реки 月亮想出了奇妙的游戏，

① 李延龄主编：《松花江晨曲》，第 188—189 页。
② 李延龄主编：《松花江晨曲》，第 198 页。

Золотую затеял игру…夜晚在江面洒下闪烁的银光……
А в молочной воде утонувший шафран 浸在江水里的番红花，
Начал рыхлые щупать тела.触摸人的躯体，躯体柔软，
И，сорвавшись с цепей，завизжал ураган，风像挣脱了锁链，大声吼叫，
Стала ночь над рекою бела.江上的夜空变得白茫茫一片。
И от тихих легенд，от мечтательных будд -源于传说以及佛的理念，
Явь забилась в слезах и песке…现实在泪水与尘土中跳动……
Только серые ленты кругами ползут 奶汁似的江水流速凶猛，
По молочной и хищной реке.[①]四周景物如灰色丝绦缓慢爬行。[②]

夏日的松花江畔，最令人习以为常也最撩拨人情怀的非红蓼莫属。红蓼因其秆高而粗壮且不易腐烂，可以防浪固堤，也被称作护堤花。元代朱德润曾有诗曰："山野低回落雁斜，炊烟茅屋起平沙。橹声归去浪痕浅，摇动一滩红蓼花。"(《沙湖晚归》)夏日，红蓼用鲜艳的花朵点缀着松花江沿岸广袤的湿地；秋日，繁花褪去，秆变成紫红色，给萧瑟的冷秋以生机，故当地有"夏赏红花烂漫，秋看红秆一片"之说。红蓼旺盛而顽强的生命力、防浪固堤的奉献精神和松花江隐忍不言、不求回报的无私品质相得益彰。因此，按照当地习俗，每年农历七月十五，人们会采摘新鲜的红蓼，用小绳捆成小束放在花瓶中，分别放置于房间的东、南、西、北、中五个方位，意欲辟邪，同时祈求身体康健、生活幸福。

诗人兼文学家瓦西里·洛基诺夫以《在松花江上》(*На Сунгари*)描绘了那里"史诗般祥和的忧伤"，一切看似矛盾的人物、景象实则和谐地共处一隅。

Покой. Река. Лень. Церковь. Баня.闲适。河流。懒散。教堂。澡塘。
По вечерам здесь тютчевский закат.傍晚时分，丘特切夫晚霞。
Днем плачет дождь，по крышам барабаня.白昼，敲击屋顶，雨把泪水淌。

Свистят ветра. Шаланды пенит скат 风在呼叫。平底驳船下

---

① *Русская поэзия Китая：Антология* ，https://www.rulit.me/books/russkaya-poeziya-kitaya-antologiya-read-305634-15.html.

② 李延龄主编：《松花江晨曲》，第 34 页。

Волн желтизну. Шипит песок прибрежный.泛起黄色波涛。沙岸也鸣叫。
Эпическая мирная тоска 这是史诗般祥和的忧伤

Охватывает нас и бережно，и нежно 围护着我们，珍视而且温柔，
И，как корабль，несет к прекрасным берегам，如航船，送我们去美好岸边，
Где Одиссеев парус полон ветром свежим.这里有鼓满风的奥德赛船帆。

Как бурность - городу，здесь ясность дорога. 暴风雨和晴天对城市同样可贵。
Здесь созерцание гласит закон негромкий. 这里，观察到的是悄声的习俗。
Здесь молишься душою всем богам. 这里，人心向着各种神仙祈福。

Здесь так отрадно встретить незнакомку，这里，可以欣喜地遇到，
Растрепанную，в ярком кимоно. 穿褴褛但鲜艳和服的女人，
Увидеть старца - посох и котомку，见到老人持手杖，背背包。

Джангуйду，высохшего，как лимон，那掌柜的，瘦得如同柠檬，
Торгующего кипятком и ханжей，他在卖着白开水和烧酒，
Китайца с рыбой - щука и налим. 中国人拿着鱼——狗鱼和江鳕。

И，обойдя кругом заборчик рыжий，一个红头发人往家里去，
Домой вернуться. В свете тусклых свеч 绕过篱笆。昏暗烛光里，
Поужинать，мечтая о Париже.吃着晚饭，憧憬着巴黎。

И ты，Гомера кованая речь，而你，精练的荷马的语言
За Сунгари звучишь не очень странно.讲诉松花江也无奇可言。
И обаяние сумел сберечь 彼·马克——奥尔兰可爱的书
Любимый томик Пьера Мак-Орлана.[①]还能够保持其魅力不变。[②]

那里既有被丘特切夫喻为“最后的爱情”的绚烂又易逝的黄昏的晚霞，也有“雨把泪水淌”的白昼；那里的风既会在平底驳船下“泛起黄色波涛”，也会鼓满风帆“送我们去美好岸边”；那里的“掌柜”卖力地做着生意，自己却“瘦得如同柠檬”；那里的人们一边遵循着“悄声的习俗”，一边“向着各种神

① *Русская поэзия Китая: Антология*，https://www.rulit.me/books/russkaya-poeziya-kitaya-antologiya-read-267028-74.html.

② 李延龄主编：《哈尔滨，我的摇篮》，第 180—181 页。

仙祈福”；那里“教堂”“澡塘”共生，非尘世的憧憬与尘世的欲望交织缠绕。

阿尔谢尼·涅斯梅洛夫也以一首《日落时分》(*В закатный час*)展现了渔民们经过了一天的劳累在松花江边露营时的场景。暮色将至，夕阳的柔光环绕着柳树，三位渔民围在篝火旁，欢快地聊着白天渔猎时的趣事。底朝天的小船、斜插入地的钓竿和被扔进针茅草丛的雨衣、背囊是他们白天辛劳的见证，沸腾的水壶、篝火的浓烟是他们晚上安眠的保障。“烟火冲空起，蚊蠓血透衫。”(《露营之歌》)在这旷野之上，吸血的蚊虻才是露宿之人最大的敌人。

Сияет вечер благостностью кроткой.暮色辉耀着柔和的安谧。
Седой тальник. Бугор. И на бугре 灰色的柳丝。土丘。土丘上
Костер, и перевернутая лодка,点着篝火，底朝天的小船，
И чайник закипает на костре.篝火上一壶水沸沸扬扬。

От комаров обороняясь дымом, -熏着烟对蚊子进行自卫，
Речь русская слышна издалека, -从远处飘来俄罗斯的语音，
Здесь на просторе этом нелюдимом 在这个荒无人烟的旷野上，
Ночуют три веселых рыбака.过夜的是三个快乐的渔民。

Разложены рыбацкие доспехи,渔民们的铠甲摆了一地，
Плащи, котомки брошены в ковыль,雨衣、背囊被扔进针茅草丛。
И воткнутые удочки, как вехи,插入地的钓竿有如路标，
И круговая булькает бутыль.长颈圆玻璃瓶汩汩有声。

三位渔民畅聊的场景不禁让人想起俄罗斯风俗画家瓦西里·佩罗夫的名作《休息中的猎人》(*Охотники на привале*)，画中三位猎人呈三角形在山坡上小憩，左边的老猎人正眉飞色舞地讲述狩猎时的惊险情节，右边年轻猎人听得津津有味，而中间的猎人挠着耳朵，仿佛在讥讽老猎人的夸大其词。旁边散放着猎枪、号角以及捕获的野禽和野兔。生动的表情和画面，让人印象深刻。

И кажется, опять былое с нами.仿佛往事和我们重遇，
Где это мы в вечерний этот час? 黄昏此刻我们在何处？
Быть может, вновь на Иртыше, на Каме,莫非重又在额尔齐斯河、卡马河，

Опять на милой Родине сейчас? 此刻重又在亲爱的祖国？

Иль эта многоводная река 莫非这浩浩荡荡的大江，
Былинный Волхов, древняя Ока? 是壮士歌中的沃尔霍夫河、古老的奥卡河？

Краса чужбины, горы, степи, реки，异国的美景：山河、草原啊，
Нам не уйти от Родины навеки，我们永远离不开祖国，
И как бы вам ни виться, ни блистать，不管你们怎样盘旋、闪耀，
Мы край родной все будем вспоминать! 我们总会想起祖国！

Но сладок ваш простор, покой, уют，但你们多辽阔、宁静、舒适！
Вам наша благодарность за приют![①] 让我们栖留，对你们感激。[②]

“倾辉引暮色，孤景留思颜。”（鲍照《幽兰五首·其一》）落日余晖下的松花江也让诗人触景生情，想起鄂毕河的支流额尔齐斯河、伏尔加河的支流卡马河，竟有些恍惚，莫非这是祖国壮士歌中出现的沃尔霍夫河或古老的奥卡河？但不管怎样的感物伤怀，诗人仍对慷慨接纳他的中国大地心怀感恩，赞美它的“辽阔、宁静、舒适”。

情绪不稳定时的松花江，浪花像顽皮的孩子，在浪峰中翻滚、跳跃，狂风裹挟着小船，“时而龙骨擦了江底”，“时而又向波峰划去”；小船里，狗儿尖叫，张皇失措的船客紧紧依偎在鼓满风的船帆下，健壮的船舵手正尽力使船向江岸靠拢。

Гребни волн барашками курчавятся，小浪花在浪峰上打卷儿，
Пена брызг алмазами горит，溅的白沫钻石般光闪闪。
Сунгари, сердитая красавица，松花江啊，生气的美人儿，
Изменила свой обычный вид.一改自己平日里的容颜。

В знак тревоги ловко и уверенно 作为预警信号，码头边儿，
Подняли на пристани шары，风球习惯地挂上了高杆。
Жмутся лодки к берегу растерянно，为顺利地离开这场游戏，
Выходя поспешно из игры.小船都慌张地靠上江岸。

① *Русская поэзия Китая: Антология*, https://litlife.club/books/174318/read? page=62.
② 李延龄主编：《哈尔滨，我的摇篮》，第 40—41 页。

На шаланде под квадратом паруса 我们坐在风帆帆布下边，
Мы плывем испуганно назад，惊慌失措地往回划小船。
И о мачту треплет ветер яростно 船帆打有毛边儿的补丁，
Бахрому бесчисленных заплат. 大风猛烈地拍击着桅杆。

Мы плывем，то килем дно царапая，漂着，时而龙骨擦了江底，
То волне взлетая на хребет. 漂着，时而又向波峰划去。
Чей-то пес，визжа，скребется лапами，狗儿尖叫，爪子挠着船帮，
Обнимает спутницу сосед. 旁边船客把女邻搂进怀里。

И багром скользя по борту узкому，船舵手，一个中国小伙子，
Кормчий наш，китаец молодой. 古铜色肌肉紧紧地绷起，
Напрягая бронзовые мускулы，用竿子顺狭窄船舷撑着，
Пассажиров брызгает водой. 溅了船客一身江水水滴。

И я знаю - в час заката алого 我觉得——当此红色晚霞时，
Это он вдоль нильского русла 他正沿着尼罗河水划去，
Плыл к той пальме，где под опахалами 划向那叶大如扇的棕榈，
Клеопатра избранных ждала.[①] 克娄巴特拉正等着入选之士。[②]

置身于风浪之中的小船上，亦如诗人颠簸不定的异乡生活，心中忐忑不安，惶然觉得小船正沿着尼罗河水向前，划向埃及女王克娄巴特拉，她曾用美貌和智慧俘获了两位声名显赫的人物朱利叶斯·恺撒和马克·安东尼。《迎面开来一艘艘无声的轮船……》(*Есть встречные немые корабли…*)描绘了这样一幅画面，轮船靠近，又无声地远去，宛如现实转瞬成了梦幻，诗人愈发愁苦，留下无归期的落寞。

Есть встречные немые корабли，迎面开来一艘艘无声的轮船，
которые проходят ночью мимо，在异国海域，远离陆地，
в чужих морях，далеко от земли. 夜间从身边经过。
И встречи те - неповторимы. 和他们再相会——不可思议。

---

① *Русская поэзия Китая：Антология*，https://litlife.club/books/174318/read? page=69.
② 李延龄主编：《松花江畔紫丁香》，第22—23页。

Такой корабль, как призрак или сон，这种轮船像幻影，像梦，
свой беглый свет за черной гранью прячет，它把自己的流光在黑处隐蔽，
и не узнать, кем этот свет зажжен，无法知道那流光为何人所点燃，
и где ему пристать судьба назначит.命运会让它停泊在何地。

Летящей птицей дрогнут и уйдут 它的灯火像飞鸟，颤一颤便离去，
его огни и станут тенью снасти，成为缆索的阴影，
и от людей, что призрак тот ведут，你不要等待那些形成幻影的人
не ждите ни привета, ни участья，会捎来问候，会表示敬意。

и будет ночь полна тоской тупой，深夜充满昏昏的愁闷，
и будет больно так и непонятно，你会感到痛苦和难明其意，
что тот корабль серебряной тропой 那艘艘轮船沿着银光粼粼的水路远行，
уже ничто не повернет обратно.[①]再也不能使它掉头回去。[②]

“乡泪客中尽，孤帆天际看。”（孟浩然《早寒有怀》）游荡于异乡的游子望见渐行渐远的船帆，不免想起和自己相离的故土，无法相携而行的惆怅之情油然而生。“南来飞燕北归鸿”，擦肩而过的缘分一如落花流水的哀怨，“后会不知何处是，烟浪远，暮云重。”（秦观《江城子·南来飞燕北归鸿》）江面的浩渺烟波阻隔了彼此的归途，山长水阔，前路漫漫。于是，诗人写下《我大胆地用手从天庭窃取一颗晶莹的星星……》（*Я с неба яркую звезду рукою смелой украду*…），希望用它的光照亮世界每个角落，希望曾经被黑暗笼罩的思想、智慧都可以重见光明，也希望这束光能照亮漂泊于异乡的游子们的返乡路。

Я с неба яркую звезду 我大胆地用手从天庭
рукою смелой украду.窃取一颗晶莹的星星。
О, разве это мир заметит? 啊，世界难道能将此事发现？
Одна звезда так мало светит，一颗星星的光亮很淡很淡，
темней не может быть ему，世界不会为此而变阴。
а я звезду свою возьму 我把星星握在自己的手心，

① *Русская поэзия Китая: Антология*, https://litlife.club/books/174318/read? page=20.
② 李延龄主编：《松花江畔紫丁香》，第 259 页。

и в сердце на конце кинжала 我把它的心插在匕首的尖上，
воткну，чтоб вечно освещала 让它永远照射角落四方，
все уголки，где мысль живет，那里思想存在，
та мысль，что жизнь мою прядет，那里思想编织了我的生活，
все чувства в сердца клетке тесной 在心脏狭窄的腔壁里的情感，
осколком мудрости небесной.[①]像是天空智慧的碎片。[②]

诗人大胆为人们谋福利的英勇行为不禁让人想起高尔基作品中那位不畏困境、挺身而出为自己的族群谋求生存机会的丹柯，即便面对族人的质疑和指责，他依然没有逃避和放弃，而是撕开自己的胸膛，挖出自己的心，把它高高地举在头顶，作为照亮前路的火炬，最终带领大家走出险境，而他那颗勇敢的心，哪怕被踏碎、被踩熄，依然倔强地化为雷雨来临前的蓝色火星，在世间留下绚烂的印记。

第二节　飞越松花江，俯瞰哈尔滨

来到松花江畔，俄侨们一定不会忽略那座因他们的祖辈参与修建的中东铁路而兴起的城市——哈尔滨。中东铁路路线呈丁字形，以哈尔滨为中心，西至内蒙古的满洲里，东到绥芬河，南至辽宁大连。据资料记载，20 世纪初至少有十几万外国流亡者来到这座城市，在他们和中国人的共同努力下，哈尔滨的黑土地般质朴的底色上绽放出多元的异国情调。蜿蜒穿城而过的松花江则赋予了哈尔滨灵秀豁达的气质。正如诗人尼古拉·沃赫金在《哈尔滨》中所发出的感慨：

Он стоял у широкой и мутной реки，哈尔滨立在宽阔浑浊的江边，
Пресловутый Харбин，город нашего детства，它赫赫有名，是我们童年的城市，

① *Русская поэзия Китая: Антология*，https://litlife.club/books/174318/read? page=19.
② 李延龄主编:《松花江畔紫丁香》，第 253—254 页。

Город юности, трудной судьбе вопреки 青少年的城市，与艰难命运相反，
Сохранивший своё золотое наследство. 黄金般的遗产，它依然保持。

Уж такой наши деды оставили след 我们祖辈留下他们的遗迹，
На Китайско-Восточной железной дороге，留在了那条中东铁路线，
Что хранили его от войны и от бед 圣尼古拉教堂和中国上帝
И Святой Николай и маньчжурские боги. 保它们免遭战乱和灾难。

Там вплотную Россия с Китаем сошлись，那里，俄罗斯与中国紧密走在一起，
И с Востоком бок о бок соседствовал Запад，那里，西方与东方肩并肩互为邻居，
Там черёмух и ладана приторный запах 那里，稠李和烧香的芬芳气息，
С ароматами яств азиатских слились.[①]同亚洲的美食的香味结合一起。[②]

哈尔滨的中西合璧体现在建筑上。那里既有拜占庭式的圣·索菲亚东正教教堂、哥特式尼埃拉依基督教堂、巴洛克风格的阿列克谢耶夫天主教堂、哥特式圣·尼古拉东正教教堂，又有代表中国本土宗教文明的文庙、极乐寺等。哈尔滨"音乐之城"的美誉也得益于中外音乐的相得益彰，从清朝满族的秧歌到俄罗斯人带来的交响乐在此和谐共存。哈尔滨的文学之花也因为俄侨作家的点缀而愈加幽美，从萧红的《呼兰河传》到陈玙的《夜幕下的哈尔滨》，从梁晓声的《雪城》到迟子建的《白雪乌鸦》，从叶列娜·达丽的《献给第二祖国》到叶列娜·涅杰利斯卡娅的《我常常觉得……》，从叶甫盖尼·雅什诺夫的《选自〈日记片段〉组诗》到尼古拉·沃赫金的《哈尔滨》，哈尔滨如梦似幻的前世今生在他们的笔下绽放。

神秘的哈尔滨也吸引了诗人阿尔谢尼·涅斯梅洛夫的视线，《哈尔滨的诗》(*Стихи о Харбине*)是诗人对哈尔滨历史的探究。"哈尔滨"一词的由来有不同的说法，一种认为是音译，意为"高高的河岸"；一种认为是满语，意为"浅滩""渡口"，因为选择这个地方就是为了当作最方便的江桥渡口；一种认为是蒙古语"阿哈巴"，意为"羊的肩胛骨(哈勒巴)"。[③]现在看来，"高高的河岸""渡口"和"羊的肩胛骨"各自对应了哈尔滨市初建时的三个区，分别是老

① Николай Вохтин，*Харбин: Ветка русского дерева* ，https://vk.com/wall-140290518_8658.
② 李延龄主编：《哈尔滨，我的摇篮》，第 283 页。
③ 李延龄主编：《中国，我爱你》，第 2 页。

哈尔滨(今香坊区)、埠头区(今道里区)和新城区(今南岗区)。老哈尔滨由中东铁路局办公场所和住所发展而来;埠头区以码头为特色,发展成商业娱乐区;新城区是按照圣彼得堡的城市建设规划建设的,以欧式风格为主,包括火车站、商业学校、教堂等建筑。哈尔滨是与中东铁路同时开始建设的,1903 年中东铁路建成通车时,哈尔滨城市基本形成。

I

Под асфальт, сухой и гладкий,我们时代的冰泉正流向
Наледь наших лет,干燥而光滑的柏油马路附近,
Изыскательской палатки 当年勘探者病房的遗痕
Канул давний след…已经消失得无踪无影……

Флаг Российский. Коновязи.俄罗斯国旗,系马桩。
Говор казаков.哥萨克们的口音,
Нет с былым и робкой связи -和往昔了无联系——
Русский рок таков.这就是俄罗斯的厄运。

Инженер. Расстегнут ворот.工程师,领子解开着。
Фляга. Карабин.军用水壶。卡宾。
« Здесь построим русский город,"这里我们要兴建一个新的城市,
Назовем - Харбин ».给它起个名——哈尔滨。"

Без тропы и без дороги 没有大路,没有小径,
Шел, работе рад.他走着,心里对工作高兴。
Ковылял за ним трехногий 一个三脚鼎立的水准仪,
Нивелир-снаряд.一瘸一拐地跟着他跛行。

Перед днем Российской встряски,在俄罗斯震动之日面前,
Через двести лет,经历了两百年的时日,
Не петровской ли закваски 这莫非是彼得大帝气质的
Запоздалый след? 姗姗来迟的足迹?

Не державное ли слово 命令难道不是个穿越
Сквозь века: приказ.世世代代的有威力的词。
Новый город зачат снова,一座新城从此诞生了,

Но в последний раз.只不过是在最后一次。

1898 年 3 月，工程师阿达木·师德洛夫斯基率领先遣队，包括 25 名工人，还有气象员、医护人员、50 名哥萨克警卫员，乘着 30 辆大车，“从海参崴(符拉迪沃斯托克)出发，经过乌苏里斯克和波尔塔夫斯卡娅、三岔口的边境居民点，经过宁古塔大道进入满洲”[①]。经过艰难跋涉，他们终于在 4 月初到达今哈尔滨香坊区的一座废弃的酒厂——田家烧锅，和留在这里过冬的勘探队员会合，因而这里也就成为哈尔滨市诞生的摇篮——“旧哈尔滨”所在地。“工程师，领子解开着。/军用水壶。卡宾。”——“师德洛夫斯基站在起伏的荒地上，威谢洛夫佐洛夫冲太阳眯缝着那双戴眼镜的、带着知识分子好奇心的眼睛……”[②]“没有大路，没有小径，/他走着，心里对工作高兴。”最初的平面图已经有了新城市的全部轮廓：“往东是弯曲的弧形铁路大桥，满洲大街与松花江大街交叉点，在大直街的箭头下是带十字的圆形场地——教堂。经过一片空地，是弯曲的松花江岸，上边是零零散散的码头建筑设施。”[③]

“在俄罗斯震动之日面前，/经历了两百年的时日，/这莫非是彼得大帝气质的/姗姗来迟的足迹？”1698 年、1703 年和 1898 年、1903 年，这两个各相隔两百年的时日，因为彼得大帝而联系起来。1698 年，彼得大帝从欧洲游历归国，以雷霆之势开始了风俗习惯、政治、经济、军事、文化、教育等一系列改革，特别是 1703 年建都圣彼得堡，使其成为“向西看”的窗口，深刻改变了俄罗斯的政治、经济、军事和文化面貌，将俄罗斯从一个相对落后的国家变为一个欧洲强国。两百年后，在遥远的中国东北，“命令难道不是个穿越/世世代代的有威力的词”。一群俄罗斯人以圣彼得堡市的规划为样板开始建造一座新城，1903 年哈尔滨正式落成。

II

Как чума, тревога бродит 像一场瘟疫，惊恐游荡着——

Гул лихих годин…不祥年代的隆隆声……

Рок черту свою проводит 命运画下了自己的界线。

---

① 李延龄主编：《中国，我爱你》，第 1 页。

② 李延龄主编：《中国，我爱你》，第 3 页。

③ 李延龄主编：《中国，我爱你》，第 2 页。

Близ тебя，Харбин.在你的附近，哈尔滨。

Взрывы дальние，глухие，遥远的闷声的阵阵爆炸，
Алый взлет огня -大红的火焰迸发——
Вот и нет тебя，Россия，就是没有你在，俄罗斯，
Государыня！我的女皇陛下！

Мало воздуха и света，空气和光线都不够，
Думаем，молчим.我们默想口不开。
На осколке мы планеты 驾着命运的残片，
В будущее мчим！我们驰向未来！

Скоро ль канут иль не скоро，是不是我们快要消失了，
Сумрак наш рассей…快把我们的黑暗驱散……
Про запас ты，видно，город 显然，你建立这个城市，
Выстроила сей.是为了将它备用于一旦。

Сколько ждать десятилетий，还得等待几十年
Что，кому беречь？得为谁爱护些什么？
Позабудут скоро дети 孩子们是否很快就会
Отческую речь.把祖国的语言忘却。

时光见证了哈尔滨的崛起，也目睹了它的苦难。由于哈尔滨是东北门户，又是东北的铁路枢纽，日本关东军在飞机、大炮的掩护下，对哈尔滨展开了猛烈进攻，1932 年 2 月 5 日，哈尔滨保卫战失败。从此，哈尔滨掀开了沉痛的一页。哈尔滨的沦陷让中国民众如坠深渊，也让俄侨们深受其害，1935 年，在苏联政府被迫卖掉其中东铁路的所有权后，部分俄侨开始陆续离开哈尔滨，离开这片他们曾经付出汗水、辛苦和满腔热忱的土地，或回到祖国，或迁往上海和其他中国城市——“驾着命运的残片，/我们驰向未来。”

III

Милый город，горд и строен，亲爱的城市，你高傲、匀称，
Будет день такой，这样的一天将会来临。
Что не вспомнят，что построен 人们不会再记起这史实：
Русской ты рукой.建城时俄罗斯人也曾参与。

Пусть удел подобный горек，纵然这样的命运很苦涩，
Не опустим глаз：但我们不会垂下眼睛：
Вспомяни，старик историк，请记起我们，历史老人，
Вспомяни о нас．请记起我们这一群人。

Ты забытое отыщешь，你将会找到遗忘的一切，
Впишешь в скорбный лист，把它写进你的病历，
Да на русское кладбище 旅游者将会从远处跑来，
Забежит турист．踏上这块俄罗斯墓地。

Он возьмет с собой словарик 他将随身携带小词典，
Надписи читать…把墓碑题词诵读……
Так погаснет наш фонарик，犹如我们的信号灯快熄灭了，
Утомясь мерцать！[①] 它已经疲于闪烁！[②]

"亲爱的城市，你高傲、匀称"，日伪统治期间，哈尔滨从来没有停止过斗争的脚步，东北抗日联军血染白山黑水，"铁血将军"杨靖宇、"北国雄狮"赵尚志、"忠贞报国"的李兆麟、"不负巾帼志"的赵一曼等革命先烈都曾经在哈尔滨出生入死。历史是记忆的生命，伴随中华民族的忧患和苦难一路走来，尽管时光流转，哈尔滨永远不会忘记国破家亡时那彻骨的伤痛，也不会忘记那些不辞辛劳的设计者和建设者。

在俄罗斯文化中，稠李是美丽和爱情的象征，在明媚的春天里，怒放的雪白稠李花傲立于青枝绿叶之间，宛如一幅水墨丹青。诗人娜塔利娅·列兹尼科娃在《稠李开了花……》（*Цветет черемуха，и от нее прохлада…*）中欣喜于稠李的如约而至，品味着稠李淡雅的香甜。

Цветет черемуха，и от нее прохлада；稠李开了花，送来一股清香；
Цветет черемуха - пришла весна．稠李开了花——春天已经到来。
В веснушках от дождя дорожки сада，雨滴把花园小路弄得麻点密布，

---

① Несмелов Арсений Иванович，*Собрание сочинений в 2-х томах. Т. I：Стихотворения и поэмы*，https：//www. rulit. me/books/sobranie-sochinenij-v-2-h-tomah-t-i-stihotvoreniya-i-poemy-read-322174-34.html.

② 李延龄主编：《哈尔滨，我的摇篮》，第 19—22 页。

И неба и листвы легки тона.天空和树叶都涂上了淡淡的色彩。

Черемуха цветет, и будто звезды 稠李开了花,仿佛是繁花一片
Рассыпаны средь молодой листвы,落满青青的树叶林籁,
И пахнут сладостно свисающие гроздья,下垂的花束散发着甜的气息,
И так нежны душистые цветы.芳香的花朵是那么馥郁可爱。

于诗人而言,万千嫣红不如稠李一抹素白清幽,那是家乡的记忆,是童年房前屋后的驻足轻拂。岁月流转,时光的沙漏中,容颜已改,不变的唯有对稠李的眷恋,愿爱人一如初见,愿家园没有远去。

Черемуха цветет, и вдруг я забываю,稠李开了花,我突然忘却自己
Что не в Сибири я, что дом далеко мой,不在西伯利亚,而是远离家宅,
Что в куклы я давно, давно уж не играю,我早就不玩布娃娃了,
Что стала взрослой, строгой, непростой…我已长大,变得严肃又难猜……

Черемуха цветет, и так же, как бывало,稠李开了花,和往常一样,
Лицо я прячу в белые цветы,我把脸颊藏在白色的花海,
Их жадно рву, но мне все мало, мало…我贪婪地采撷,总觉得不够,
…А вечер близится, и близок ты…[①]夜晚已临近,你已快来……[②]

尘寰中稠李花不染尘埃的纯粹,教堂内香烟袅袅升起的虔诚,哈尔滨街上芳香四溢的美食,市井烟火的繁华与远离喧嚣的幽静,相携相离,正如有人所言:生活,一半烟火,一半清欢;幸福,一半争取,一半随缘;人生,一半清醒,一半释然。红尘阡陌,流年清浅,离开的都是风景,留下的才是人生。

Там зимою сибирские жгли холода,冬季有西伯利亚刺骨的寒冷,
И арктический снег серебрился в сугробе;有北极雪在雪堆中银光熠熠;
А весною ветра доносили туда 春季刮来灰黄色沙尘,
Жёлто-серую пыль и дыхание Гоби.[③]那是戈壁大漠的呼吸。[④]

---

① *Русская поэзия Китая: Антология* , https://www.rulit.me/books/russkaya-poeziya-kitaya-antologiya-read-305634-82.html.

② 李延龄主编:《松花江畔紫丁香》,第 298 页。

③ Николай Вохтин, *Харбин: Ветка русского дерева* , https://vk.com/wall-140290518_8658.

④ 李延龄主编:《哈尔滨,我的摇篮》,第 283 页。

哈尔滨周边地形以平原为主，地势平坦。冬季，当西伯利亚冷空气长驱直入之时，漫天飞舞的雪花会让人沉浸于“千里冰封，万里雪飘”（毛泽东《沁园春·雪》）的北国风光中，“冰城”之誉名不虚传。然而哈尔滨的春天绝无江南早春“碧玉妆成一树高，万条垂下绿丝绦。不知细叶谁裁出，二月春风似剪刀”（贺知章《咏柳》）的勃勃生机，它是风霜雨雪的交融，是“门外不知春雪霁，半峰残月一溪冰”（周弼《夜深》）的落寞，是“渺渺黄沙天万里”（王冕《漫兴·其三》）的无奈。

За белой мартовской метелью 紧跟三月白色的风雪
Пришла немедленно весна，春天顷刻即会来临，
В саду запахло талой прелью，花园泛起融雪的气味，
Природа тянется со сна… 大自然正在摆脱睡眠……

Каток расплылся желтой кашей -滑冰场化作黄色泥汤——
И голуби снуют по ней：鸽子在泥场上戏玩：
Урчат，блаженствуют и пляшут -咕咕在叫，恬然撒欢……
Их шейки - радужней，синей. 脖颈变得五彩缤纷，更蓝更蓝。

По-новому грохочут звонко 远方火车的车厢发出
Составы поездов вдали. 一阵阵清脆的凄厉，
А в воздух - золотой и тонкий，大地将抚爱的深情渗入
Исходит нежность от земли… 察觉不到的金色空气……

Не служат ей помехой трубы，烟囱并不干扰春阳，
И копоть не мешает ей -烟尘对它也不是屏障。
Весна скользит в глаза и губы，春天钻进眼梢和嘴角，
Добрее делает людей！[①] 使人变得更加善良！[②]

哈尔滨的春天虽短暂亦美好，金黄俏皮的东北连翘、俊秀娇媚的京桃、婀娜多姿的山杏、妩媚缤纷的榆叶梅、如雪花漫洒的山梨、花团锦簇的丁香次第绽放，其中，尤以丁香为最。丁香以其淡雅且坚韧的品质成为哈尔滨的

---

① *Русская поэзия Китая：Антология*，https://www.rulit.me/books/russkaya-poeziya-kitaya-antologiya-read-305634-110.html.

② 李延龄主编：《松花江畔紫丁香》，第 161 页。

市花，“丁香之城”由此诞生。每年的五六月，各色丁香尽显迷人风采，有洁白无瑕的白丁香、浪漫温情的粉丁香、嫣红似霞的红丁香、尊贵温婉的黄丁香、素雅清新的紫丁香，宋代洪遵的《丁香》一诗赞曰：“来自丁香国，还应世所稀。从生盛枝叶，乱结罥中衣。冷艳琼为色，低枝翠作围。蔓连疑锁骨，时见玉尘飞。”

А на смену весне приходила пора，春天之后，到来的是雨季，
Летних ливней，и гроз，и полдневного жара，大雨瓢泼，霹雷闪电，暑热难容，
Это с южных морей прилетали ветра，是风从南方海洋那边飞来，
И река набухала тревожно и яро.于是河水暴涨，令人惊恐。

夏季的哈尔滨因受来自太平洋的东南季风的影响，雨季猝不及防地来临，让人湿热难耐。诗人兼作家加莉娜·莫洛佐娃写道：“七月里下暴雨是哈尔滨的特点”，“它遮蔽了万里无云的晴空，出其不意地滂沱而下，像一垛水墙似的倒下来，同样也出乎意料地停住了。天空又蔚蓝一片，而过半小时，又哗哗下起雨来。巧克力色的松花江水变浑浊了。蓬松的灰色泡沫涌向岸边。水位急速上涨，吞没了一个又一个沙滩。看来，在江的上游下过大雨。本来就很宽阔的江水像大海似的泛滥开来，把太阳岛掩藏在波浪下面，把十字形小岛冲得面目全非，它冲上船只停泊修理处，闯进住房，淹没它们——淹到阳台，渐渐地升到不高的屋顶下铁路路基靠石头阻碍遏制了水流，于是被淹没的船只停泊修理处变成了水湾，房屋就没有漂走。”但“水上方只露出了房屋的屋脊和烟囱”。[①]

Но желтели поля，наливались плоды 然而，硕果累累，田野黄澄澄，
И цветы источали свои ароматы，各种各样的鲜花也散发出香气，
И ветра прилетали с далёкой звезды，微风习习，仿佛来自遥远的星星，
И стихи мне шептал незнакомец крылатый.这有翅的陌生人为我悄声读诗。

Но особо запомнилась осень одна – 特别难以忘怀的是那个秋季——
Небывалый сентябрь сорок пятого года.四五年九月那些从未有过的日子，
К нам с победой явились родные ветра，乡土的风带着胜利喜讯来到眼前，

① 李延龄主编：《兴安岭奏鸣曲》，冯玉律、石国雄、孙玉华等译，北方文艺出版社、黑龙江教育出版社2002年版，第512—513页。

И всю осень стояла родная погода.[①]整个秋季都是那种乡土天气。[②]

而秋季的哈尔滨既是浓烈的、缤纷的，花海肆意、草木狂欢，它想留住夏日的热情和盛放；也是丰收的、浪漫的，硕果累累、秋水潺潺，它想弥补夏日骄阳和暴雨的肆虐。不过“热带式的暴雨”留下的伤痕也让多愁善感的秋潸然泪下。

Нет ничего печальней этих дач 再没有什么比留有水灾愁痕的
С угрюмыми следами наводненья.这些别墅更令人悲痛。
Осенний дождь，как долгий，долгий плач，秋雨，像久久、久久的哭泣，
До исступления，до отупенья！落得令人狂怒和愚钝。

И здесь，на самом берегу реки，世上有条江最反复无常，
Которой в мире нет непостоянней，在这里，在这条大江之滨，
В глухом окаменении тоски 在忧伤的暗暗的麻木状态中，
Живут стареющие россияне.生活着一群正老去的俄罗斯人。

И здесь же，здесь，в соседстве бритых лам，在这里，毗邻着光头喇嘛，
В селеньи，исчезающем бесследно，-在一个正无形消失的村落中，
По воскресеньям православный храм 每逢星期日那东正教堂
Растерянно подъемлет голос медный！怅然地提高了铜钟的嗓音！

Но хищно желтоводная река 猛兽般汹涌的黄水的江
Кусает берег，дни жестоко числит.咬着岸残酷地冲刷着岁月。
И горестно мы наблюдаем，как 我们悲哀地看到这情景，
Строения подмытые повисли.从下面冲坏的建筑物悬挂着。

И через сколько-то летящих лет 经过若干飞驰的岁月，
Ни россиян，ни дач，ни храма - нет，俄罗斯人、别墅、教堂——全消失，
И только память обо всем об этом 只剩下对于这一切的回忆
Да двадцать строк，оставленных поэтом.[③]和诗人留下的二十行诗。[④]

---

① Николай Вохтин，*Харбин：Ветка русского дерева*，https://vk.com/wall-140290518_8658.

② 李延龄主编：《哈尔滨，我的摇篮》，第 284 页。

③ *Русская поэзия Китая：Антология*，https://litlife.club/books/174318/read? page=61.

④ 李延龄主编：《哈尔滨，我的摇篮》，第 35 页。

我们常把中国比作腾飞的巨龙，哈尔滨就如同巨龙那双澄清明澈的眼睛，而横贯哈尔滨东西的松花江则犹如张僧繇的“点睛之笔”，黑土地赋予了眼睛的深邃和神韵，松花江润泽出眼睛的清莹灵动，异域风情的建筑则幻化出眼睛的神秘和威仪。在那里，俄罗斯的建设者们“曾用铁轨铺路基”通往哈尔滨，“曾把第一个火车头”开进哈尔滨，他们“带着铁锹、丁字镐、斧头”把满是“深渊、泥塘、无底洞”的边地“砍出通道”[①]，“用最初的界石做标志/把荒原标成街道”，而如今，这里只留有“往事的遗迹”——“悲哀的半身像、两只青铜眼”，尽管被“石头围墙的沉重线条”和城市隔开，他们并没有“懊恼、妒意、苦闷和愁怀”，默默躺在“旧墓”里守望着这座他们曾付出青春和热血的“东方莫斯科”。[②] 曾经那些鲜活的俄罗斯人、别墅、教堂则都只存于记忆中和诗人留下的诗行里。

第三节　在兴安岭的台阶上

“窗外零下四十度的极地严寒依然劈啦震响，冰雪覆盖的神秘莫测的满洲原始森林正蔓延着谜一般的梦幻，它把野兽的轻盈灵巧的身影隐藏在红松林的深处，把植物的强大生命力隐藏在坚硬的土地里，把奔腾流淌的河流溪水隐藏在冰雪下面——而这一切，有一个伟大的名字：生活。”[③]这是瓦西里·罗基诺夫笔下的“满洲森林”，其中，大兴安岭被誉为“绿色林海”，小兴安岭素有“红松故乡”之称。

Велик Хинган. Раскинулся кругом 伟哉兴安岭！像多顶的教堂，
Он здесь собором многоглавым. 它在这里的四周伸展。
Далекий кедр мне кажется крестом 远望的雪松宛如十字架，
Над этим храмом величавым. 立在这雄伟的教堂之巅。

① 李延龄主编：《哈尔滨，我的摇篮》，第103—104页。
② 李延龄主编：《哈尔滨，我的摇篮》，第42—44页。
③ 李延龄主编：《兴安岭奏鸣曲》，第549页。

Он - не один. Кресты и купола 它不孤单。十字架和教堂圆顶
Уходят вдаль, теряясь где-то… 在某处躲藏，延伸得很远。
Толпа берез на хоры скал взошла 一群白桦树登上峭壁的厢座，
С молитвой о возврате лета. 仿佛在祈祷夏日的回还。

А вон одна склонившаяся ель 那边，一棵低垂的枞树
О смерти молится безгласно. 默默地祝福死神的来临。
Она стара, и зимняя метель 它太老了，对冬日的暴风雪
Ей так страшна, ей так ужасна. 十分惧怕，恐怖得很。

А вон, внизу, на камнях у воды. 那边，下面，在水边石上，
Печально молятся осины. 白杨树哀伤地祈祷着安宁，
Пугают их блуждающие льды, 徘徊的冰块把它们吓坏了，
Они хотели б на вершины. 它们真想攀登上山顶。

А по горе три черные сосны 山上有三棵黑色的松树
Идут служить молебен к лесу 正是去为树林做祷告，
И там, за всех отчаяньем полны, 在那里，为大家充满绝望，
По дням зеленым справить мессу. 做弥撒盼绿色的日子来到。

И внемлет всем божественный Хинган, 绝妙的兴安岭聆听着大家，
Но говорит о покаяньи. 然而诉说着忏悔的以往。
И этот глас, как неземной орган, 这个声音，像非人间的管风琴
Звучит в просторах мирозданья. 在宇宙的辽阔空间回荡。

在冰雪和严寒主宰的东北森林里，“虎头山忧郁而高傲地鸟瞰着周围的领地，仿佛是奉了山神的不可违抗的法令，默默地守护着这一带地方。先皇们的领地在沉睡，湍急的河流在沉睡，山、湖、鸟儿都在沉睡，人们也在沉睡”[①]。在那里，蜿蜒的兴安岭如同“多顶的教堂”，登高远眺的雪松，宛如东正教教堂圆顶上的十字架，立于雄伟的“教堂之巅”，向上帝转达世间苍生万物的祷告：居于峭壁上的白桦渴望夏日的回还；年迈的枞树不堪暴风雪的袭扰，惶恐着死神的降临；生于水边石上的白杨树，忧惧于徘徊的冰块，哀伤地

① 李延龄主编：《兴安岭奏鸣曲》，第 548 页。

祈求着安宁；心系苍生的三棵黑松正在为整个森林的生灵祈福。兴安岭倾听着子民们或祈愿、或忏悔的诉求，用自己无言的爱抚慰着它们。

Я тоже здесь, стоя на берегу.我也在这里，站在岸上，
Молюсь на паперти Хингана.在兴安岭台阶上祈祷神灵，
Войти во храм я, грешный, не могу,我这个罪人进不了教堂，
Там слишком праведна Осанна.那里的奥莎那过于虔诚。

И надо быть безгрешным и святым,必须当个无罪的圣洁的人，
Чтобы внимать богослуженью,才能聆听礼拜的声浪，
Чтобы вдыхать лесных кадильниц дым 才能吸森林香炉的烟，
И слышать праведное пенье…并且听那虔诚的歌唱……

Молчи! И стой! И внемли тишине 住嘴！停住！且听一听
И эху дальнему Осанны.遥远奥莎那的回声静悄悄，
Когда нельзя молиться в глубине,一旦不能在深山里祈祷，
Молись на паперти Хингана.那就在兴安岭的台阶上祈祷。

Смотри! И здесь такая красота.你瞧！这里是如此的美，
Что никакой другой не надо! 任何别的美我都不需要！
Молись, да снидет в сердце чистота,祈祷吧，但愿降到心里的是：
Покой, безгрешность и отрада…纯洁、宁静、无罪和欢笑……

И я мольбу греховную шепчу,我耳语着忏悔罪孽的祷词，
И плачу сердцем покаянно,我心含悔意地哭泣悲伤，
И стать святым и праведным хочу,想成为圣洁、虔诚的人
Чтобы войти в алтарь Хингана.以便能走进兴安岭这教堂。

Он так красив… Раскинулся кругом 它是如此美……兴安岭像多顶的
Хинган собором многоглавым…教堂坐落在四面八方……
Высокий кедр покоится крестом 高高的雪松像个十字架，
На этом храме величавом…①在这雄伟的殿堂上安放。②

“我”身为俄侨，却被迫漂泊于异国他乡，一如阿瓦库姆所言：“别人的国

① *Русская поэзия Китая: Антология* , https://litlife.club/books/174318/read? page=102.
② 李延龄主编：《哈尔滨，我的摇篮》，第 137—139 页。

家犹如一座荒岛，因为这里的居民我们不熟悉，不了解，而且经常不可理解。而我们，则是一群鲁宾逊，我们应当在这座荒岛上创造自己的生活。”失去了祖国佑护的“我”觉得自己不配进入兴安岭这座神圣的教堂进行祈祷，因为只有圣洁无瑕的人才有资格“聆听礼拜的声浪”“吸森林香炉的烟”“听那虔诚的歌唱”，而“我”只能“在兴安岭台阶上祈祷神灵”。尽管在被放逐的岁月里，“我们被剥夺了一切，我们忍饥挨饿，还要忍受对祖国的思念……”，然而这样的岁月“并没有消磨和消弭我们俄国人所特有的才智，在与恶劣环境的斗争中，我们从未丧失力量，从未丢掉对生活和美好事物的爱”。因此，“我”“耳语着忏悔罪孽的祷词”“心含悔意地哭泣悲伤”，渴望成为圣洁虔敬的人，而“我们，俄国的鲁宾逊们在这里，在满洲的崇山密林里找到了很好的材料，它惊人地适合于我们的建筑。我们的窝棚在这里，太棒了！我们的创造力得到了应得的珍视。我们的精神在这里不但没有熄灭，相反，燃起了鲜艳夺目的火光”[①]。最终，俄侨们虔诚的祈祷得到了回应，“纯洁、宁静、无罪和欢笑”重回他们心间，兴安岭的台阶不再是他们的伤心地，兴安岭这座多顶教堂向他们敞开环抱，而高高的雪松也为他们架起了通往天庭的十字架。

在兴安岭的怀抱里，不管是“花岗石的峰顶，蜿蜒起伏的山岭，或陡或缓的山坡”，还是“阴暗幽深的峡谷和开阔的谷地”，都遍长着浓荫蔽日的原始树木。其间，巨大的红松、粗大的樟子松、枝叶茂密的落叶松和云杉满目皆是，雪松、枞树和冷杉等用浓密的针叶铺就了壮观的针叶树密林。极度的严寒给旷野、山谷和针叶林盖上厚厚的白色毛毯，野兽和鸟类都开始往南面的山坡或峭壁迁徙，那里温暖的阳光会很快融化积雪，露出洒满榛子或橡实等坚果的坡地和花岗石块。于是，密林中的飞禽——松鸦和喜鹊、山雀和旋木雀、鸸鸟和鸦鸟、蓝鹊和乌鸦——吵吵闹闹又手忙脚乱地准备着密林中的聚餐与合唱，密林中的走兽——老虎、马鹿、野猪、斑羚和山羊——边寻觅着猎物，边警惕着成为他者的猎物。

Скала, поднявшаяся над простором 峭岩耸立在绿色密林、

Тайги зеленой, сумрачных долин，阴郁山谷和旷野之上，

Коней небесных голубых равнин 虽然爱恋太阳的目光

① 李延龄主编：《兴安岭奏鸣曲》，第 548 页。

За гривы облаков в движеньи скором -抓住驰奔着云的马鬃，

Не удержать влюбленным в солнце взором.却拖不住它飞到天上。
Лишь кедр - угрюмый старый исполин，只有雪松——阴沉老巨人
Откинув пряди вековых седин，将百年的白发往后扔，
Любуется их сумасшедшим хором.倾听它们疯狂的合唱。

И нежатся на скалах теплых тигры，老虎在暖洋洋的峭岩
В свои таежные играя игры，玩着密林游戏，自在悠闲，
Изюбри настороженные бродят，马鹿警觉地走来走去。

Девичьими глазами смотрят козы.山羊睁着少女般眼睛，
Но иногда здесь пули цель находят，却有子弹把目标寻求，
И кровь в траве цветет роскошной розой.[①]鲜血把草染成玫瑰红。[②]

俄侨作家阿尔弗雷德·黑多克用细致的观察展现了密林中寂静而充满危险的夜景："一只大鸟悄无声息地从附近的一棵罗汉松上飞下来，像一个黑点似的在眼前一闪而过，然后向远处的山峰飞去。山那面是辽阔的、充满夜的神秘的兴安岭山谷。寂静的夜色中，警惕的大角鹿在那儿吃草，密林中，老虎的眼睛像两只小灯泡射出绿莹莹的光。"[③]尽管原始密林里占统治地位的是如老虎这样的野兽，它们一直沿袭着自己独特的生活习惯和生存法则，但不时出现的捕兽者也会让它们防不胜防。于捕兽者而言，小到松鼠、狐狸、水獭、黑貂、浣熊，大到野山羊、斑羚、野猪、马鹿、麋鹿、棕熊、老虎，都是他们眼中的猎物。尚未明白世间险恶的小山羊就此成了无辜的牺牲品。

城市和村镇开始布局，一条条巨大的火龙沿着钢轨奔驰、闪光并发出轰隆的声响时，原始森林的肃穆被彻底打破，林木被大量砍伐，林中的飞禽走兽们也被迫往密林深处和人迹未至的险峰迁移。这些惊扰了古老森林神圣宁静的外来的建设者和破坏者在闲暇之余也会去原始森林探险，感受树林的静谧，倾听其间的兽叫鸟鸣。诗人阿列克谢·阿恰伊尔通过《再次出发》(*Снова в путь*)一诗道出了外来的狩猎者们对原始森林和山间居民的敬畏之情。

① *Русская поэзия Китая: Антология* , https://litlife.club/books/174318/read? page=78.
② 李延龄主编:《哈尔滨，我的摇篮》，第189页。
③ 李延龄主编:《兴安岭奏鸣曲》，第355页。

Снова в путь! Починил торбаса -再次出发！修好了皮靴——
и ступаю легко и сторожко.走路轻松，小心翼翼，
Вдоль тропы пробеогают глаза.眼睛打量曲折的小径，
Вглубь тайги убегает доржка…有一条路通向大森林里……

Озираются черные пни 乌黑的树桩四处张望，
бесконечных обугленных гарей.烧焦的林区无边无际，
Воздух синий поет и звенит 湛蓝色的空气正在唱歌，
о промчавшемся страшном пожаре…讲述火灾飞过有多恐惧……

Здесь - охота мое ремесло.我有兴致在这里打猎，
Я слежу за косматым гураном 留心观察毛茸茸的狍子，
и шепчу суеверно число,怀着迷信悄悄地数数，
что дано мне тунгусским шаманом…指点我的是通古斯巫师……

От винтовки сжимаю ремень -肩膀上背着一支猎枪，
вдруг: рукам ее отдали плечи.突然，我把枪端在手里：
Предо мной белогрудый олень,不远处一只鹿胸脯发白，
удивленный диковинной встречей.它对这次奇遇感到惊异。

Нет, тебя я убить не могу,不，我不会向你射击，
вдохновителя горных стремлений:这次山行还要靠你激励。
знаю я - кто приходит в тайгу,我知道，来大森林做客，
тот в гостях у прекрасных оленей…是想欣赏麋鹿的美丽……

Вновь иду вдоль шумящей реки.沿着喧响的河流行走，
На песке отдыхаю ползучем.躺卧在沙土地上休息。
Белым мхам посвящаю стихи 我写诗献给雪白的苔藓，
и читаю их - небу да кручам.[①]又把诗读给天空与峭壁。[②]

“我”沿着林间小道往未知的密林前进，与其说“我”是去狩猎，毋宁说是去探险，去做客。尽管经过那片不知是被天火还是人为的火灾吞噬的林区

① *Русская поэзия Китая: Антология*，https://www.rulit.me/books/russkaya-poeziya-kitaya-antologiya-read-305634-15.html.

② 李延龄主编：《松花江晨曲》，第 32—33 页。

时,"我"不免有些心有余悸。不过大自然很快用它的生机盎然抚慰了"我",行走于崎岖陡峭的山路,古老的雪松向"我"伸出纵横交错的根须;穿行于野葡萄灌木丛和猕猴桃藤蔓中,"我""留心观察毛茸茸的狍子",对不期而遇的麋鹿心怀善意。顺着喧响的河流向下,喜欢逆水而行的青鳞子鱼、游速很快的鲑鱼和肥肥的斑鳟鱼如同水中精灵一般,穿梭在兴安岭的溪流之中;暖和的阳光使人娇慵懒散,"我"躺在沙地上,享受着山涧溪流带来的清凉,倾听着来自浩瀚林海的美妙声响。喜鹊的叽叽喳喳、啄木鸟和䴓鸟用喙叩击树干的笃笃声、纺织娘和知了此起彼落的合唱都不再像平日那样让人倦怠;悄声细语的微风、潺潺流淌的溪水、水珠飞溅的瀑布一并汇入了森林交响乐,"我"已然忘记了自己到此的初衷,只想为它们献上美妙的诗行。

阿恰伊尔通过《北方的苔藓》(*Северные мхи*)这首诗,以兴安岭深处原始森林中苔藓"孤僻,哑默而有野性"的特质来借指在广袤的林海最荒僻的深处找到自己命运寄宿地的俄国"鲁宾逊们"。清代李渔在《闲情偶寄》中写道:"苔者,至贱易生之物,然亦有时作难:遇阶砌新筑,冀其速生者,彼必故意迟之,以示难得……然一生之后,又令人无可奈何矣。"书写了苔藓虽低贱但不自贱,虽卑微但不自卑,不为俗世和他人的意愿所累的个性。正如它那于几亿年前为了抗衡恶劣的环境而重生于陆地的祖先——苔藓植物,率先为大地注入了生机,也为蕨类植物、裸子植物、被子植物以及花草植物等提供了栖身之所,它也由此被誉为"植物界的拓荒者"。但它并未因此而张扬自傲,或隐匿于背阴潮湿的角落,或爬上人迹罕至的园林小径和突兀的峭壁巉岩,或布满阳光鲜少造访的深邃的裂缝和林间空地,故而才有了这楚楚可怜的一问:"青苔问红叶,何物是斜阳?"

Одиноки, немы и дики,孤僻,哑默而有野性,
Между скал на глухом плоскогорье -在悬崖和荒凉的山坡上生长——
Разноцветные мглистые мхи 色彩丰富蒙着雾气的苔藓,
Растянулись, как пестрое море… 遍山遍野像花花绿绿的海洋……

Под защитой лиловых громад.苔藓受紫色山脉的庇护,
Выступающих ввысь островами,隆起的座座山岭像岛一样,
Ярко-красные ткани лежат,苔藓遍布如亮丽的绸缎,
Убраны голубыми цветами.上面的团团花朵闪烁蓝光。

А над ними бегут облака，苔藓上空有飘动的云彩，
А под ними гудят коридоры，苔藓下面是轰鸣的长廊，
А меж ними клокочет река，峡谷里的河流冲刷着山岩，
Размывая скалистые горы…水流翻腾激荡，哗哗乱响……

Одиноки，немы и дики，孤僻，哑默而有野性，
Подчиняясь безропотно року，服从于上帝，不觉得惆怅，
Разноцветные мглистые мхи 苔藓色彩丰富蒙着雾气，
Неизвестному молятся богу.心里祈祷冥冥之中的上苍。

Молят бога прийти и спасти 祈求上帝能降临拯救，
И сжимают в экстазе молений 能愈合胸口暗褐色的创伤——
Темно-бурые раны груди 麋鹿奔跑踩出的脚印……
От копыт быстроногих оленей…苔藓虔诚祈祷，几近迷狂。

Одиноки，немы и дики 孤僻，哑默而有野性，
Между скал на глухом плоскогорье 在悬崖和荒凉的山坡生长，
Разноцветные мглистые мхи 苔藓色彩丰富蒙着雾气，
Растянулись，как пестрое море.[①]遍山遍野像花花绿绿的海洋。[②]

原始森林是宽厚仁慈的，它极力佑护着自己的子民，不管是擎天的绿植还是低到尘埃里的苔藓，都让它们尽情享受美丽的景色、广阔的空间和自由自在的生活。苔藓柔弱的外表下，是其坚毅、倔强的内心，或许这也正是它更适宜野外生长的缘由。苔藓尽管孤僻、哑默，却野性十足，为悬崖和荒凉的山坡覆上满眼的青葱翠绿，使峡谷水涧尽显妩媚和清幽。苔藓和而不同，远看它们是一个整体，共同铺就大地生命的底色；近看则形态各异，一丛丛，一簇簇，有的如绒毯般裹满树干，有的叶片挺拔，郁郁葱葱，有的如迷你草坪般绽放在岩石表面，有的如朵朵绿伞，青翠欲滴。清代诗人袁枚以一首《苔》盛赞了苔藓乐观、自信的可贵品质："白日不到处，青春恰自来。苔花如米小，也学牡丹开。"尽管没有得到阳光的额外眷顾，但不自怨自艾；尽管没有

① *Русская поэзия Китая: Антология*，https://www.rulit.me/books/russkaya-poeziya-kitaya-antologiya-read-305634-15.html.

② 李延龄主编：《松花江晨曲》，第 28—29 页。

牡丹的雍容华贵，但不自惭形秽，只需一些阳光、少许土壤、一定的湿度，苔藓就能缓慢而顽强地生长，蔓延出一幅幅静谧而恬淡的画卷。正如流落至这片森林的俄侨们，失去了祖国的庇佑，依然顽强地扎根于兴安岭这苦寒之地，从容静默地接受命运的安排，坚信只要努力沉淀和强大自己，就会得到上苍的佑护，自洽地绽放自己的人生。

沿着兴安岭的台阶往上攀登，“无限风光在险峰”：“西边，在远处一片浅蓝色的雾霭里，隐隐约约地显露出亮闪闪的松花江谷地，好像神奇的幻影。东边，在苍翠色的老爷岭和肯特阿岭中间，刚刚可以看到狭窄的牡丹江谷地，那里有着一片片碧绿的湖泊和一道道浅色的耕地。从北至南，紧挨着大秃顶子山麓，密林重重的山峦起伏不断；在北边，这些山峦连绵数百公里，其支脉直抵牡丹江的江口，在那里这条河流流入松花江；而在南边，山峦向着朝鲜方向延伸，同长白山的支脉汇合在一起。”[①]尽管听人说自己“是被抛在国家的船舷外面的人，是没娘的孩子，类似一笔无人继承的财产”[②]，俄侨们不免心有戚戚焉，但中国苍莽的林海、巍峨的崇山峻岭却向他们展示了“高山不语，静水流深”的真谛，唯有学习山的坚毅、水的柔韧，才能支撑自己走过生命中的至暗时刻。

第四节　满洲的抑扬格

清政府尊东北为“龙兴之地”，故将其辽阔地域统称为“满洲”，这一称谓亦被早期俄国人接纳，以“Маньчжурия”称之，意为“满洲人的地盘”。春日融融，俄罗斯侨民毅然穿越兴安岭幽深黑森林，心怀对满洲春色的无限憧憬，踏上探索之旅，渴望在这片古老而又充满活力的土地上，亲眼见证万物复苏、春意盎然的壮丽景象。

Еще с Хингана ветер свеж，从兴安岭吹来的风已新鲜，

① 李延龄主编：《兴安岭奏鸣曲》，第 14 页。
② 李延龄主编：《兴安岭奏鸣曲》，第 546 页。

Но остро в падях пахнет прелью，但山谷中霉味仍刺鼻可辨，
И жизнерадостный мятеж 一群鸦想要从枞树上方，
Дрозды затеяли над елью. 发动一场乐天的捣乱。

Шуршит вода，и точно медь 河水潺潺，每逢傍晚，
По вечерам заката космы，团团落霞像一堆堆黄铜，
По вечерам ревет медведь 每逢傍晚，熊在吼叫，
И сонно сплетничают сосны. 松树懒洋洋地把是非拨弄。

经过漫长冬季的蛰伏，春天的脚步逐渐苏醒了东北大地上沉睡的生命，尽管被冰雪覆盖过的山谷还没有来得及抖落怀中的瘴气，冷峭的空气已然变得轻柔而清新，一如我国北宋诗人王禹偁的《东风解冻诗》："习习气初通，峨峨势自融。渌波归旧水，寒片漾和风。"隆冬渐远，春风唤醒冰封的山川，高山融雪注入河流，虽河中冰块仍恋恋不舍，但河水淙淙，洒下一路欢歌笑语。冬眠中醒来的熊开心地奔向春天的怀抱，抓紧时间觅食以补充能量。乌鸦在东西方文化中有着非常复杂的形象，它既代表光明，又象征黑暗；它既可以是祥瑞之兆，也可以是灾祸的预警；它既是神的使者，也是黑白无常的信使。据说，满族认为乌鸦是一种灵性之鸟，是他们的民族预报神、喜神和保护神，东北山民们进山打猎时，也有"扬肉洒酒，以祭乌鸦"的传统。乌鸦智力超群，它们的集群活动有时如同孩子们的相聚，肆意释放、调皮捣蛋，而百无聊赖的松树无视林中的热闹，交头接耳地传播着闲言碎语。

А в деревнях，у детворы 在村子里，那些吊眼梢，
Раскосой，с ленточками в косах，辫子上系绸带的孩子身上，
Вновь по-весеннему остры 那些蜇人的黄蜂般的眼眸，
Глаза，кусающие осы. 重又如青春般锐不可当。

У пожилых степенных манз 那上了岁数的庄重的中国人，
Идет беседа о посеве，谈论着关于播种的话题，
И свиньи черные у фанз 屋旁那几头黑颜色的猪，
Ложатся мордами на север 脸朝着北躺倒在地。

Земля ворчит，ворчит зерно，大地在嘟囔，种子也嘟囔，
Набухшее в ее утробе. 它已在大地的腹中泡涨。

Все по утрам озарено 每天清晨大地上的一切
Сухою синевою с Гоби. 被来自干燥戈壁的蓝色照亮。

И скоро бык, маньчжурский бык, 很快有一头东北的公牛,
Сбирая воронье и галочь, 引来乌鸦和寒鸦的集结,
Опустит смоляной кадык 在贪婪地吧嗒吧嗒响的牧场上,
Над пашней, чавкающей алчно.[①] 它垂下仿佛含树脂的喉结。[②]

村庄里,脱掉厚厚的冬装,孩子们重又活力四射,“屋角时闻黄犊鸣,相逢但可说春耕”,大人们已没有时间闲聊,只有春耕的话题才能引起他们的兴致,就连小牛犊都对春耕充满好奇,种子早已迫不及待,只等一场春雨的邀约。唯有黑猪对春意萌动无动于衷——“热闹是他们的,我什么也没有”,似乎也明白自己的使命就是在春天好好养膘。耕耘播种之后的公牛,本想在牧场静静享受美食,不识趣的乌鸦和寒鸦相携而至,贪玩的牧童不见踪影,寒鸦更是肆无忌惮,“夕阳牛背无人卧,带得寒鸦两两归”(张舜民《村居》)。

人们常说东北“春脖子短”,春天转瞬即逝,来得猝不及防,走得毫无征兆。在诗人鲍里斯·贝塔的《满洲的抑扬格》(*Маньчжурские ямбы*)中,夏天似乎迫不及待地向人们施展它的威力。

I

Ну да! Еще не так давно 是的! 就在不久之前,
В мое раскрытое окно 在我敞开的窗户前面,
И в дверь на цементный балкон 通向水泥凉台的门口,
Вставал июньский небосклон. 六月的天空屡来窥探,
Маньчжурский неподвижный зной: 满洲的燥热凝滞不动:
С утра ленивая пора, 从早上起来懒懒散散,
Лимонов профиль вырезной, 就像柠檬切开的断面,
А во дворе - детей игра… 可孩子还在院子里玩……

① *Собрание сочинений в 2-х томах. T.I: Стихотворения и поэмы*, https://litmir.club/br/? b=202027&p=66.

② 李延龄主编:《哈尔滨,我的摇篮》,第36—37页。

И плыл дрожащий горизонт，而地平线在颤抖浮动，
И млели там зонты дерев，树木发呆像一把把伞，
И солнце - огненный орех -太阳像个火热的核桃，
Опять слепило горячо.刺眼的阳光让人晕眩。
Опять стремительный дракон 那一条火龙再次出现，
Взмывал в лазурь，на высоту，飞上高空，飞上蓝天，
И делался горяч балкон，阳台被晒得滚烫滚烫，
И пронизала пустоту 天空中似乎喷射火焰，
Огня небесного искра，一派空旷被炎热洞穿，
И приходила в мой покой，爱情的姊妹——忧伤
Касалась легкою рукой 这时候来到我的房间，
Тоска (она любви сестра).轻轻抚摸，我心坦然。

“永日不可暮，炎蒸毒我肠。安得万里风，飘飖吹我裳。”（杜甫《夏夜叹》）东北的六月暑热就已经“凝滞不动”，骄阳灼烤着大地，树木呆立、阳台滚烫、地平线颤抖，诗人心慵意懒，犹如被放置许久的柠檬断面，倦怠萎靡，多希望“万里长风”能吹散这燥热难耐的忧伤。唯有孩子在尽享夏日独有的欢乐。

II

Ну почему бы не поплыть，为什么不想出去游泳，
А то отправиться пешком，再不然背后背起行囊，
С бродячим за спиной мешком.即刻动身去徒步旅行，
Туда，где с башнями углы 去往四角有塔的地方，
Оглиненных кизячьих стен，黏土与干粪垒的寨墙，
Где вовсе раскрывает свет 那里有条燃烧的火龙，
Испепеляющий дракон；整个身体都闪闪发光；
В бумаге поднято окно，吊起的窗户糊着窗纸，
И на циновке детский стол，儿童的小桌摆在席上，
И флейта плачется светло，有一个盲人吹着笛子，
А музыкант на ней - слепой.明亮的笛音透着忧伤。
Проедет в толстые врата 一辆大车装满了麻袋，
Мешками полная арба…赶进了大门匆匆忙忙……

Коней дрожащая губа，拉车的马匹嘴唇抖动，
А шея стрижена，крута，马鬃修剪得整齐漂亮。
Извозчик по пояс нагой 车夫的双腿又短又粗，
（И как мала его нога！），他没穿上衣光着脊梁！
А там стреляет кнут другой 后来又抓住牛的犄角，
И - впряженных коров рога…抽了一鞭子声音响亮……

夏天有很多休闲活动，比如游泳，比如徒步旅行。旅程中可以看景，既可以看到沈阳四塔（也称盛京四塔），即清皇太极敕建的盛京（今指沈阳市）城外东永光寺、南广慈寺、西延寿寺、北法轮寺四座塔寺，象征四大金刚威震四方，护国安民，护佑"国无祲灾""五福齐来"；也可以体验风土人情，透过吊起的窗户，可以看到摆在席上的小桌，可以听见盲人忧伤的笛声。炎热的夏日里，光着脊梁的车夫依然忙忙碌碌，一会儿驾着马车，一会儿赶着牛车。

Ⅲ

Не раз задумывался я 不止一次我曾经考虑，
Уйти в глубокие края，离开家门去荒僻之地，
И в фанзе поселиться там，住进那里的低矮平房，
Где часты переплеты рам；房子的窗户窗格很密；
Бумага в них，а не стекло，靠窗的火炕十分暖和，
И кана под окном тепло.窗上糊纸，不安玻璃。
На скользкую циновку сесть，用筷子吃炖好的猪肉，
Свинину палочками есть 喝的茶略微有些苦味，
И чаем горьким запивать；坐着非常光滑的苇席。
Потом курить и рисовать，然后就抽烟，就画画，
Писать на шелке письмена -就在绢上写写毛笔字——
И станет жизнь моя ясна，我的生活将变得明朗，
Ясна，как сами письмена.[①]明净开朗像这些字体。[②]

---

① *Русская поэзия Китая：Антология*，https://www.rulit.me/books/russkaya-poeziya-kitaya-antologiya-read-267028-27.html.

② 李延龄主编：《松花江晨曲》，第 83—85 页。

诗人不止一次地向往着离开家门去荒僻之地，那里平房低矮，从外面糊上窗户纸的窗格稠密，靠窗的火炕冬天可以取暖，夏天铺上苇席纳凉，上面摆上桌子，人们盘腿坐在火炕上，既可以用筷子吃东北的猪肉炖粉条、抽烟、喝茶，也可以画画、写毛笔字，生活如此，颇有些陶渊明"野外罕人事，穷巷寡轮鞅。白日掩荆扉，虚室绝尘想"（陶渊明《归园田居·其二》）的怡然自得。清除掉尘俗的烦忧，生活就会变得明媚闲适，如同《九月》（*Сентябрь*）中描写的场景：花园柴门、长椅木桌、打盹的老榆树、秸秆修长的高粱、清幽静谧的林地、轻盈透亮的空气。

Как крылья стрекозы - осенний воздух сух.秋天空气干燥，像蜻蜓的翅膀。
Калитка в сад. Скамейка. Стол. Поляна.花园柴门。长椅木桌。林地空旷。
И дремлет старый вяз, протягивая сук 正在打盹的老榆树伸展树枝，
Над тонкими стеблями гаоляна.[1]树下边是秸秆细长的高粱。[2]

关于满洲，初到那儿的俄侨们是未知的，也是神秘的："荒山野岭之地区，覆盖着茂密的森林，那里生长着著名的人参，生活着老虎，出产乌拉草。"[3]诗人叶甫盖尼·雅什诺夫以《在满洲》（*В Маньчжурии*）一诗记录了自己的见闻及感悟。

Судьбы запутанный итог,命运凌乱的总结，
Сводимый говором копыта.凭借的是马蹄的语言，
Пыль сладкозатую дорог,路上的灰尘有点甜，
Цвета и гам чужого быта,异域生活嘈杂色彩斑斓，
Чужой пейзаж, чужой порог,陌生的风景陌生的门槛，
Восточной девушки ланиты 东方的姑娘面颊红润，
И речи кружезо чужой 陌生的语言缠绕如花边，
Люблю бродяжною душой.一切都让流浪的心依恋。

И здесь, в Маньчжурии, слепят…在这里，满洲，制造了
Иероглифы, тряпки, знаки,方块字，奇装异服与奖章，

① *Русская поэзия Китая: Антология*，https://litlife.club/books/174318/read? page=35.
② 李延龄主编：《松花江晨曲》，第 73 页。
③ 李延龄主编：《中国，我爱你》，第 13 页。

Лавчонок с чем-то чайный ряд,卖茶叶的店铺排列成行，
Меж них голодные собаки,饥饿的野狗走来走去，
Гортанный крик, замкнутый взгляд 透过爬行的暮色苍茫，
И сквозь сползающие мраки 引诱人度过欢乐良宵，
Зовущий к радостям ночей.[①]许多门口纱灯已经点亮。[②]

“命运凌乱的总结，凭借的是马蹄的语言。”侨民们远走异乡，命运纷杂嘈乱，深浅不一的马蹄痕记录下他们的足迹。当时的交通工具主要是马车。一种是俄国的轻便四轮马车，“轮子很高，轮子上边有马口铁盖儿，带车夫坐位、乘客坐位和小折叠凳儿，上头有皮革遮篷，小折叠凳儿是小孩儿坐或大人放脚的”。另一种是本地型的马车，“两轮的，套着身材矮小、鬃毛歪歪剪成刷子状的蒙古马。上车是从后面，靠一个悬着的脚蹬子和一个折叠座儿帮忙”。异域生活的一切都见所未见，陌生的语言、陌生的风景、陌生的门槛，正如拉莉萨·克拉夫琴克所描述的：“大车的嘎吱声，没法形容，敲击声、人的喊声在空间传过，俄语未必听得着——说话声音小，无疑如同建筑工地上的小锤在敲。气味？首先是灰土味儿，是特殊的、叫鼻子发痒的，满洲黄土；还有树木气味；还有那种我觉得挺苦的一种味儿，要么是烧叶子、烧干粪块的烟，要么是小饭馆里的芝麻油味儿。”[③]但这里的一切都让“流浪的心依恋”，因为“哈尔滨给人以宗法印象。这儿的生活方式完全是旧式的——就像《青鸟》中的‘回忆国’一样。到处都是文雅端庄、老成持重的面孔，善良的目光，人们有充实的思想……还有老式的待客之道”[④]。

① *Русская поэзия Китая: Антология* , https://litlife.club/books/174318/read? page=115.
② 李延龄主编:《松花江晨曲》,第 321 页。
③ 李延龄主编:《中国,我爱你》,第 14—15 页。
④ 李延龄主编:《中国,我爱你》,第 36 页。

第五节　春风知别苦，不遣柳条青

我国古代向来有“折柳送别”的习俗，唐代“诗豪”刘禹锡在其《杨柳枝词·其八》中写道：“城外春风吹酒旗，行人挥袂日西去。长安陌上无穷树，唯有垂杨绾别离。”“诗仙”李白《劳劳亭》曰：“天下伤心处，劳劳送客亭。春风知别苦，不遣柳条青。”春风也知道人们离别的痛苦，所以并不急于催着柳条发芽。俄侨诗人们在“春风含笑柳如烟”的季节与松花江相逢，又要在“几处早莺争暖树，谁家新燕啄春泥”的春日里别离，令人不免感伤。

春天太阳，下命令似的，
为我指定了一条可靠的路子。
我的心，清醒地接受了，
没有因为犹疑而陷于压抑。

理性战胜感性，既然离别不可避免，诗人选择坦然接受：“告别不会垂头丧气，在陌生但可爱的另一个天地”，他不仅会怀恋满洲无边无际的平原和蔚蓝色的远方，而且“我会永生永世记忆，晚霞的照耀和启迪，有那夜间风的微微吹拂和浑浊松花江宽阔的水域”①。

“轮船飘然行驶……雾锁海湾”，浓雾也知惜别情，迟迟不肯散去。“在我所在的中国小站上，连风儿都无力和沉默！”②——“别了，我知道再无归途。”③“轮船飘然行驶……陆地遥远。”

既没有风，船也看不见口岸。
茫茫的黄昏暮色暗淡了双眼。
假如能够重新起航该有多好，

① 李延龄主编：《哈尔滨，我的摇篮》，第274—275页。
② 李延龄主编：《哈尔滨，我的摇篮》，第17页。
③ 李延龄主编：《哈尔滨，我的摇篮》，第8页。

黎明时刻动身高高扬起风帆！

飘然行驶的船身披落日斜晖……
前景如何？航程总充满艰险……
但愿我这几行诗句余温尚存，
有一天轻轻回响在你的耳畔！[①]

诗人的伤感中既有对航程艰险、前路未卜的惶然，也有对黄昏归家时从那间土坯破房中透出的灯光的不舍。心的诉求有时只不过是一盏为自己而亮的灯，是一所为自己点着灯的房子，那是归途时的期待，那是远行时的挂念，那是奋斗时的激情，那是落寞时的劝勉。

Из голубого в палевый 低低下垂的天空，
Спустился цвет небес. 由蔚蓝变成淡黄。
Опаловый, эмалевый 衬托出峭立的山峰，
На нем горы отвес. 像蛋白石珐琅。

Изогнутое дерево 一棵树弧形的树冠，
Прорисовала кисть. 如毛笔画的一样。
Лазорево и хмелево 青色的烟醉意朦胧，
В полях дымки свились. 在原野上飘荡。

И близко над оврагами 离一道道沟壑不远，
Из глины битый дом 有座土坯破房，
Уж светится бумагою 窗户上糊着白纸，
Заклеенным окном.[②] 已经泛出灯光。[③]

离愁中也难掩飘零时的痛楚，尽管“影院餐厅灯火通明”，“没有祖国，没有爱恋”的“侨民”却“缥缈孤鸿影”。身处“没落者和怪人”的环境里，他的焦虑与茫然不言而喻，为了赚取维持生计的“几枚小钱”，他“学语言、学打字、学音乐、学舞蹈”，而生活依旧“困顿艰辛”。然而，身处异乡的疏离感并没有让高傲的俄罗斯人屈服，“拣尽寒枝不肯栖，寂寞沙洲冷”——“虽说不开朗，

① 李延龄主编:《松花江晨曲》,第 198—199 页。
② *Русская поэзия Китая: Антология* , https://litlife.club/books/174318/read? page=38.
③ 李延龄主编:《松花江晨曲》,第 361 页。

却永远坚强是个男子汉!”

Одиночество - да! - одиночество злее марксизма.
孤单，是的，孤单比政治学说更凶残，
Накопляешь безвыходность: родины нет, нет любви.
积攒困顿艰辛，没有祖国，没有爱恋，
Содрогаешься часто, на рифмы кладешь пароксизмы,
常常浑身簌簌颤抖，用诗韵记录狂癫，
Бродишь взором молящим среди облаковых лавин.
你祈求的视线游荡在流动的云朵之间。

« Не от мира сего…» И горят синема, рестораны,
“与这世界无关……”影院餐厅灯火通明，
Ходят женщины, будят сознанье, что ты одинок
女人游荡，使你意识到自己孤孤单单，
На земле, где слывешь чудаком захудалым и странным,
在这片以没落者与怪人闻名的土地上，
Эмигрантом до мозга костей, с головы и до ног.
你从头到脚是个侨民，每根骨头轻贱。

Эмиграция - да! - прозябанье в кругу чужестранцев,
当侨民，就是在外国人中间苟且厮混，
Это та же тоска, это значит - учить про запас
须学会各种技艺维持生计，命运凄惨，
Все ремесла, языки, машинопись, музыку, танцы,
要学语言、学打字、学音乐、学舞蹈，
Получая гроши, получая презренье подчас.
而你得到的是几枚小钱和人家的白眼……

Но ты гордый, ты русский, ты проклял сомненья и ропот -
然而你高傲，俄罗斯人，你诅咒怯懦，
Что с того, что сознание трезвое спит иногда? -
偶尔丧失清醒的时刻，你才会抱怨!

Но себя ты хранишь, но встречаешь мучительный опыт
你一直保持初衷,累积痛苦的经验,
Не всегда просветленно, но с мужественностью всегда!
虽说不开朗,却永远坚强是个男子汉![①]

"轮船飘然行驶,无拘无束……/灯塔喷射出强光,劈开黑暗。"[②]穿越漫长的等待,走出心路的至暗时刻,诗人终于如愿踏上回家的路,"我的家远在这黑暗长途的尽处"[③]。是谁唱出了诗人心中的欢歌,"像湖中水晶琤琮作响"?是谁"在深潭上空伸展蓝色的方巾",把缀满星斗的夜空映衬得明亮深邃?尽管归途中"积雪茫茫……寒气逼人",星光为"我"照亮前行的路,清风为"我"带来家乡的声音,也充当我"崎岖山道上快乐的引路人"。

Кто там поет? Кто там поет так нежно? 谁在那边唱歌?谁唱得这么柔和?
Как о хрусталь звенит вода порой…有时候就像湖中水晶琤琮作响……
Кто синий плат перетянул над бездной,谁在深潭上空伸展蓝色的方巾?
чей звездный край светлеет над горой? 山上缀满星斗的天空显得更明亮。

Это - снега… Овладевает холод.这是——积雪茫茫……寒气逼人。
Мрак и озноб… Темнее часа нет…此时最黑暗……阴阴沉沉,冷……
Но кто поет? Как голос свеж и молод! 但谁在歌唱?歌声年轻又清纯!
Это - заря. О, милый друг, - рассвет! 那是朝霞啊,我的朋友,是黎明!

Вспыхнули враз - точно огни цветами.忽然间一齐绽放,火一样的花朵,
Звезды горят на ледяных цветах.万千星斗冲着无数的冰花燃烧。
Светлая твердь, как океан, над нами.我们头上的天空明亮如浩瀚海洋。
Щебет вокруг - голубокрылых птах.四周鸟儿齐鸣,是些蓝翅小鸟。

Это принес мне в жуткий час тревоги -星光啊,我的星光!在惊恐时刻,
звездный мой луч - твой голосок, Сибирь.你给我带来了西伯利亚的声音。
Мой ветерок, мой ветер синеокий,我的清风,我眼睛碧蓝的清风啊!

---

① *Русская поэзия Китая: Антология* , https://litlife.club/books/174318/read? page=103. 李延龄主编:《松花江晨曲》,第 261 页。

② 李延龄主编:《松花江晨曲》,第 197 页。

③ 冰心:《繁星·春水》,中国少年儿童出版社 2016 年版,第 22 页。

горных дорог веселый поводырь![1] 你是崎岖山道上快乐的引路人![2]

跟随俄侨诗人们的脚步，我们徜徉于松花江畔，见到了浪花迭起的松花江、独具魅力的哈尔滨、神秘莫测的兴安岭、孕于白山黑水间的东北大地。俄侨们一边游赏着中国的山辉川媚，一边念念不忘"故乡的海波呵！/你那飞溅的浪花，/从前怎样一滴一滴地敲我的磐石，/现在也怎样一滴一滴地敲我的心弦"[3]。当他们"故乡！/何堪遥望，/何时归去呢？"[4]的念想得到回应之时，对中国的不舍又让"离愁渐远渐无穷，迢迢不断如春水"（欧阳修《踏莎行》）。

① *Русская поэзия Китая: Антология* , https://litlife.club/books/174318/read? page=15.

② 李延龄主编：《松花江晨曲》，第 40 页。

③ 冰心：《繁星・春水》，第 14 页。

④ 冰心：《繁星・春水》，第 41 页。

第四章　中国俄侨作家的祖国叙事

无处躲避祖国的呼唤，
这呼声持久而又威严……①
——[俄]米哈伊尔·什梅谢尔

第一节　掀开记忆的帷幔

对于被迫远离故土的俄罗斯侨民而言，俄罗斯，是有家不能回的心酸，是爱而不得的痛苦，是无法忘怀的绝望。一张“来自祖国的明信片”在不期然间让“往昔岁月的情景又一一浮现”。明信片中呈现的是19世纪巡回展览派画家瓦西里·波列诺夫的画作《莫斯科庭院》：

Зажженные полдневным солнцем，一座座教堂的拱顶像在燃烧，
Церквей пылают купола.在中午的阳光下色彩灿烂。
Над ними даль из грез сплела 教堂拱顶的上空幻想交织，
Прозрачных тучек волоконца.透明的云朵如同片片丝锦。

А дворик - яркий изумруд! 小小的院落如亮丽的翡翠！
Конюшня，дом с зеленой крышей…马厩，楼房房顶有绿色瓦片……

① 李延龄主编:《松花江晨曲》，第190页。

И тихо так, что ухо слышит, 如此宁静，仿佛耳朵能听见，
Как дети возятся, поют. 孩子们在歌唱，在奔跑游玩。

Там, за колодцем, мирный садик 那边，井的后面有个小花园，
Зовет под мирный свой уют. 以它的宁静和谐正把人召唤。
Листы берез прохладу льют. 白桦树的片片叶子流泻清爽，
А тополя, как на параде! 而白杨树像在接受检阅一般！

Далекой, крепкой старины 久已忘怀的情景纷至沓来，
Давно забытые виденья! 印象深刻的地方，那么遥远！
Надолго ли сокрыл вас тенью 你们可会长久被阴影笼罩——
Дым революций и войны? [1] 弥漫着革命与战争的硝烟？[2]

在这幅画卷中，阳光明媚，白云悠长，春草碧色，静默的教堂、房舍，忙碌的主妇，觅食的鸡群，玩耍的孩子，新与旧的交织，动与静的结合，天、地、人完美和谐地融合在一起。画家善于捕捉生活中平凡而朴实的美好，这也是莫斯科人日常生活的写照，宁静、祥和且充满生机，于是才有了诗人尼古拉·斯维特洛夫的慨叹："久已忘怀的情景纷至沓来，/印象深刻的地方，那么遥远！"尽管自己身陷泥沼，依然心系祖国："你们可会长久被阴影笼罩——/弥漫着革命与战争的硝烟？"久居异乡，经年累月，流走的是岁月的无情，沉淀的是炙热的情怀。一如诗人所言："幼稚的人，/你离开了贝加尔湖，/但是还向往着祖国。"[3]尽管之前一直在"克制愤怒"，努力在"忘却那国家"，因为"有路不能通行真叫人绝望"。[4]

诗人格奥尔吉·格拉宁在《俄罗斯》（*Россия* ）中连用九个"莫非"以缅怀那个让他无法忘怀的祖国，字里行间充满了幻想和忧伤。

А вдруг и - вправду была Россия, 莫非真有过那个俄罗斯，
Россия: пламя, вихрь, огонь! 俄罗斯：风暴，熊熊烈焰！
Обожженных степей парусина, 大火烧过的草原像帆布，

---

① *Русская поэзия Китая: Антология* , https://litlife.club/books/174318/read? page=86.
② 李延龄主编：《松花江晨曲》，第 209—210 页。
③ 李延龄主编：《松花江晨曲》，第 140 页。
④ 李延龄主编：《松花江晨曲》，第 215 页。

Табунов длинногривых разгон? 鬃毛长长的马群被驱散?

А вдруг и тлел в сумасшедшем утре 莫非那早晨已神经错乱,
Пригреваемый пласт реки? 河边的热土已经被毁坏?
Полыни горьковатые кудри? 一丛丛苦艾已消失无踪?
Ошарашенных ветл парики? 痴情的白柳已不复存在?

А - вдруг и было золото звонов,莫非黑麦起伏闪烁金光,
Когда колыхалась рожь.西伯利亚的原始大森林,
Тайга Сибири, Байкал бездонный 贝加尔湖那深邃的湖水,
И вправду был чудно хорош? 果真天下无双美妙绝伦?

А если были и впрямь озера,莫非俄罗斯的江河湖海,
Реки, что краше в свете нет,果真那么美,举世无匹?
Моря, березы, опушки бора,莫非白桦、松林、空地,
Заплетенные в лунный свет? 披着银色月光更显神奇?

А - вдруг и правда были черешни,莫非真有什么欧洲樱桃?
Журавлей треугольный лет.莫非大雁真是列队飞行?
Песни. Бурливо стронутый вешний 莫非春天江河里的浮冰,
Бултыхающий звонко лед? 喧嚣汹涌当真美如歌声?

А - вдруг?.. Нет. Молчи, молчи. Не надо.莫非? 打住吧。不必再说……
Ты слышишь - так не может быть.你倾听——一切怀念俱成空。
Почему же тогда мои серенады 那时候我的夜歌充满忧伤,
Печали - не кличи борьбы? 为什么你不敢呼唤抗争?

Почему же тогда, словно моллюска,为什么拿着铆过的头盔,
Я ношу заклепанный шлем? 却像腔肠动物一样柔软?
Отчего тогда о жизни русской 为什么不为俄罗斯生活,
Не пишу великих поэм? 谱写出宏伟壮丽的诗篇?

Но если вправду была Россия 如果那俄罗斯当真存在,
В пшенице, во ржи и в овсе,有俄罗斯小麦黑麦燕麦,
Ведь тогда ж мы семья, мы - родные -这一切,你都听见了吗?

Родные - ты слышишь ли - все![1] 我们曾像一家人相亲相爱![2]

在诗人格奥尔吉·格拉宁的记忆里,“俄罗斯:风暴,熊熊烈焰!”在大火肆虐过的草原上,“鬃毛长长的马群被驱散”“一丛丛苦艾已消失无踪”“痴情的白柳已不复存在”。但那里仍然有“美妙绝伦”的西伯利亚“原始大森林”和贝加尔湖“深邃的湖水”,以及“闪烁金光”的黑麦、“披着银色月光”的白桦、松林和空地。此外,那里还有“举世无双”的江河湖海,因为春天来临时江河里的浮冰“喧嚣汹涌当真美如歌声”。但思念成殇,因为“一切怀念俱成空”。

诗人格奥尔吉·萨托夫斯基同样难以忘记圣彼得堡的丰坦河上不时奏起“欢乐开朗的乐曲”的“蓝色的浮冰”、“柔和叩击木块马路”的马蹄声声、“熙熙攘攘”的涅瓦大街。古老的涅瓦大街横贯莫伊卡河(Мойка)、格里博耶多夫运河(Канал Грибоедова)以及丰坦河(Фонтанка),连接着海军司令部大厦(Главное адмиралтейство)与亚历山大·涅夫斯基修道院(Александро-Невская лавра),它不仅是果戈里笔下19世纪中期圣彼得堡的浓缩和象征,也曾与圣彼得堡一起经历了无数风云变幻、潮起潮落;不仅见证了喀山大教堂(Казанский собор)、叶卡捷琳娜宫(Екатерининский дворец)、别洛谢里斯基-别洛泽尔斯基宫(Дворец Белосельских-Белозерских)和阿尼奇科夫桥(驷马桥)(Аничков мост)等的落成,也留下了普希金、莱蒙托夫、果戈里、陀思妥耶夫斯基、柴可夫斯基等著名作家和音乐家的遗迹。凡此种种,无不为圣彼得堡增添了别样的魅力。

Ночь крадется в шорохах чуть слышных,夜晚像螳螂悄悄地爬行,
В тараканьих шелестах-шагах,脚步轻轻几乎无声无息,
Беспокойно и пугливо дышит 盲目的黑暗躲在房间角落,
Тьма слепая в комнатных углах.忐忑不安,怀着惊恐呼吸。

Ночь идет минутами, часами,黑夜已走过了分分秒秒,
Кажется - конца не будет ей! 看起来它马上就要咽气!
И во мраке тихо шепчет память,失眠慷慨地赐给我礼物——

① *Русская поэзия Китая: Антология*, https://litlife.club/books/174318/read? page=27.

② 李延龄主编:《松花江晨曲》,第144—145页。

Щедрый дар бессонницы моей…记忆在昏暗中自言自语……

Снова я под блеклым небосводом 我再次仰望灰暗的天空，
(Никогда забыть его не мог!)到什么时候都不会忘记！
Зазвенел веселым ледоходом 丰坦河上那蓝色的浮冰，
На Фонтанке голубой ледок…奏起了欢乐开朗的乐曲……

По торцам так мягко бьют копыта，马蹄柔和叩击木块马路，
Влажный воздух так прозрачно-чист，清新透明，湿润的空气，
Что сегодня мною позабыты 今天想不起班级、课程，
Класс，урок и старый латинист…忘了教拉丁语的老教师……

Невский говорит，бурлит，клокочет，涅瓦大街总是熙熙攘攘，
Мчит поток прохожих без конца.行人来来往往川流不息。
Как прекрасен величавый очерк 冬宫的建筑栉比鳞次，
Красной массы Зимнего Дворца！轮廓分明多么雄伟壮丽！

时至今日，诗人萨托夫斯基仍难忘在俄罗斯国家图书馆捧读古版典籍时的感受，“历史的荣耀正向我招手，/寂静为我细细讲诉往昔”，作为俄罗斯第一座国家级图书馆，它如同一座收藏俄罗斯历史文化遗产的巨大宝库；也依然记得叶利谢耶夫商店（Магазин купцов Елисеевых）“橱窗里的乌龟笨得出奇……”，这是一家有着百年历史的糖果店，橱窗里摆满了各种充满梦幻童话色彩的糖果小人和动物，店内充满了浪漫和温情的氛围，琳琅满目且造型各异的甜品不仅能愉悦到访者的双眼，亦能触动其味蕾。诗人不免惆怅，“我再次仰望灰暗的天空，到什么时候都不能忘记”：“冬宫的建筑群栉比鳞次”，“埃尔米塔日大厅很静很静”——建筑的恢宏奢华与艺术的精致典雅相得益彰，百科全书式的埃尔米塔日博物馆既是历史文化的沉淀，也是历史的见证者。“彼得保罗要塞坚不可摧，海军部大厦尖顶高与云齐”——彼得保罗要塞如同一艘停泊在涅瓦河上的战舰，守护着圣彼得堡的诞生和发展，而海军部大厦及金色船形风向标的尖顶则是俄罗斯海洋梦启航的象征。“工程学院城堡高傲，广场上的铜马扬起前蹄”——由化学元素周期表的创立者德米特里·门捷列夫、造船专家阿列克谢·克雷洛夫、物理学家亚历山大·波波夫、科学家德米特里·车尔诺夫等世界级学者参与建设的彼得大帝皇

家工学院（现为圣彼得堡彼得大帝理工大学）起点和规格都非同一般，而位于十二月人广场上的"青铜骑士"——彼得大帝骑在腾飞的骏马上，马蹄下踏着象征阻碍改革的守旧派的毒蛇，他目光坚定地望向远方，坚信一个强大的俄罗斯帝国即将崛起。

Тихо-тихо в залах Эрмитажа，埃尔米塔日大厅很静很静，
В библиотеке，средь старых книг，在图书馆捧读古版典籍，
О былом мне тишина расскажет，历史的荣耀正向我招手，
Красотой ушедшей приманит…寂静为我细细讲诉往昔……
……
Мощность Петропавловской твердыни，彼得保罗要塞坚不可摧，
Шпиль Адмиралтейства в облаках 海军部大厦尖顶高与云齐！
И у Елисеева в витрине 还记得叶利谢耶夫商店
Пара неуклюжих черепах！橱窗里的乌龟笨得出奇……

Гордый замок Инженерный，площадь 记得工程学院城堡高傲，
С медным，буйно скачущим конем 广场上的铜马扬起前蹄，
И уснувший старенький извозчик.年老的马车夫已然入睡，
Летний Сад и крик ребячий в нем -夏园里的孩子喊叫哭泣。

所以才有了诗人在《我的城》（*Мой город*）中表达的深切眷恋与无限感慨。他用"穿越了岁月的云烟凄迷"描绘出时间的长河与历史的沧桑，凸显城市在记忆中的不朽与重现时的震撼。圣彼得堡的每一块石头、每一声呼唤都承载着诗人珍贵的记忆。

Помню，помню！В облачном тумане 我记得，我记得！我的城
Промелькнувших бестолковых лет 穿越了岁月的云烟凄迷，
Город мой передо мной предстанет，再一次出现在我的面前，
Город，изумлявший целый свет！它让整个世界赞叹不已！
……
Город мой！Какой святой любовью 反正都一样！每块石头，
Я тебя навеки полюбил 每一声呼唤都让我珍惜，
Белой ночью，льнущей к изголовью，古老的彼得堡在我四周，

Как больной без стона и без сил.那时候我正值青春年纪!

Город мой! Какой святой любовью我的城市呀,我的依恋,
Я тебя навеки полюбил我把神圣的爱奉献给你,
Белой ночью, льнущей к изголовью,我的爱如白夜笼罩床头,
Как больной без стона и без сил.[①]忍住呻吟,我病弱无力。[②]

夏天的圣彼得堡,神秘而梦幻,太阳如同贪玩的孩童,流连忘返。仿佛停滞的日光让人们在午夜里狂欢,在涅瓦河边游荡,尽情享受这稍纵即逝的梦境。因此,圣彼得堡的"白夜"(Белые ночи)会让人彻夜难眠,而诗人对圣彼得堡和俄罗斯的思念也让他辗转反侧。失眠的痛苦煎熬着诗人,"幽暗扇动着天鹅绒羽翼(Бархатной безглазой темнотой)","记忆在昏暗中自言自语(И во мраке тихо шепчет память)",尽管"乱愁如织",但诗人仍心怀期盼:"我从心底相信,我知道,我和我的城市会重新相遇(Всей душою верю я и знаю,Что увижу снова город мой)",因为"黑夜已走过了分分秒秒,/看起来它马上就要咽气!"(Ночь идет минутами, часами, Кажется - конца не будет ей!)[③]

尽管生活"像风,像偶然飘过的云彩","在流逝擦身而过",萨托夫斯基仍在"呼唤青春,呼唤往昔,呼唤已经飞逝的岁月,呼唤未能实现的欢乐",因为"青春的碧空曾澄净如洗",那时的田野静谧祥和,那时的空气清新飘逸,那时的心中了无枷锁。[④] "追往事,叹今吾,春风不染白髭须"(辛弃疾《鹧鸪天·有客慨然谈功名因追念少年时事戏作》),诗人们追忆往事,感叹岁月的无情,一边是无法忘却的青春回忆,一边是难以把控的年华流逝。因此,萨托夫斯基"急切地想返回俄罗斯,回到西部贫瘠的土地"(Мне так страстно хочется в Россию,/В западные нищие поля):

Где озера сине-голубые那里的湖泊湖水蔚蓝,

---

① *Русская поэзия Китая: Антология*, https://www.rulit.me/books/russkaya-poeziya-kitaya-antologiya-read-267028-114.html.

② 李延龄主编:《松花江晨曲》,第167—168页。

③ 李延龄主编:《松花江晨曲》,第166—168页。*Русская поэзия Китая: Антология*, https://www.rulit.me/books/russkaya-poeziya-kitaya-antologiya-read-267028-114.html.

④ 李延龄主编:《松花江晨曲》,第171页。

Васильками смотрят из жнивья，像是麦茬地里的矢车菊。

Где дороги в комьях желтой глины 道路从山坡通往森林，
С косогора убегают в лес 路面凹凸不平处处泥泞，
И болотистые низкие равнины 低洼的平原到处是沼泽，
Спят под блеклым пологом небес，在灰暗的天空下沉睡不醒。

Где под ссень золотые нити 临近秋天，金色蛛丝
Паутинки в воздухе дрожат - В Режицу，在空中飘浮，轻轻颤动，
в забытый тихий Витебск，飞向列日察、威帖布斯克。
В царственно-холодный Петроград！飞向雄伟寒冷的彼得格勒城。

“胡马依北风，越鸟巢南枝。”（《行行重行行》）眷念乡土是万物的本性，飞禽走兽如此，人自然不能例外，就连“蛛丝”都好似懂了诗人的心意，竭力飞往其心之所向。荡漾在灵魂深处的乡愁不仅扰乱了游子的神经，以至于失眠如影随形，而且摧毁了游子的意志，使其精神无所依托、心灰意冷。尽管并不畏惧死亡，但诗人仍渴望自己的生命之舟最终能停泊在故乡——“死最好能死在家园”，亦应了中国南宋诗人陆放翁的诗句：“万事慵挂眼，终年思杜门。云闲忘出岫，叶落喜归根。”（《寓叹四首・其一》）叶落归根不仅是中国人自古以来的家国情怀，也是漂泊异乡的俄罗斯诗人的渴盼。

Дорогая！Я，наверно，болен：亲爱的！大概我病得不轻：
С каждым днем и часом меньше сил，一天天越来越浑身乏力，
Все слабее бьются крылья воли，意志的翅膀越来越衰弱，
Сердце словно обруч мне сдавил.心像加了铁箍格外压抑。

Каждый день встречаю я тоскою，每天我都是和忧愁相伴，
Давит слабость，как огромный груз.体弱多病成了巨大的负担，
Ничего-то больше я не стою，我的生命已没有任何价值，
Ни за что с охотой не возьмусь！百无聊赖什么都不想干！

И когда мне бархатным молчаньем 失眠的夜晚狠狠折磨我，
Входит в душу злая ночь без сна，扇动无声的翅膀潜入心灵，
Вижу я，что это - умиранье，我发现原来这就是死亡，
Что и жизнь мне больше не нужна.从今后我再也不需要生命。

И тогда волна тоски огромной 忧愁如海掀起狂涛巨澜，
Заливает тихо душу мне：我的心突然被卷入深渊：
Умереть хотелось бы мне дома，不过，死最好能死在家园，
Чем-то послужив родной стране！ 但愿我为祖国能有所奉献！

Хоть бы раз один еще услышать 但愿我还能在一天早晨，
Запах яблонь рано поутру，再次嗅到苹果花的清香，
Увидать соломенные крыши，再次看到麦秸铺的屋顶，
Старый дом над садом，на юру，看到俯瞰花园的陈旧楼房。

Вновь взглянуть на русские просторы，站立在那口老井的旁边，
У колодца старого опять 再一次眺望俄罗斯的辽阔，
Услыхать простые разговоры，听一听朴素单纯的对话，
О России песню написать！[①] 为俄罗斯再谱写一支赞歌！[②]

诗人渴望能重返故土，那里有令人心醉的苹果花的清香，承载岁月年轮的麦秸铺的屋顶，塞满浓浓回忆的陈旧楼房和老井，让人倍感亲切的故乡人质朴的寒暄。在诗人心中，故乡的山水景物美好依旧，如此的温馨、闲适与融洽，这颇似唐朝诗人贺知章的《回乡偶书》中"唯有门前镜湖水，春风不改旧时波"，不变的自然也稍稍告慰了诗人"儿童相见不相识，笑问客从何处来"的愁绪。

第二节　思念成殇的幻影

"人言落日是天涯，望极天涯不见家。"（李觏《乡思》）一去经年，在历经千般跋涉、万般苦痛之后，俄侨们最不能放下的依然是祖国和故土，愁绪无

① *Русская поэзия Китая：Антология*，https://www.rulit.me/books/russkaya-poeziya-kitaya-antologiya-read-305634-83.html.

② 李延龄主编：《松花江晨曲》，第169—170页。

处安放之际，诗人奥莉伽·斯阔毕浅克写下《喜欢躺在压倒的草上……》(*Люблю лежать в траве примятой*…)，希望阳光、草地、云朵、晚霞能消解心中的烦忧。

Люблю лежать в траве примятой：喜欢躺在压倒的草上：
На солнце плавится тоска.太阳溶解着抑郁，
Когда по зареву заката 此时鲜红的云朵，
Плывут，алея，облака.沿着晚霞的余晖漂移。

И облачные силуэты 而且云朵的侧影，
Скользят в лазурной вышине，在蔚蓝色的高空滑动，
И，словно заревом согреты，还仿佛被余晖加热了，
Подтаивают на огне.仿佛有一些消融。

“山远天高烟水寒，相思枫叶丹。”(李煜《长相思·一重山》)晚霞的余晖、云的巨浪和俏皮的微风，似乎也感念诗人对祖国热切的牵盼，巧妙地编织出海市蜃楼般的故乡幻影，让诗人暂时忘却了漂泊的疲惫，沉浸在重逢的喜悦之中。

Знакомых городов строенья 那些熟悉城市的建筑，
Встают громадами вдали 在远方巍然耸立，
И их багровое горенье，它们火红地燃烧，
Как отражение земли.宛如大地反射的影子。

Я вижу，- облачная лава，我看见云的巨浪，
От легких взлетов ветерка，借轻轻飘飞着的小风，
Дает изгнаннице усталой 给了疲惫的被放逐者
Мираж родного городка.以故乡之城幻影。

但虚无缥缈的幻境，恍如镜花水月，虽然璀璨夺目，却终究无法触及，难以长久地留住，让诗人在短暂的沉醉后，再次感受到现实的距离与内心的孤寂。

Капризный и неверный случай 云朵的不间断地变化，
Виденье яркое дарит.产生美丽的梦幻。
А ветер развивает тучи 风不断吹开云朵，

И треплет отблески зари.晚霞的反光随之舒展。

诗人也从云端跌落尘埃,“寻寻觅觅,冷冷清清,凄凄惨惨戚戚”,“这次第,怎一个愁字了得”,怅惘无依之余,诗人终难掩失望与愤怒:

Я облакам кричу: « Верните ж! 我冲云彩大声喊:
Воздушный город мой родной! »“还我吧! 这空中的故城!”
Но мой недостижимый Китеж 可我虚幻的古城遗址,
Дрожит и тает надо мной.[1]颤抖、消融在头顶。[2]

消融的不仅是飘浮在头顶的“古城遗址”,还有蕴藏在心间的那份对故乡的热望;颤抖的不仅是那虚幻的故城,还有诗人在《流放的日子》中抒发的唯恐祖国被遗忘的忧思。

Дни мои в изгнании сделались привычкою,流放的日子,已习以为常,
Гордое терпение ставлю, как пароль.坚忍不拔,我已暗下决心。
Маленькая девочка с русою косичкою 小女孩儿梳着淡褐色小辫,
Принесла мне, крохотка, сдавленную боль.给我带来了,一点儿苦闷。

Рассказала девочке сказку позабытую,我给女孩儿,讲了个故事,
Сказку нашу русскую, где снега да лес…俄罗斯的故事,有雪、森林……
Было удивление в ротике открытом,张开的小嘴上,满是惊奇,
Словно рассказала я чудо из чудес.仿佛,这是奇迹中的奇迹。

И спросила девочка: « Это что - Россия? 小女孩儿问道:“那是哪里?
Город вроде нашего или так - село? »俄罗斯? 像我们这个城市,
Не могла я выслушать те слова простые,还是个村子?”我听不了啦,
Горькое отчаянье душу замело.虽然简短问话,我怅然若失。

流落异乡的艰辛,诗人早已习以为常;孩子对俄罗斯的陌生感,则让诗人意外又心痛。异乡长大的孩子对祖国既没有地理概念,也没有文化概念,这让诗人产生了恍若隔世的断裂感。

Вырастешь ты, девочка, не увидев Родины,孩子,你将看不见祖国长大,

① *Русская поэзия Китая: Антология* , https://litlife.club/books/174318/read? page=91.
② 李延龄主编:《松花江畔紫丁香》,第29—30页。

И не зная, крохотка, где страна твоя. 甚至,都不知道它位于何地。
Часто мимо маленьких, взрослые, проходим мы, 成年人们,常在孩子身边过,
Забывая души их средь заботы дня. 可关怀其心灵,却没人注意。

Буря революции, наши будни узкие… 革命风暴,我们狭窄的圈子……
Многое потеряно… многое ушло… 失掉的太多,丢了许多东西……
Вырастут в изгнании, вырастут нерусскими, 流放中,将长成非俄罗斯人,
Думая, что Родина город иль село. 琢磨着俄罗斯是村子,是城市。

Дума неотвязная на душе израненной: 这念头,摆不脱受伤害的心:
Как бы в сердце детское Родину вложить. 如何把祖国送进幼稚的灵魂;
С детскою молитвою русского изгнания 有孩子对俄罗斯流放的祈祷,
Будет нам отраднее на чужбине жить.[①] 我们在异国他乡会快活几分。[②]

诗人弗拉吉米尔·斯拉鲍奇科夫认为,孩子们应该对"父辈的土地"有一个比较清晰的认知,那里"林海滔滔,大草原绵延千里",那里不仅有"戈壁的热风","在远方闪耀"的"连绵山岭的积雪","向北飞翔"的"列队成行的大雁";还有"傻乎乎的童话故事""魔法师"和"各种精灵和妖怪"。孩子们还应该知道,"在鸽子展翅飞翔的梦境里,在遥远北方白茫茫的苍穹下",那个浩瀚无垠的"属于壮士的国土"就是父辈们"朝思暮想,让人心酸的国土"。[③] 那片土地里有父辈"永恒的记忆",只有"冬季的东正教祭祷曲"才能"慰藉自己的愁肠",他们对着"绿色的枞树""为不灭的祖国祈祷",相信自己"定等来金色梦想"。[④]

有人曾说:"母语才是我们的祖国。"这句话最好的注解应该源自法国 19 世纪著名的现实主义小说家阿尔封斯·都德的短篇小说《最后一课》,小说以沦陷于普鲁士铁蹄下的法国小城阿尔萨斯的一所学校被迫改学德文一事为题材,通过身着礼服的阿迈尔老师、捧着旧识字课本的霍赛、坐在教室后排的老人们,以及爱逃学的小弗兰茨的悲愤、懊悔与自责,与法语进行了神圣的告别,他们也将牢记阿迈尔老师的话:"必须在私下里将它(法语——本

---

① *Русская поэзия Китая: Антология*, https://litlife.club/books/174318/read? page=91.
② 李延龄主编:《松花江畔紫丁香》,第 31—32 页。
③ 李延龄主编:《松花江晨曲》,第 191—192 页。
④ 李延龄主编:《松花江畔紫丁香》,第 35—36 页。

书作者注)保持下去,永远别忘记,因为,当一个民族沦为奴隶时,只要他坚持自己的语言,那就像掌握了它所在牢狱的钥匙……”[①]无论何时何处,即便远离自己的母语圈,也要把母语刻进自己的灵魂深处。因而,身处异地,当诗人艾玛-特拉赫腾别格收到用俄语书写的信时,不免手颤心跳。

С конвертов сорвана печать,打开信的启封,
И пальцы в трепетной тревоге…手指颤颤不安……
Прекрасной музыкой звучат 俄罗斯所有语言与词句
Все русские слова и слоги! 都像优美的乐曲音旋!
И эти письма с той земли,这些信来自那片土地,
Где все мне близко и понятно,[②]那儿的一切都感到亲切了然,[③]

诗人尼古拉·谢果列夫无法摆脱离家的烦恼:“荒谬,心情浮躁徒劳无益!”因为他既离不开“我的构思,这构思/任力量、信念、劳作都难以维系”,也无法远离“头顶上飘浮的云,/那乱纷纷、来去不定的灰色云絮”,离不开“蔚蓝色的晴光”“扭曲滑行的整个大地”,更难以割舍“我陈年老屋似的”“半怀依恋半怀冷淡”的语言。

От замыслов моих неподкрепленных 离开我的构思,这构思
Ни силою, ни верой, ни трудом,任力量、信念、劳作都难以维系,
От слов моих, всегда полувлюбленных,离开我陈年老屋似的语言,
Полупрохладных, как забытый дом,总是半怀依恋半怀冷淡的言语,

От вечно спутанных и сероватых 离开我头顶上飘浮的云,
Туч, копошащихся над головой,那乱纷纷、来去不定的灰色云絮,
И даже от просветов синеватых -甚至离开蔚蓝色的晴光——

От всей земли, скользящей по кривой,离开扭曲滑行的整个大地,
Бежать, бежать, бежать!.. - в какое царство?

① [法]都德:《最后一课——都德中短篇小说选》,刘方、陆秉慧译,人民文学出版社 2018 年版,第 76 页。

② *Стихотворения Эммы Трахтенберг - Наталья Лайдинен* , https://laidinen.ru/stihotvorenija-jemmy-trahtenberg/.

③ 李延龄主编:《松花江畔紫丁香》,第 199 页。

奔跑，奔跑，奔跑！……——跑到什么样的国家去？

О ложь, о бесполезное бунтарство![1] 啊，荒谬，心情浮躁徒劳无益！[2]

对母语的信守也成为俄侨们对祖国的心灵依托和精神守望。“优美可爱的”“充满激情的俄罗斯语言”[3]总是萦绕在耳边，“无情而痛苦的俄罗斯”[4]总也挥之不去，因为在那里可以诵读古米廖夫和勃洛克“聪慧的诗篇”[5]，可以“与丘特切夫交谈”[6]，曼德尔施塔姆“清晰又响亮”的声音也不时从“九天之外”传来[7]，就连雾气都“睁着布洛克的眼睛，注视心灵的贫乏空旷”。在氤氲的雾气中，普希金、果戈理、陀思妥耶夫斯基、勃洛克，“不朽的灵魂走在街上”，被高尔基誉为“一切开端的开端”的普希金以“百科全书式”的诗体长篇小说《叶甫盖尼·奥涅金》开创了俄罗斯文学“多余人”的先河，“俄罗斯散文之父”果戈理用《死魂灵》为俄国批判现实主义文学打下了坚厚的基石，代表“俄罗斯文学深度”的“近代世界推理小说鼻祖”陀思妥耶夫斯基创作了《罪与罚》，代表“整个诗歌时代”的勃洛克贡献了象征派诗歌的代表作《十二个》。在诗人尼古拉·斯维特洛夫思念成疾的恍惚中，在“与彼得堡的样子有些相像”的“弯弯曲曲的街道”上，俄罗斯文学的巨匠们鱼贯而出，从19世纪初的普希金到19世纪中叶的果戈理，从19世纪下半叶的陀思妥耶夫斯基到20世纪初的勃洛克，他们坚实地托举起俄罗斯诗歌的“黄金时代”和“白银时代”。对俄罗斯文学而言，这是一个世纪的辉煌；对远离异乡的俄罗斯作家而言，这是时时在耳畔、在心间回响的精神寄托，是能“温暖一下冰凉的心脏”的追思。[8] 不管异乡的诱惑有多致命，故乡是漂泊者不二的执着。

Веревкой крепкой к мачте повит，用结实的绳子绑在桅杆，

И ненавидя, и любя，怀着恨爱交织的情感，

Следи, как моря бездны кроет 注视着航船破浪行驶，

---

① *Русская поэзия Китая: Антология*, https://litlife.club/books/174318/read? page=105.

② 李延龄主编：《松花江晨曲》，第275页。

③ 李延龄主编：《松花江晨曲》，第238页。

④ 李延龄主编：《松花江晨曲》，第171页。

⑤ 李延龄主编：《松花江晨曲》，第240页。

⑥ 李延龄主编：《松花江晨曲》，第242页。

⑦ 李延龄主编：《松花江晨曲》，第235页。

⑧ 李延龄主编：《松花江晨曲》，第215页。

Бег громозвучный корабля.怎样跨越大海的深渊。

Мимо пленительного плена 不为迷人的诱惑所动，
Беги，премудрый Одиссей，快走，机智的俄底修斯，
Да не прельстит тебя Сирена 茜林丝难以把你引诱，
Жемчужной прелестью своей.[①]尽管她珍珠一般美丽。[②]

俄底修斯是荷马所著两大古希腊史诗《伊利亚特》和《奥德赛》中的主人公，他先用木马计战胜了特洛伊人，从而结束了长达十年的特洛伊战争，又在返回祖国伊塔卡的途中，因刺瞎独眼巨人波吕斐摩斯（海神波塞冬和海仙女托俄萨之子）而获罪于海神波塞冬，从而屡遭波塞冬的咒语报复，历经各种磨难和考验：征服将其船员变成猪的巫术女神喀耳刻（太阳神赫利俄斯和大洋神女焚烧仙女珀耳塞伊斯之女），出入哈迪斯（希腊神话中的冥王，宙斯与波塞冬的兄弟）的冥界寻求指引，抵御人面鸟身的海妖塞壬（一译茜林丝，河神埃克罗厄斯之女）美妙歌声的魅惑，穿过女海妖斯库拉（海神福耳库斯之女）的巨礁与海怪卡律布狄斯（波塞冬与大地女神盖亚之女）的大漩涡，挣脱海之女神卡吕普索（巨人阿特拉斯之女）爱的束缚，最终于第十年返回祖国。在经过墨西拿海峡这片神秘海域时，为了避免被女妖塞壬让人心醉神迷的歌声诱惑而船毁人亡，俄底修斯先用蜡把船员的耳朵封住，然后让船员把自己绑在桅杆上，以期能安全通过女妖所在地。

Сирена из пены смотрела и пела 塞壬从泡沫中歌唱并且注视。
О розовых лунах в прозрачной воде，它唱透明海水中玫瑰色月亮，
О плясках веселых чешуйчатых дев，它唱跳舞的身生鳞片的姑娘，
О черных килях горделивых фрегатов，它唱高傲三桅舰上黑色龙骨，
О смуглых，задумчивых，мертвых пиратах，它唱躺在海底依傍着红珊瑚
Лежащих на дне среди веток коралла…黝黑的，沉思着的海盗的尸体……

Волна прибегала，волна убегала，波涛来来去去，涌过来又退回，
Целуя хвостатого тела извивы.亲吻着它尾状体的曲曲弯弯。
И плачет сирена：как люди красивы，塞壬哭泣着说，人们都长得好看，

① *Русская поэзия Китая：Антология*，https://litlife.club/books/174318/read? page=36.
② 李延龄主编：《松花江晨曲》，第 365—366 页。

Зачем же всегда они так молчаливы?[①] 为什么他们却总是沉默无言?[②]

塞壬醉人的歌喉让俄底修斯心醉神迷不能自持，他一度飞蛾扑火般试图让船员们把船驶向塞壬，但“太阳以苍白面孔升腾。/死者的嘴巴冷如寒冰。/波涛抚摸他清凉躯体”(Бледен был солнца восход. /Холоден мертвый рот. /И волны ласкали прохладное тело)，这些警示不能不让人毛骨悚然，而船员们被缚的手脚和被蜡堵住的耳朵也最终阻止了他们的自投罗网。

Как полумертвая Европа，像吓得半死的欧罗巴，
Лети на парусном быке Туда，被神牛驮着凌空飞翔，
где скорбна Пенелопа 飞向悲伤的珀涅罗珀，
За ткацким станом вдалеке.她守着织机正在远方。

И катится слеза，быть может，或许，此刻她正流泪，
На белизну хламид и стол.泪洒桌面和白色衣衫。
Там ждет тебя простое ложе 那里的卧榻等候着你，
И изобильно-пышный стол.[③]等你的还有丰盛酒宴。[④]

欧罗巴本是希腊神话中的腓尼基公主，天神宙斯被她的美貌打动，变身一头白色公牛，驮着她飞越汪洋大海。不知神牛为宙斯幻化的欧罗巴，回望着渐行渐远的家乡，惊恐且绝望，而被女妖塞壬的歌声诱惑着的俄底修斯也在回望那片神秘海域时心有余悸。最终，宙斯带着欧罗巴到达克里特岛，在那儿繁衍生息，宙斯后来用欧罗巴的名字命名了这片大陆，也就是现在的欧洲，因此，克里特岛也被誉为希腊乃至整个西方文明的源头。俄底修斯也最终苦尽甘来，回到忠贞不二的妻子珀涅罗珀身边，与家人团聚。

史诗《奥德赛》是俄底修斯(即罗马神话中的乌利斯)在海上漂泊十年，历尽千难万险、抵御各种诱惑并最终返回家乡与妻儿团聚的故事。这一史诗无时无刻不在激荡着俄罗斯诗人米哈伊尔·沃林的心。他不禁慨叹：“《奥德赛》是一服勾魂药，/乌利斯的风鼓荡我的帆！”(В парусах моих ветер

① *Русская поэзия Китая: Антология*，https://www.rulit.me/books/russkaya-poeziya-kitaya-antologiya-read-267028-107.html.

② 李延龄主编:《哈尔滨，我的摇篮》，第 187 页。

③ *Русская поэзия Китая: Антология*，https://litlife.club/books/174318/read? page=36.

④ 李延龄主编:《松花江晨曲》，第 366 页。

Улисса,/« Одиссеи » пленительный яд!)在归国途中,风神埃洛斯送给俄底修斯一个风袋助他航行,这对被迫远离俄罗斯的"远行的缪斯"(Муза дальних странствий)来说,归途是永远不变的期盼,助力返航的风袋则是他们梦寐以求的希冀。

Я люблю эти ветры свистящие,我喜欢这呼呼作响的风,
Прилетевшие с дальней земли.这风来自遥远的田园,
Я люблю поезда уходящие,我喜欢驶向远方的火车,
Уплывающие корабли.喜欢河上航行的船。
……
Возникает в тумане, светлеет 雾霭中浮现另外的土地,
Молодая, иная земля.[①]渐趋明晰,年轻,新鲜。[②]

风驰电掣的火车、鼓满风帆的船都能给游子们带去希望,既能逃离苦难,也能奔向光明。因为"贪婪的心啊,居然像狼,/它从来就不曾丧失希望",总会有梦想实现、"人间出现天堂"的时候,"可爱的火车"就会变成"迎面驶来的火车","铁轮轰隆震得月台直摇晃",[③]多年的漂泊将尘埃落定,而经年的等待则云开雾散。"时代的风暴神经错乱,/精神的轮船正在沉沦……"(В бурях обезумевшего века/Погибают духа корабли…)祖国"很难听到那远方的人/微弱而又可怜的声音"(Жалкий, слабый голос человека/Вот уже не слышен из дали)[④]。于是他们把"离恨与怨情""相逢的喜悦"融进诗行,不仅书写"天使哭泣""中午的炎热""手与手交织辞别的心痛",而且寻访"天使欢笑""早晨的清爽""蓝莹莹的美丽星光闪烁"。诗人们把或不胜枚举,或不可言喻的各种情绪尽情挥洒在自己的诗行里。

Вот стихи, там горечь всех разлук,所谓诗,融进了离恨与怨情,
Боль сплетенных на прощанье рук,是手与手交织辞别的心痛,
Радость встреч и полдня чистый зной,是相逢的喜悦,中午的炎热,
Блеск звезды прекрасно-голубой…是蓝莹莹的美丽星光闪烁……

---

① *Русская поэзия Китая: Антология* , https://litlife.club/books/174318/read? page=22.
② 李延龄主编:《松花江晨曲》,第 244 页。
③ 李延龄主编:《松花江晨曲》,第 272 页。
④ 李延龄主编:《松花江晨曲》,第 245 页。

Тусклый взгляд убийцы-подлеца，是卑劣的凶手阴暗的视线，
Нежный свет любимого лица，是温柔笼罩的可爱笑脸，
Свежесть утра и дыханье роз，是早晨的清爽，玫瑰的呼吸，
Ангел смеха，рядом - ангел слез…是天使欢笑，是天使哭泣……

Все，что в мире было，будет，есть，凡世上所有，尽在诗行中：
Что не высказать，не перечесть，或难以列举，或难以形容，
Что в душе твоей погребено，或深深埋藏在你的心底，
Богом ласковым освящено…或心怀虔诚奉献给上帝……
Синий свет нездешней вышины…彼岸的九霄有青光普照……
Вот стихи - кому они нужны?![1] 这就是诗——哪位需要？[2]

诗人莉迪娅·哈茵德洛娃在《逃难者》(*Беженцы*)中书写了被迫远离家园的人们的忙乱和忧伤。在动乱的岁月里，脚步匆匆，如古罗马战车上的骏马，追逐着未知的明天。火车轰鸣后，轮船又载起沉重的希望，码头上，面孔交错，言语中满是离愁别绪。众人眼中，宁静已成奢望，心中唯有迷茫与彷徨，那份无尽的忧郁如潮水般汹涌，将他们与熟悉的家园永远地分隔在两岸。

Бегут чредой встревоженные годы，动乱年头一个接一个跑去，
Как кони древнеримских колесниц，宛如古罗马大马车的马匹。
И снова поезда и пароходы，坐完了火车，再坐上轮船，
На пристанях смесь языков и лиц.码头上多少脸，多少话语。

У всех в глазах，не знающих покоя，所有的人不知宁静的眼里，
Стремление неведомо куда.充满着，不知去所的心思。
С какою беспредельною тоскою 怀着何等无尽无休的忧郁，
Они ушли из дома навсегда！他们永远离开了家园故居！

988年，基辅大公弗拉基米尔推动了"罗斯受洗"，东正教成为俄罗斯的国教。自此，东正教不仅逐渐渗透到俄罗斯政治、经济和文化的各个层面，也逐渐和俄罗斯人的精神融为一体，成为他们的精神寄托。东正教宽恕和

---

① *Русская поэзия Китая：Антология*，https://litlife.club/books/174318/read? page=23.
② 李延龄主编：《松花江晨曲》，第246—247页。

隐忍的教义也让苦行主义和自我牺牲意识深入人心。

А старцы на библейские страницы 老人再用一双含泪的眼睛，
Слезливыми глазами смотрят вновь，把圣经一页页地翻来翻去。
И вздрагивают трепетно ресницы，睫毛睫毛在抖动，在战栗，
И в жилах так неровно бьется кровь，热血，在血管里奔涌不已。

Когда они читают про изгнанье.当他们读到“流放”一句，
« Куда идти? » Немой упрек в глазах，“去哪里?”眼中无言地责备，
Тысячелетнее в груди рыданье 胸中，听得见千年的痛哭，
И прадедов молитвы на устах.和先祖们曾作过的祈祷词。

Гонимые… Подрубленные ветви…被放逐，这被砍断的树枝……
Тысячелетья длится тяжкий сон.数千年的噩梦，将会延续。
Его потом опять увидят дети，孩子们，还将会梦见它，
Он словно тайным смыслом освящен.[①]它仿佛被赋予神秘的含义。[②]

尽管如同“被砍断的树枝”，失去了树根——祖国母亲的滋养，因为“你的国家被坏天气烟雾掩遮，/看不见它，也听不见它什么”(Твоя страна - за дымкой непогоды.Не увидать, не услыхать ее)[③]，但诗人仍希望子孙不忘为祖国祈祷，因为那是他们血脉基因的源根。不管何时何地，诗人满眼满心都是祖国的模样：

鲜花和鲜嫩的草，
还没在大地上发芽。
但有那么一个国家，
自然长满大小花。

且春天空气荡漾……
可我们生活在异乡。

① *Русская поэзия Китая: Антология* , https://www.rulit.me/books/russkaya-poeziya-kitaya-antologiya-read-305634-99.html.

② 李延龄主编:《松花江畔紫丁香》，第71页。

③ *Русская поэзия Китая: Антология* , https://www.rulit.me/books/russkaya-poeziya-kitaya-antologiya-read-305634-99.html. 李延龄主编:《松花江畔紫丁香》，第72页。

我们是生活在异乡，

看生活黯然无光。

留在诗人记忆中的祖国春天，春意盎然，斑驳的树叶撞碎了金色的阳光，翩飞的蝴蝶惊艳了嫩绿的小草，烂漫的花儿明媚了愁寂的心弦。但在异乡，天是“扭曲的”，风是“张狂的”，空气是“潮湿腐烂”的。[1] 诗人叶列娜·涅杰利斯卡娅无时无刻不在担心磨难会冲淡祖国在她心底清晰而珍贵的印记，如同担心心中明丽的细线被割断，失去与祖国灵魂的紧密联系。

Ты знаешь, мне страшно бывает порою，你可晓得，有时我感到害怕，

Что я не смогу до конца сохранить 怕我被不祥的惊恐击毁心田，

В душе, поражённой тревогою злою，怕我无法保留住那缕

Непорванной тонкую светлую нить.尚未隔断的明丽的细线。

《一缕明丽的线》(*Светлая нить*) 连接着故国那遥远而温馨的记忆与他乡的现实生活。这缕“明丽的线”，如同一条无形的纽带，穿越时空，把过往的美好与现实的苦闷缠绕在一起：

Я замкнутой стала, сурозей, черствее；我变得孤僻，变得冷酷无情；

Все реже мечтаю, все больше молчу，我不愿多幻想，我更愿意多沉默，

Но тот уголок, от которого веет 可是我希望牢牢记住那

Дыханьем весенним, я помнить хочу.传递春天气息的角落。

То небо глубокое, радостным взором 那蔚蓝的天空，在神圣的明静中

Сиявшее в ясном покое святом：闪烁着欢乐；

Тот сад, расцветавший так буйно, в котором 那鲜花怒放的花园，还有那

С достоинством старился чистенький дом；显然渐老的洁净的寓所；

Те комнаты низкие; на половицах 那低矮的房屋；那月光在地板上

Отсветом луны нарисованный клин；勾画出来的棱格；

На старых портретах знакомые лица 那老照片熟悉的面孔，

И лестница узкая - на мезонин.还有那一条扶梯通向顶楼。

---

① 李延龄主编:《松花江畔紫丁香》,第 82 页。

忆往昔，诗人颇有些“露从今夜白，月是故乡明”的感伤，故国不仅有“熟悉的面孔”“洁净的寓所”“低矮的房屋”，还有“鲜花怒放”的花园、“闪烁着欢乐”的天空、“在地板上勾画”“棱格”的月光……

И жить-то, быть может, осталось недолго.也许余生不多了。管它呢！
Пусть! Лишь бы звучала в бессонной тиши 但愿伏尔加河上自由飞翔的歌——
Та песня, что вольно взвивалась над Волгой，那支既悲伤又辽阔的歌——
Та песня, в которой и горечь, и ширь.能在无梦的季节中响彻。

Пусть не было счастья, покоя не будет，即使没有幸福，也不会有太平生活，
Пусть, лишь бы не рвалась чудесная связь，但愿那美妙的联系不会割断，
Чтоб помнить всегда, как о ласковом чуде，以便让我永远记住那温柔的奇迹，
О месте далеком, где я родилась.[①]记住我出生的遥远的地点。[②]

“也许余生不多了”道出了万千游子唯恐只能魂归故里的忧伤，而“管它呢”则凸显了诗人无所畏惧的豪迈和豁达，即便余生没有“幸福”和“太平生活”，只要不忘记“出生的遥远的地点”，只要“伏尔加河上自由飞翔的歌”能在“无梦的季节中响彻”，于诗人而言，足矣。因此，《伏尔加河》(*Волга*)就成为诗人梦回故乡的牵念。

Нечасто, но с тоскою неизбывной 我有时，不经常，怀着难忍的忧愁
Я вспоминаю Волги ширь, простор.思念伏尔加河的无垠与辽阔。
Хор рыбаков тоскливо - заунывный…渔夫们苦闷与凄凉的歌声……
Нечеткий контур Жигулевских гор.还有日古里山峦模模糊糊的轮廓。

俄国著名画家伊里亚·列宾的代表作《伏尔加河上的纤夫》(*Бурлаки на Волге*)和“世界男低音之王”伊万诺维奇·夏里亚宾创作的《伏尔加船夫曲》(*Эй, ухнем*)，分别用一画一歌深刻地彰显出俄罗斯民族的苦难灵魂。被俄罗斯人称为“母亲河”的伏尔加河不仅是俄罗斯广袤、宽厚和磅礴的写照，也蕴含着俄罗斯人对祖国深沉的爱和对光明自由生活的向往。当太阳逐渐褪去耀眼的光华，躁动的生活也显出疲态。

---

① *Русская поэзия Китая: Антология*, https://litlife.club/books/174318/read? page=55.
② 李延龄主编:《松花江畔紫丁香》，第132—133页。

Темнеет. Вечер шествует победно.天渐暗，夜大步傲然走来。
На пристани зажегся желтый свет.码头上燃亮了昏黄的灯光。
И наполняет воздух песней медной 空气里充满亲昵的问候——
Уютных храмов ласковый привет.这是庙宇的钟声在鸣唱。

Величественно в высоте сияя，月光皎洁在高空清辉四射，
Луна на Волгу свет спокойный льет.向伏尔加河洒下安谧的光芒。
Бурлит вода，под колесом вскипая，-轮下河水在喧嚣在沸腾——
Как лебедь，проплывает « Самолет »…“飞机”像天鹅在水面上浮荡……

夜色朦胧中，“昏黄”的灯光伴着“鸣唱”的钟声，“清辉四射”的月光洒向“喧嚣”“沸腾”的河水，动静相宜，忙闲有度，伏尔加河无私地接纳着普通人的酸甜苦辣，无疑也厚重了自己的生命。

И веет в душу тихою отрадой.一个景象又一个景象涌现出来，
Встает одна картина за другой.淡淡的愉悦沁人心房。
Мой дом родной за низкою оградой 我的家在矮矮的栅栏后边，
И старый сад，уснувший над рекой…[1]还有花园沉睡在河滩上……[2]

美好的记忆就这样向诗人走来，安静沉睡在沙滩上的不仅是自家的花园，还有诗人年轻时的梦想。“我们等待，我们久久寻觅。/我们的心血已经被耗干。/该付的代价都已经付出，/我们没投降，只是很疲倦!”这是诗人米哈伊尔·沃林期待归国的无奈。“临近秋天——晚霞红似火，/白昼不慌不忙地拖延，/……/妖女总为我们唱幸福：‘你要等等看，等等看……’”[3]无尽的等待逐渐消磨着诗人的激情和耐心，他急切地盼望着在光阴的流转中能够出现“山重水复疑无路，柳暗花明又一村”的惊喜。诗人莉迪娅·哈茵德洛娃也在体验着冰与火的双重煎熬：

И радостно сердцу，и больно，我的心又快乐、又悲凄，
И просится сердце в полет.我的心渴望腾空飞起。

Но поздно！я слишком устала…但晚了！我疲惫已极……

---

① *Русская поэзия Китая：Антология*，https://litlife.club/books/174318/read? page=55.
② 李延龄主编：《松花江畔紫丁香》，第 134 页。
③ 李延龄主编：《松花江晨曲》，第 234 页。

Душа каменеет моя.我的心已经是沉沉死气。
О гребень девятого вала 我的帆船要撞九级浪峰,
Моя разобьется ладья.它,会撞得破碎支离。

我们在被誉为"海洋的热情歌手"——俄罗斯画家伊万·康斯坦丁诺维奇·艾伊瓦佐夫斯基的名作《九级浪》(*Девятый вал*)中见识了九级巨浪的险恶与可怕。它像一头巨兽,盛怒之下摧帆断桅,以致船覆人亡,所以诗人在面对威力无穷的九级浪时发出了精疲力竭的哀叹:

И я не дойду - не узнаю 我来不了啦。我不知
Ни ласки, ни власти твоей 你(指俄罗斯——本书作者注)的温存还是你的威力。
И вздохом тревожным растаю 我将在人家中国土地上,
Средь чуждых китайских полей.[①]化作一阵不安的叹息。[②]

但在艾伊瓦佐夫斯基的《九级浪》中,死里逃生的人们攀附在桅杆上,太阳穿过云雾在汹涌澎湃的海面上投下金色的光芒,预示着在人与自然的抗争中,人凭借勇敢与不屈的精神终将战胜自然的邪恶。这也给了人们"岁月流转终将驱散黑暗(И дни пройдут - и разорвется мгла)"[③]的信心。因此,当春天的喧嚣声响起时,诗人奥莉伽·斯阔毕浅克不禁有了初见"忽如一夜春风来,千树万树梨花开"时的惊诧与陶醉:

Знаешь, сейчас бы в широкое поле 你说多好,在广袤田野中,
Слушать, как ширится гомон весны,此刻听这春天的喧嚣声,
Слушать, как ветер - весел и волен,再听听快乐而自由的风
Шепчет подснежников сны.低声叙说着雪莲花的梦。

Знаешь, сейчас бы к проснувшейся Волге:多好,去醒来的伏尔加河:
Льдины бегущие взором догнать.你用目光追踪一下流冰。
Слишком изгнание тянется долго,流放实在拖得太久了,
Слишком устали мы ждать.久等之中我们疲于奔命。

① *Русская поэзия Китая: Антология* , https://www.rulit.me/books/russkaya-poeziya-kitaya-antologiya-read-267028-138.html.

② 李延龄主编:《松花江畔紫丁香》,第 53—54 页。

③ 李延龄主编:《松花江晨曲》,第 220 页。

Знаешь, сейчас бы в сосновые боры:你说多好,此刻去松林中:
Хвоя зеленая пахнет весной.松树针叶春的气息正浓。
Родина милая! Скоро ли, скоро ли 可爱的祖国! 是快了吗,
Светлая встреча с Тобой![1] 快了吗,与你幸福地重逢?[2]

小心翼翼、满怀期待又难掩喜悦地反复追问:“可爱的祖国! 是快了吗,快了吗”,这不仅是游子即将与母亲幸福重逢前那一刻的难以置信,更是久居流放之地难以言喻的心酸。如同《疲倦的目光》中那份深沉的渴望、《惶恐的心》里跳动的不安以及《大哭的星光》下隐藏的坚韧与希望,每一刻都在诉说着对归途的迫切。

第三节　近乡情怯的酸楚

“黯乡魂,追旅思”,对故乡的思念总是让人黯然神伤,远在天涯的俄侨们深深感受到“流光容易把人抛”的痛楚。《疲倦的目光。彬彬有礼地鞠躬……》(*Усталый взор. Поклон учтивый…*)一诗中那位被苦闷压得疲惫不堪的白发将军,俄罗斯辉煌的曾经只能在梦中重现,“彬彬有礼地鞠躬”是他对过去的缅怀,“疲倦的目光”是他对现状和未来的迷惘。

Усталый взор. Поклон учтивый,是疲倦的目光。那彬彬有礼地鞠躬,
И снова думы о былом.令我重又想起以往。
Несется вдаль трамвай крикливый 电车尖叫着朝远方驰去,
С синеющим на окнах льдом.玻璃上挂满发青的冰霜。
И каждый раз на том же месте,每次在那个地方,
Неся тяжелый груз тоски,背着苦闷的包袱,
На задрожавшие мостки 一个疲惫白发将军,

① *Русская поэзия Китая: Антология* , https://litlife.club/books/174318/read? page=92.
② 李延龄主编:《松花江畔紫丁香》,第 39 页。

С трамвая сходит с нами вместе 和我们一起下电车，
Седой, усталый генерал，一起下到小桥上。
Который блеск России знал，他了解俄罗斯的辉煌，
Которому Россия снится 他常常地梦见俄罗斯
Замученной императрицей…[①]活像个受折磨的女皇……[②]

“试问闲愁都几许？一川烟草，满城风絮，梅子黄时雨。”（贺铸《青玉案·凌波不过横塘路》）在俄侨的心中，离乡愁绪犹如那遍染烟光的青草、飘飞的柳絮和梅子成熟时如丝如缕的细雨，绵延不绝、无穷无尽。在《大哭的星光……》（*Расплакавшийся звездный луч…*）中诗人用泪水寄予了自己的同情，教堂的大钟用静默来为他们祈祷：太阳随黎明而降临。

Расплакавшийся звездный луч 那泪水滂沱的星光啊，
В густые сумерки скатился，正流入这浓浓的幽暗，
Ночь прилегла у снежных туч 教堂的大钟静静祈祷，
И тихо колокол молился.夜卧进了雪白的云间。

Как синий мрак, печаль вползла，悲哀如蓝色幽暗爬来，
Раскашлялся бураном ветер…夜，因大风雪而哮喘……
И оттого, что много зла, -因为有着诸多丑恶，
Не выйдет солнце на рассвете.[③]黎明时太阳不会出现。[④]

而“我”则“心惶恐，眼泪却流不出”（*Смятенная душа не знает слез*），只因多次游走在希望与失望之间，但天使终究还是被“我”的伤悲触动，“画着火红十字为我祝福，进了我被人忘记了的屋”，于是故乡向我敞开了怀抱。

Смятенная душа не знает слез，心惶恐，眼泪却流不出，
Пощады нет тому, кто раз смирился.对已屈服的人没有宽恕。
Но эта ночь полна таких угроз，可今夜，却充满了惊奇，
Что ангел вздрогнул и ко мне явился.天使震颤了一下，飞来，

---

① *Русская поэзия Китая: Антология*, https://litlife.club/books/174318/read? page=99.
② 李延龄主编：《松花江畔紫丁香》，第 63 页。
③ *Русская поэзия Китая: Антология*, https://litlife.club/books/174318/read? page=99.
④ 李延龄主编：《松花江畔紫丁香》，第 55 页。

Благословляя огненным крестом，画着火红十字为我祝福，
Вошел в мой всеми позабытый дом.[①]进了我被人忘记了的屋。[②]

“岭外音书断，经冬复历春。近乡情更怯，不敢问来人。”（宋之问《渡汉江》）近乡情怯的忐忑也不免让诗人尼古拉·谢果列夫思绪纷纭。

Что я? - Калика перехожий，-我算什么？流浪的盲歌者——
Смирился внешне и притих…看外表温和，默默无言……
Жизнь смотрит искривленной рожей 生活以她那张丑陋的脸
На гордость замыслов моих，正盯着我，恨我性情傲慢，
И с горечью я понимаю，我心里痛苦，我明白，
Что я не всё осуществлю，-我的愿望不能一一实现，
Но так безумно я мечтаю，但忘乎所以，我要幻想，
С такою верностью люблю，我爱，怀着强烈的信念，
Что даже и в часы лихие，不管生病还是身受迫害，
В болезни，в гнете и тоске，无论悲伤还是时局凶险，
Всё мнится мне，что я в России，总以为不是在满洲小城，
А не в маньчжурском городке…而仍在俄罗斯我的家园……
И в самом деле，в самом деле，-但事实与心愿总是相反——
Иль не со мной моя тоска，莫非数周祈祷还不虔诚？
И покаянные недели，难道我曾经忘却忧患？
И трепет сердца у виска，-太阳穴感受剧烈的心跳，
Вся русская моя природа，什么时候我三心二意，
Полузадушенная мной?..忘却过俄罗斯的大自然？
И как я рад，когда порой 我多么高兴，有时候，
Веду себя как иноземец，-举止如外宾，神情高傲，
Холодный бритт，упрямый немец，-
像德意志人一样固执，像大不列颠人一样冷淡……
Как горд!..我高兴：

① *Русская поэзия Китая：Антология*，https://litlife.club/books/174318/read? page=98.
② 李延龄主编：《松花江畔紫丁香》，第 55 页。

Кровь моего народа 我身上的血液——俄罗斯民族的血液，

Во мне сияет новизной![1] 竟然光彩闪耀那么新鲜![2]

诗人自谓“流浪的盲歌者”，如“云边孤雁”“水上浮萍”般漂泊不定，但对故国的思念却从未消减——“总以为不是在满洲小城，而仍在俄罗斯我的家园”，尽管“时局凶险”“身受迫害”，但他从不曾“三心二意，忘却过俄罗斯的大自然”，“洛阳亲友如相问，一片冰心在玉壶”，让诗人引以为傲的永远都是“我身上的血液——俄罗斯民族的血液，/竟然光彩闪耀那么新鲜”。

诗人别列列申也通过诗歌《我们》(*Мы*)追思四散在世界各地的背井离乡者，他们或“忍受饥饿，惨遭杀害”，或“备受仇视，屡遭诽谤”，但无论身处凛冽的极寒之地还是炙热的酷暑之所，他们都会把“自己的首都，随身带往世界的京城”。纵使异域星光苍凉、过眼云烟疏离，他们都会呼朋引伴组成“国中之国”，为了心中对“不朽的俄罗斯”挥不散的记忆和最深的眷念，“我们恪守自己的方式”，“宁可枝头抱香死，何曾吹落北风中”(郑思肖《画菊》)。

Нас миллионы - вездесущих，数以百万计散落各地，

Бездомных всюду и везде，无家可归，南北西东，

То изнывающих，то ждущих，有时苦闷，有时期待，

То приучившихся к беде.随时随地要忍受不幸。

Земные ветхие границы 我们一步一步地穿越

Мы исподволь пересекли；世上古已有之的边境；

Мы прежние свои столицы 我们愿把自己的首都，

В столицу мира отнесли.随身带往世界的京城。

Во всех республиках и царствах，在各个共和国与王国，

В чужие вторгшись города，我们潜入陌生的城市，

Мы - государство в государствах 我们会组成国中之国，

Сплотившееся навсегда.我们永远聚拢在一起。

Разбросанные по чужбинам，我们被驱逐流落异邦，

---

① Щеголев Николай Александрович，*Победное отчаянье*，https://www.rulit.me/books/pobednoe-otchayane-sobranie-sochinenij-read-363973-8.html.

② 李延龄主编:《松花江晨曲》，第 278—279 页。

Встречаемые здесь и там，不期然竟会邂逅相遇，
По всем краям и украинам，相遇在边沿或是郊区，
По широтам и долготам，跨过各个维度与经度，
Все звезды повидав чужие 只能仰望外国的星星，
И этих звезд не возлюбя，-星光带来的只有悲凄——
Мы обрели тебя，Россия，俄罗斯，我们只想你！
Мы обрели самих себя！我们发现了我们自己！

На мерзлых полюсах планеты，身处天寒地冻的极地，
Под тропиками там и тут 或在回归线内的热带，
Какие к нам слетают светы，什么样的光照耀我们？
Какие яблони цветут？哪有苹果树繁花竞开？
Не мы ли - белый мозг арийства，就因为白色或者红色，
За белизну и красоту 忍受饥饿，惨遭杀害，
Терпели голод，и убийства，备受仇视，屡遭诽谤，
И ненависть，и клевету？我们岂是贵族的主宰？

Мы стали русскими впервые 我们是首批俄罗斯人，
(О если бы скостить века！)，仰望异邦的星斗满天，
На звезды поглядев чужие，目睹生疏的云烟变换，
На неродные облака.但愿这纪元能够缩短！
И вот，на древние разброды，暂时忘却古代的纷争，
На все разлады несмотря，也不去计较各种战乱，
Мы знаем - русского восхода 我们知道——俄罗斯
Лишь занимается заря.日出时刻霞光最灿烂！

Пусть мы бедны，и несчастливы，即使我们贫穷、不幸，
И выбиваемся едва，没资格畅饮参加宴席，
Но мы выносливы и живы，但我们活着能够忍耐，
И в нашем образе жива -我们恪守自己的方式——
Пусть звезды холодны чужие -纵然异邦的星光寒冷，
Отрубленная голова 纵头颅落地难免一死，

Неумирающей России.[①]我们属于不朽的俄罗斯![②]

“花开花落,不管年华度”,任凭岁月流逝,家园永远是游子“蝴蝶梦中家万里”的热望,归途,每一步都是对幸福的回应。诗人格奥尔吉·格拉宁用《回归》(*Возвращение*)一诗诠释了“千里庭缩”的渴盼,尽管诗人相信今后的征程中还会有各种困难和挑战,但此时的他颇有些“两岸猿声啼不住,轻舟已过万重山”的意气风发,因而“萎缩的肩膀挺了起来,颓废的目光变得澄明”。

Остановится сердце… И поезд 心快要停止跳动……
под размерные стуки колес 车轮铿锵,节奏鲜明,
опояшет рассчитанный пояс,火车给山岭系上腰带,
поднимаясь на длинный откос.沿着山坡缓缓爬行。

Остановится сердце… И странно,心快要停止跳动……
на краю светлозарных небес 奇怪,遥望远方天空,
из обрывков седого тумана 一团团灰蒙蒙的烟雾,
замаячит знакомый разъезд.闪烁熟悉的信号灯。

И тогда, в этот радостный вечер,正是这欢乐的傍晚,
по дороге знакомой - назад! -沿熟悉路线踏上回程!
разогнутся сутулые плечи,萎缩的肩膀挺了起来,
прояснится опущенный взгляд.[③]颓废的目光变得澄明。[④]

诗人瓦列里·别列列申把流落异乡的俄罗斯人比作“迷途的勇士”(Заблудившийся аргонавт),这里的“勇士”是指希腊神话中乘坐“阿尔戈”号出海,历经艰险盗取金羊毛,并最终返回魂牵梦萦的故土的伊阿宋。伊阿宋从小被迫远离祖国,但幸得古希腊神话中著名教育家喀戎的教导,琴棋书画、诗词歌赋、骑马射箭,无一不精,也正如俄罗斯侨民们一样,虽流落异乡,却能坚守民族之魂,文化之根。

---

① *Русская поэзия Китая: Антология* , https://www.rulit.me/books/russkaya-poeziya-kitaya-antologiya-read-305634-70.html.

② 李延龄主编:《松花江晨曲》,第98—99页。

③ Георгий Гранин, *ВОЗВРАЩЕНИЕ* , https://vk.com/wall-211295980_393.

④ 李延龄主编:《松花江晨曲》,第147页。

Мне в подарок приносит время 时光给我带来的礼物——
Столько книг, и мыслей, и встреч,许多书籍、思想与会见,
Но еще легковесно бремя 但我的肩膀不知疲倦,
Для моих неуставших плеч.轻松地扛下了这些负担。

Я широк, как морское лоно:我胸襟开阔如同大海,
Все объемля и все любя,热爱万物并加以包容,
Все заветы и все знамена,各种经典,历史遗训,
Целый мир вбираю в себя.整个世界都容纳心中。

为了信守诺言,也为了帮父亲夺回被篡夺的王位,让祖国的人民安居乐业,伊阿宋毅然踏上寻找金羊毛的漫漫险途,而漂泊异乡的俄罗斯游子们也感受到祖国深沉的召唤:

А теперь, словно голос долга,如今,天职之音回荡,
Голос дома поет во мне,故园之声在心中歌唱,
Если вольное слово «Волга»"伏尔加"这自由词汇,
На эфирной плывет волне.[①]天外飞来掀起了波浪。[②]

在神话中,伊阿宋的赤子之心不仅让他获得了智慧女神雅典娜的帮助,还有科尔基斯国的公主美狄亚以及朋友们的援助,最终如愿取得金羊毛。尽管现在,对于远在异国的游子们而言,俄罗斯似乎只是"一种想象中生活的名称",因为她是"美洲找也找不到的国家",是他们"想去但去不成的国家",虽然她"只是个睡眠的词",可让人"总也忘不掉那六个字母"(Россия 是俄罗斯的俄文写法,由 6 个字母组成——作者注),因为她"像另一个民族的语音,又像夜晚小提琴声悠扬",不过如今,"干燥的字母已热血沸腾,渴望让古老的幽灵复活!"[③]俄罗斯的游子们下定决心:"背负信念、箴言,/接过真理与古老旗帜,/直到骨髓是俄罗斯人。"

Живу тревогами своими 我的生活一直战战兢兢,

---

① *Русская поэзия Китая: Антология* , https://www.rulit.me/books/russkaya-poeziya-kitaya-antologiya-read-305634-73.html.

② 李延龄主编:《松花江晨曲》,第 120—122 页。

③ 李延龄主编:《松花江晨曲》,第 119 页。

О бедном сердце, о семье,为不幸的心,也为家庭,
А ты, Россия, только имя,俄罗斯呀,你只不过是,
Придуманное бытие.一种想象中生活的名称。

Шесть букв, не вовсе позабытых,总也忘不掉那六个字母,
И почему бы не забыть 为什么一直都忘不掉她?
Ту из Америк неоткрытых,美洲找也找不到的国家,
Куда не мне, не мне доплыть? 我想去但去不成的国家。

О да, ты - заспанное слово,对,你只是个睡眠的词,
А столько слов нужней, звончей:许多词更有用处更响亮,
Как звуки языка чужого,你像另一个民族的语音,
Как скрипки ветреных ночей.又像夜晚小提琴声悠扬。

Зачем же смутною любовью 为什么愿凭借浑浊的爱,
Я создаю тебя? Вот-вот 我把你塑造? 请听我说:
Вскипят сухие буквы кровью,干燥的字母已热血沸腾,
И давний призрак оживет.渴望让古老的幽灵复活!

Ужели в красоте раскосой,岂止我深深眷念俄罗斯?
В обетованьях смуглых тел 我发誓爱她的体魄强健,
Голубоглазой, светлокосой 爱蓝色眼睛,金色发辫,
Одной России я хотел?[①] 只爱她一个,爱到永远![②]

诗人笔下的俄罗斯,如同叶赛宁笔下的白桦,就是一位婀娜多姿的俄罗斯姑娘的化身:"我爱白桦的青雾和香露,/爱上了她的婀娜姿态,/爱上了她的金色发辫,/爱上了她的亚麻长裙。"

在《早安》(*С добрым утром!*)一诗中,曙光唤醒苍穹,白桦如同勤劳贤惠又爱美的俄罗斯女性,用甜甜的笑容迎接崭新的一天。

Задремали звезды золотые,金灿灿的星辰睡眼惺忪,
Задрожало зеркало затона,明镜似的水面涟漪轻漾。

① *Русская поэзия Китая: Антология* , https://litlife.club/books/174318/read? page=73.
② 李延龄主编:《松花江晨曲》,第 119 页。

Брезжит свет на заводи речные 晨曦映照着一道道河湾，
И румянит сетку небосклона.给渔网般的天穹染上绯红。

Улыбнулись сонные березки，睡意未消的白桦露出笑容，
Растрепали шелковые косы.梳理着柔丝一样的发辫。
Шелестят зеленые сережки，绿色的耳环簌簌作响，
И горят серебряные росы.①露珠闪烁着点点银光。②

我们知道，在俄语中，俄罗斯(Россия)和白桦(Берёза)都是阴性名词，而俄罗斯东正教中特有的圣母崇拜情结折射到俄罗斯文化传统中，就是把女性作为完美的神的形象进行膜拜。所以，俄罗斯以及被誉为“俄罗斯灵魂写照”的白桦树都化身为美丽而圣洁的俄罗斯女性。

在中国传统文化中，炊烟几乎是乡愁的代名词。于背井离乡的游子而言，炊烟是妈妈饭菜的味道，是风尘散尽后的怡然，是喜怒哀乐的分享与共担，是漂泊灵魂的寓所。飘荡在村庄上空的袅袅炊烟，像一道熟悉且美丽的风景，是家人的守望与牵挂，是远行人的惦念和遥望。俄侨诗人尤斯吉娜·克鲁森斯滕-彼德列茨用一首《炊烟》(*Дым*)道尽了乡愁的滋味。

Уходя от родины навеки，永远辞别祖国时，
Не гляди на дым，不要再看炊烟
А зажмурь заплаканные веки，紧紧闭住
Крепко их зажмурь.泪涟涟的眼睑。
Дым не раз еще увидишь снова，你还会不止一次
Но таким седым 看到袅袅轻烟，
Может быть он только у родного 但只在故乡，在风雨年代，
Дома - в годы бурь.才能见到它如此清淡。

依依的惜别中有童年的不舍，回望的泪光中有乡愁的滋味，决然的转身中有前路的未卜。

И еще не раз глаза усталой 你还会不止一次
Ты протрешь рукой 用疲倦的手揉擦双眼，

---

① Сергей Есенин，*С добрым утром*，https://rustih.ru/sergej-esenin-s-dobrym-utrom/.
② 《俄罗斯白银时代诗选》，汪剑钊译，云南人民出版社 1998 年版，第 238 页。

И подумаешь о том, как мало 你会想起自己是多么的
Свой любил ты кров, 爱过自己的家园,
И еще не раз слеза ресницы 乡愁还会不止一次地
Обожжет тоской, 刺伤你的眼帘,
Это зов далекий возвратится,这是远方召唤你回去——
Это - дыма зов.[①]这是炊烟在召唤。[②]

耳畔不觉响起由庄奴填词、邓丽君演唱的那首经典老歌《又见炊烟》:"又见炊烟升起,暮色罩大地/想问阵阵炊烟,你要去哪里/夕阳有诗情,黄昏有画意/诗情画意虽然美丽,我心中只有你/又见炊烟升起,勾起我回忆/愿你变作彩霞,飞到我梦里/夕阳有诗情,黄昏有画意/诗情画意虽然美丽,我心中只有你。"一代歌后邓丽君用甜美而温情的轻歌曼舞唤起人们的离愁别绪,"袅袅炊烟,小小村落,路上一道辙"——这是他乡游子记忆中的故乡,如诗情画意般的岁月轮回勾起游子更浓烈的乡愁,这是山与水的乡愁,是喜与悲的乡愁,是梦与醒的乡愁,也是别离与拥有的乡愁。"炊烟在召唤",这是游子回归的力量之源。这不禁让人想起杰尔查文《阿尔法》(*Арфа*)中的诗句"祖国的炊烟让我们感到甜蜜愉快"(Отечества и дым нам сладок и приятен),这句诗因为格里鲍耶托夫在《智慧的痛苦》(*Горе от ума*)中的引用而成为一句谚语:Когда ж постранствуешь, воротишься домой,-/И дым отечества нам сладок и приятен.(当你漫游,归家之时,——/祖国的炊烟让我们感到甜蜜愉快。)

О, как ей мечталось о музыке вечной 啊,她是多么想听到
Шуршащего леса, привольного сада,萧萧树林和逍遥自在的花园
О благовесте с колокольни заречной,演奏永恒的音乐,还有小河对岸
О жаворонках, соловьях и цикадах.教堂的钟声,还有蝉鸣,还有夜莺和云雀。
Но родина встретила гулом завода.但祖国用以欢迎的是工厂的轰鸣、
Молчаньем зарубленных дедовских вязов,遭到砍伐的祖辈的榆树的沉默,
Вопросом: « Как прожили вы эти годы? » -还有提问:"您这些年过得怎样?"

---

① *Русская поэзия Китая: Антология* , https://www.rulit.me/books/russkaya-poeziya-kitaya-antologiya-read-305634-48.html.

② 李延龄主编:《松花江畔紫丁香》,第 323 页。

Да шепотом сестриных страшных рассказов.[①]还有姐妹们悄悄可怕的诉说。[②]

在《会晤》(*Встреча*)中，尤斯吉娜·克鲁森斯滕-彼德列茨书写了记忆和现实的巨大落差。记忆中的故乡——"教堂的钟声""逍遥自在的花园""小河""萧萧树林""蝉鸣""夜莺和云雀"——是一幅生机盎然而又静谧祥和的乡村图景；现实中的祖国——"工厂的轰鸣""榆树的沉默""提问""悄悄可怕的诉说"——喧嚣沉闷、如履薄冰，陌生的熟悉感扑面而来。在叶赛宁的《我是乡村最后一名诗人》中，我们同样能感受到诗人即将失去田园牧歌式生活的那种心痛和无奈。

Я последний поэт деревни，我是乡村最后一名诗人，
Скромен в песнях дощатый мост.我在诗中赞美简陋的木桥。
За прощальной стою обедней 我置身落叶缤纷的白桦丛，
Кадящих листвой берез.参加它们告别的祈祷。

Догорит золотистым пламенем 这蜡烛是血肉之躯制成，
Из телесного воска свеча，在金色的火焰中逐渐燃尽；
И луны часы деревянные 月亮如同挂钟一样呆板，
Прохрипят мой двенадцатый час.敲响暗哑的午夜十二点。

На тропу голубого поля 在蔚蓝色的田野小道上，
Скоро выйдет железный гость.不久将出现一个铁的客人。
Злак овсяный，зарею пролитый，他伸出黑漆漆的手掌，
Соберет его черная горсть.把洒满霞光的燕麦割尽。

Не живые，чужие ладони，这是一些无生命的手掌，
Этим песням при вас не жить！有了它们，我的歌就无法生存！
Только будут колосья-кони 只有那马鬃一般的燕麦，
О хозяине старом тужить.还在为旧日的主人伤心。

Будет ветер сосать их ржанье，风儿跳起追荐亡灵的舞蹈，

---

① *Русская поэзия Китая：Антология*，https://www.rulit.me/books/russkaya-poeziya-kitaya-antologiya-read-267028-67.html.

② 李延龄主编：《松花江畔紫丁香》，第 322 页。

Панихидный справляя пляс. 希望淹没燕麦的悲鸣，
Скоро, скоро часы деревянные 呵，呆板的挂钟，快了快了！
Прохрипят мой двенадцатый час![①] 敲响暗哑的午夜十二点。[②]

“简陋的木桥”“落叶缤纷的白桦丛”“蔚蓝色的田野小道”“洒满霞光的燕麦”“马鬃一般的燕麦”——这是诗人对家乡康斯坦丁诺沃村的赞歌，但在时代车轮的推动和碾轧下，他的赞歌将“无法生存”——只能变成“告别的祈祷”，因为“一个铁的客人”将伸出它那“无生命的”“黑漆漆的”手掌，把“洒满霞光的燕麦割尽”，而白桦林也将在“金色的火焰中逐渐燃尽”。在“燕麦的悲鸣”声中，一向俏皮无忧的风儿忍不住“跳起追荐亡灵的舞蹈”，原本皎洁温润的月亮也变得毫无生机，如同“呆板的挂钟”，只等机械地“敲响暗哑的午夜十二点”。“丧钟为谁而鸣?”——只为即将逝去的闲逸恬淡的、如诗如画的田园生活，失去了它，在诗人的心中，远归的游子将变成故乡的陌生人，灵魂漂泊无依，肉身无处安放。唯有在坎坷的岁月中，依然不忘仰望星空，心怀梦想，才能抚慰无所依归的灵魂，滋润日渐麻木的思绪。在回视故土的伤感中，泣诉着被葬送的理想，自我疗慰着疲惫的心灵。

① Сергей Есенин, *Я последний поэт деревни* , https://rustih.ru/sergej-esenin-ya-poslednij-poet-derevni/.

② 《俄罗斯白银时代诗选》，第 248—249 页。

第五章　俄罗斯侨民女诗人笔下的中国形象

应当理解：我们的生活不绝望
这生活，不是悲惨的精神流放，
既然怎样也制不服，也摧不毁
听觉的振奋、视觉的豁然开朗。[①]

——[俄]莉迪娅·哈茵德洛娃

俄罗斯侨民文学是20世纪世界文学中醒目而独特的存在，作为其中一个重要分支的中国俄侨文学延续了半个世纪，其具体时间是20世纪初到20世纪40年代末。中国俄罗斯侨民文学主要发生在哈尔滨，继而又发展到了上海。它拥有庞大的作家群体，据不完全统计，发表作品的专职及业余作家、诗人有二百多位，其中有很多出类拔萃的女性作家。正如李延龄教授所言："中国俄罗斯侨民文学以诗歌为更突出，而诗人中尤以女诗人更为引人注目。"[②]通过观察和研究我们发现，这些女诗人笔下的题材与俄罗斯本土境内的题材有很大的不同，其中浸透着大量的中国题材，当中国的人物、风景、习俗、文化等素材不断地涌现在中国俄侨女诗人笔下之时，"中国形象"也不可避免地在她们的诗歌中鲜活起来。

所谓的"中国形象"，除了可以是文学作品中一个具体的单一形象（如一个中国人、一件中国器物、一首中国诗、一处中国名胜古迹等），也可以是包含若干形象在内的具有抽象意义的总体形象（如中国历史、文化、民族性格、

① 李延龄主编：《松花江畔紫丁香》，第62页。
② 李延龄主编：《松花江畔紫丁香》，第337页。

政治、宗教等),它能呈现“中国”或能使人从不同方面去想象“中国”。这些作家出生或生活在中国,有的甚至在中国生活数十载,她们近距离地观察或直接融入中国人的生活,笔下的“中国形象”不同于以往俄罗斯本土作家笔下遥远的“异国形象”,她们笔下的“中国形象”更鲜活、更真实,已经不再是单纯的异国形象,而是上升到一个文化现象。东方的现实、素材、风景、人物、建筑、风俗、宗教等,万千次地进入了中国俄罗斯女诗人的诗歌里。“每个诗人都描绘了‘第二祖国’那最珍贵的一角。”[①]

第一节　千姿百态的自然风光与人文景观

诗人们对中国自然风光的描写中,也饱含着对这片土地的深情。“她们的诗歌,……充满对‘温柔继母’——中国的真挚热爱。要么是哈尔滨、上海的喧闹街巷,要么是兴安岭、松花江宁静、旖旎的自然风光。”[②]比如诗人阿列克桑德拉·巴尔考笔下的哈尔滨:

Заборы, домики, заброшенные дачи, 篱笆,小平房,废弃的别墅,
Фанзенки ветхие, подгнивший серый тын…破旧的草房,腐烂的灰色的木栅栏……
Прощай, мой друг, печальный и невзрачный,别了,我的朋友,凄清的、不漂亮的、
Нескладный беженский Харбин.不匀称的,逃难者的哈尔滨。

Ты столько раз в годины испытаний,你这么多次,在严峻的时期
В смертельный час волнений и тревог 就在那极度忧患的时间,
Давал приют уставшим от скитаний 给了疲于流浪的人,以安宁
И душу русскую берег.使俄罗斯之心得以保全。

В суровый век разгула и наживы 在纵酒、发财、冷酷的流年,
Хранил, как клад, все то, чем дорожим,你保存了我们珍惜的——宝藏一般——

① 李延龄:《李延龄文集》,北方文艺出版社2008年版,第90页。
② 李延龄主编:《松花江畔紫丁香》,第337页。

Чем ценен мир и люди в мире живы…世界珍惜和赖以生存的一切……

Ну а теперь туда - к чужим![1] 可是，现在要去异乡，别人空间！[2]

放眼望去，废弃的别墅、破旧的草房、腐烂的灰色的木栅栏，诗人笔下“凄清的”“不漂亮的”“不匀称的”哈尔滨很难让人心生向往，但在诗人心底，她却是“逃难者的”哈尔滨。在20世纪二三十年代，当大批俄国人涌入哈尔滨之际，哈尔滨就成为他们艰难求生的庇护所，尽管生活依旧困苦，但却少了一些寄人篱下的伤感，因为之前中东铁路的建造等原因，哈尔滨到处可以看见俄罗斯风格的建筑，俄罗斯教堂、剧院、学校、商铺、餐厅散布其中，俄语自然也能时时听到，这让失去了家园的俄罗斯侨民们不禁产生一种时空的错位感，仿佛身处家乡。开放包容的哈尔滨、温良淳朴的中国人“给了疲于流浪的人，以安宁，/使俄罗斯之心得以保全”，因而当他们不得不再次背井离乡，离开“心爱的地方”时，诗人不免“惜别伤离方寸乱”。

Прощай, Харбин! Со всем, что сердцу мило,别了，哈尔滨！ 别了，喜欢的一切；

Союз души навек нерасторжим.那心灵的结合是牢不可破的。

Слепая, жуткая неведомая сила 一种盲目的、可怕的、神秘的力量，

Несет нас вдаль… Туда - к чужим![3] 送我们去远方，去异乡，别人的空间。[4]

女诗人法伊娜·德米特里耶娃生长于哈尔滨，东北风景如画的自然风光为她的创作提供了最好的素材。炎炎夏日，风儿和乌云送来最好的慰藉：

风儿吹来一阵清新，
聚拢起层层乌云，
一座陡峭的河岸
凌驾水面，岩石嶙峋。

乌云被蓝天割裂，
河水泛起白银，
岗上杨树细语，

---

① Паркау Александра Петровна, *Огонь неугасимый* , https://litmir.club/br/? b=175511&p=25.
② 李延龄主编：《松花江畔紫丁香》，第10页。
③ Паркау Александра Петровна, *Огонь неугасимый* , https://litmir.club/br/? b=175511&p=25.
④ 李延龄主编：《松花江畔紫丁香》，第11页。

风中轻轻曲身。

这情形颇有些"黑云翻墨未遮山,白雨跳珠乱入船"的意味,猝不及防间,乌云压顶,银河之水倾泻而下。不过,夏日的阵雨,来也匆匆,去也匆匆,"卷地风来忽吹散",转瞬之间,风停雨止,洗刷了大地的燥热,也拂去了人心的忧烦。

这一天无所需要,
思想轻松如同浮云……
潺潺慢语的河水
送来一片凉爽清新。①

在诗人笔下,东北的秋天是醉人的,《秋日夕照》(*Осенний закат*)中,落日的余晖赋予挺拔多姿的白桦树别样的风情,安宁、肃然而又带着淡淡的忧郁。

Над домом царственно-густой короной 房屋上威严地张开了浓浓的树冠,
Раскинулась высокая береза, 那是一棵又高又大的白桦树,
Она в тоске осенней примиренной 在秋季安静的厌倦中,
Роняет тихо золотые слезы 它悄悄地挥洒金色的泪珠。
И скорбно, скорбно шелестит ветвями, 它悲戚地抖动着树枝,
Вбирая нежные лучи заката… ②吸吮着夕阳娇柔的光束……③

同时,秋天也是无奈的,"盛极必衰"的感悟让人莫名伤感,于是,大自然给了动植物绵延生命的神奇本能,植物或把种子撒向大地,或把鲜艳的浆果留在枝头,或把果实藏在柔荑花序中,为迎接生命中的下一个春天做着完全的准备;动物或钻进树洞、淤泥昏昏欲睡,或换上暖和的毛皮大衣,或挖掘洞穴构筑越冬的粮仓;候鸟则在严寒来临前远走高飞,甚至不惜跨越万水千山。

За шторами сумрак таинственно синий. 窗帘外是神秘的蓝色傍晚。
Ты тихо мечтаешь одна. 你独自静思万绪纷纷。
И звезды задумчивых бархатных цинний 喜欢沉思的丝绒般的鱼尾菊星星

① 李延龄主编:《松花江畔紫丁香》,第 187 页。
② *Русская поэзия Китая: Антология* , https://litmir.club/br/? b=174318&p=31.
③ 李延龄主编:《松花江畔紫丁香》,第 174 页。

Неслышно грустят у окна. 无声无息地在窗前愁闷。

……

И кажется час этот бархатный, синий 这一段丝绒般的蓝色时刻

Обрывком далекого сна… 像遥远的梦幻片段……

И звезды любимых мечтательных цинний 而那爱幻想的可爱的鱼尾菊星星

Неслышно грустят у окна.[①] 无声无息地在窗前愁闷。[②]

东北的冬天，“树木在银色世界里困盹，大地披上松软的棉絮”(Деревья дремлют в белом серебре，Земля окутана пушистой ватой)。秋收冬藏，冬天是休养生息的时节，尽管鲜花早已凋零，芳草也已枯萎，但雪花是她最好的装饰——“雪花像闪光的蝴蝶在飞旋，落在嘴唇上像吻一般隐遁”(Искристой бабочкой кружится снег/И тает на губах, как поцелуи)，[③]同时，也孕育着农人的希望：“冬天瑞雪飘，来年丰收好。”

雪……白净净嬉笑的雪片
张着毛茸茸湿润的小爪——
给树木戴上了蓬松松的皮帽，
宛如思念春天的樱桃花。

世界立刻变得神奇而渺小，
只有童话中才有这般天地……
路灯陷入雪堆突然变得暗淡，
如同掉进毡靴里。

我回到家中，窗户上
一片淡蓝色结晶体图案，
窗帘旁紫罗兰扭过头来
用藕荷色的目光把我观看。

一对沉思的爱恋的目光

---

① *Русская поэзия Китая: Антология*，https://litmir.club/br/? b=174318&p=31.

② 李延龄主编:《松花江畔紫丁香》，第 177 页。

③ 李延龄主编:《松花江畔紫丁香》，第 176 页。*Русская поэзия Китая: Антология*，https://litmir.club/br/? b=174318&p=31.

透过睫毛向我一闪。
在这银白色的幻想时刻，
我觉得如同神话一般。

我的青春似乎正在苏醒，
像紫罗兰祈盼春天……
雪片像樱桃花瓣
重又在窗外纷纷飘落。[①]

犹如黑白素描的冬日，浪漫又永恒，简单亦深奥，有着蓄势待发的内敛和睿智。经过漫长的冬季，东北的春天特别让人期待，早春山间绽放的野花中，蓝色獐耳细辛如同森林里的精灵，羞怯而灵动，被俄罗斯人誉为“雪下紫罗兰”，欣喜于春天的复苏。

一朵朵长满花瓣的小太阳——
伸张着金色的光泽。
我贪婪地采撷，
在百花绚丽的山坡。

花茎细长，软得像蛇，
在晒黑的手中把头低下。
我愉快地想起它那
朴素的名称——“金莲花”。

大地一片生机盎然，不仅有丝绒般铺在脚下、“蓝色的眼睛在嬉笑”的金莲花，还有“在桦树叶丛里闪着紫色”的古怪又优美的牵牛花，就连老橡树也从峭壁上“垂下褐色的根须”。俄罗斯人把橡树称作橡树王，据传百鸟之王鹰或神鸟库克栖息在橡树上，橡树还是神话中的圣母、圣徒、国王、王后、仙女、精灵等的聚居地，土地的守护神——使土地免于暴雨、冰雹和恶龙侵袭的巨蛇，相传就盘卧在巨大的橡树根须上……老橡树的苏醒意味着暴雪酷寒远离，百鸟归位，“阳光注满了山岭和盆地”“从丘陵那边突然传来钟声，惊醒了沉睡中的蓝色空气”，于是，“河在歌唱。山风在明媚的阳光中/欢快地淋

① 李延龄主编:《松花江畔紫丁香》,第184—185页。

浴”。[①]

尽管哈尔滨是多数侨民女作家走上文学创作道路的起点，但上海、北京、大连等地也留下她们创作的足迹。女诗人玛利娅·科罗斯托维茨在《北京》(*Пекин*)中展示了其历史与现实的交织、记忆与幻觉的应和。

Самый странный город в свете，世界上最奇异的城市，
Город ярких крыш，屋顶耀眼的城市，
Над тобою цепь столетий 数百年已经飞驰而去，
Пронеслась - ты спишь！你还沉睡在梦里！

Величавые громады 庙宇宫殿那些壮观的
Храмов и дворцов 巨大的建筑群，
Под немолчный звон цикады 和着知了不断的鸣声，
Видят стаи снов.做着一场场梦。

诗人赞美北京是“世界上最奇异的”“屋顶耀眼的”城市，它的壮丽的庙宇宫殿建筑群让人叹为观止。建筑是历史的凝结，承载着悠悠岁月的痕迹。北京作为有着三千多年历史的古都，遍布极具特色的古建筑，其建筑色彩以灰色为主，再辅以红黄绿三色点缀，冷暖色相互映衬，醒目且严谨。作为宫殿建筑问鼎之作的故宫(紫禁城)正是运用了这种冷暖色对比的表达方式，蓝天渲染着金黄色的琉璃瓦，大红的柱子和门窗绘以青绿彩画，深色的地面搭配白色的石基座，以此达成了蓝黄、红绿、黑白之间的强烈反差，凸显了宫殿建筑群的富丽堂皇。此外，北京还有寓意“天圆地方”的天坛公园，是明清皇帝祭天、祈谷的场所；有“皇家园林博物馆”颐和园；有“龙潜福地”雍和宫；有依据“敬天法祖”礼制建造的北京太庙等。如今，它们矗立在那里，静观时代更迭、光影交错。

И задумчивые ивы 沉思着的柳树，
В зеркале озер 观察着湖水的镜面，
Наблюдают сиротливо 凄然地观察着
Лотосов ковер.荷花地毯似的一片。

① 李延龄主编：《松花江畔紫丁香》，第188—189页。

В парке - видела воочью -在公园里头，我似见
Бродит Кубилай…忽必烈在徘徊……
Или это сторож ночью也许，这是打更更夫，
Обошел Бэйхай？正在巡视北海？

Город завтрашний - вчерашний昨天的、今天的城市，
В зелени садов.在花园绿阴里。
Под стеной у старой башни古塔跟前、大墙底下，
Много верблюдов…[1]骆驼正在休息……[2]

那里还有风光旖旎的北海公园："沉思着的柳树"、"镜面"如洗的湖水、"地毯似的"荷花以及正在"古塔跟前、大墙底下"休息的骆驼……无不给人时光安然的错觉；然而，柳树的"凄然"，恍然若现于诗人眼前的"徘徊"的忽必烈和"巡视北海"的更夫，不免让人感叹"岁月不居，时节如流"。

诗人玛利娅·维吉在《忆北京》（*Память о Пекине*）中描写了灾难到来之前的北京。"苍苍古老城墙下，/一家家小铺开了张"，卖着"针头线脑、茶水、烧酒"，人民生活祥和：老汉们，"弹弹琴，早早上床"；年轻人，在群芳斗艳的花园里，"成双成对"；节日一到，还能"在山后的竹林，浑黄的小河旁歇上一天"，垂钓、聚会、散步，怡悦身心。

Открывали маленькие лавочки苍苍古老城墙下，
под старинной городской стеной.一家家小铺开了张。
Продавали нитки и булавочки，卖的是针头线脑，
торговали чаем и ханой.还有茶水和烧酒。

На закате，побренчав гитарами，老汉们，天一黑，
рано спать ложились старики；弹弹琴，早早上床，
молодежь прогуливалась парами，花园里群芳斗艳，
и в садах пестрели цветники.年轻人在那里，成双成对。

Так трудились，обрастали внуками，日子这么过，生儿育女，
наживали денежки порой，有时还能赚上几个大钱，

① *Русская поэзия Китая：Антология*，https://litmir.club/br/？b=174318&p=46.
② 李延龄主编：《松花江畔紫丁香》，第121—122页。

отдыхали в праздник под бамбуками 节日一到，在山后的竹林，
возле желтой речки за горой.浑黄的小河旁歇上一天。

后来，“红光烧遍了天空”，“多年劳动的积蓄”被“闯进来的‘新主人’掳去”，曾经的繁华和热闹消失殆尽：城墙“破败”，“枯草凄凄”，“小铺一家家倒闭，再也听不见任何琴声”。回望当年北京人民安居乐业、其乐融融的美好，此时的岁月凄清不免让人忆起杜甫那句满怀忧愤的诗句：“国破山河在，城春草木深。感时花溅泪，恨别鸟惊心。”（《春望》）

А потом зарделось в небе зарево，后来红光烧遍了天空，
донеслась до города беда -灾难进了城区——
отобрали новые хозяева 闯进来的“新主人”掳去
нажить многолетнего труда.多年劳动的积蓄。

Вот и все. Позакрывались лавочки 就是这些。破败的城墙下，
под разбитой городской стеной，曾经开过花，如今枯草凄凄，
где цветы цвели - повяли травочки，小铺一家家倒闭，
и гитар не слышно… ни одной. [1]再也听不见任何琴声。[2]

相比于萧瑟败落的北京，诗人笔下的上海乡村——《中国风景——酣睡的红色苍穹》（*Китайский пейзаж-В небе сонном и алом*）是充满生机的。苍穹醉晚霞，运河景如画。

Над зеленым каналом 碧绿的运河，
и над рощей бамбука，青翠的竹丛，
в небе сонном и алом 头上是片无声无息的
ни дыханья，ни звука.酣睡的红色苍穹。

Там，где сгустилась 傍晚将临，
предвечерняя мгла，雾色更浓，
Остановилась 一颗星星升起
звезда，взошла；驻步天空。

---

① *Русская поэзия Китая: Антология*，https://litlife.club/books/174318/read? page=21.
② 李延龄主编：《松花江畔紫丁香》，第269页。

в объятую сном 一个白点
воду канала 坠入
белым пятном 笼罩运河的
упала…[①]梦中……[②]

同时,《在中国的农村》(*На китайском хуторе*)中,风景也是祥和的。尖尖的月牙终于追上晚霞,携手星星驻足俯瞰,它们想一探究竟,是什么走进了运河的梦中。

Точно кружевом, одетый тиной,运河满身水藻,
на закате тихо спит канал.夕阳下静静沉睡。
Высоко над хаткой и плотиной 尖尖的黄月牙儿
желтый месяц остророгий встал.在村舍和水坝的上空俯视睽睽。

然而,“夕阳无限好,只是近黄昏”,美景易逝的感怀让诗人不免生出人生无常、命运多舛的落寞和寂寥感。

Вот покойный и приятный жребий - 这平淡而愉悦的遭遇——
как сказать: неласкова судьба? 可谓:命运并不慈悲?
В фиолетовом вечернем небе 傍晚紫色的天际
тонких листьев черная резьба.[③]刻出细细的叶儿黑而又黑。[④]

在诗人伊利娜·列斯纳亚的《池塘旁》(*У пруда*),江南水乡更是让人沉醉:池塘旁翠色横流,水波不兴;浮云悄悄散去,星星俏皮地探出脑袋;鸟儿轻掠,池水低吟着催眠曲;瞌睡的风儿没忍住恶作剧,顽皮地晃悠了一下星空,花园便一头栽进自己的水下摇篮,颇有些“月色婵娟夜正凉,偶然徐步稻花傍。篱多竹树饶清荫,池满芙蕖有暗香”(吴与弼《夏夜》)的闲情雅致。

Вокруг пруда густеют тени,池塘周围浓荫聚拢,
А в глубине его светло,池塘深处一片幽明,
И сходят белые ступени 白色的台阶层层通向

---

① *Русская поэзия Китая: Антология* , https://litlife.club/books/174318/read? page=21.
② 李延龄主编:《松花江畔紫丁香》,第 266 页。
③ *Русская поэзия Китая: Антология* , https://litlife.club/books/174318/read? page=21.
④ 李延龄主编:《松花江畔紫丁香》,第 267 页。

В его спокойное стекло.池塘的水面，似镜平静。

Там облака неслышно тают，那儿的浮云无声地融化，
Стоит вечерняя звезда；空中有颗夜晚的星星；
Там птицы тихо пролетают，那儿的鸟儿轻轻飞过，
И их баюкает вода.池水低吟为它催眠的歌声。

Вот сонный ветер еле-еле，欲睡的风儿，偷偷爬来，
Подкравшись，небо покачнул，稍稍摇晃了一下天空，
И в той подводной колыбели 花园倒向水下摇篮
Сад опрокинутый уснул.进入梦乡。

Лишь неба смутные отсветы 只有天空蒙蒙的光亮，
Глядят в немые зеркала，望着水面——无声的镜，
Где без движенья，без ответа 茫茫的夜色纹丝不动，
Спит до утра ночная мгла.[①]一声不吭，睡到天亮。[②]

在巴尔考《银色的大连》(*Серебряный Дайрен*)中，“雾，雾在城市的上空旋转，/珍珠色的雾霭淹没了轮船……/那银色鸟儿银色的翅膀儿，/正在入迷的水面上画着线”(Туман，туман над городом клубится，/В жемчужной дымке тонет пароход …/Серебряным крылом серебряная птица/Чертит стекло завороженных вод)。[③] 所见即所思，在女诗人奥莉伽·斯阔毕浅克笔下，因为对祖国的思念，在异乡所见的景物都有了俄罗斯的风情：“早晨，用雪白的玻璃珠，/在水上织成十字布”(Бисером снежным утро стремится/Водную вышить канву)，“大连，城墙的塔楼/奇异地画个神话的圆环”(Сказочным замком рисуются странно/Башни дайреновских стен)。斯拉夫的神话体系和东正教信仰已深深根植于俄罗斯人的文化血脉中，岁月的流转和生活的变迁只会丰富它的外延，而不会影响它的内涵。继而，所思即所见，“大海里，今天闪着船帆：/小船，还有慢悠悠的驳船。/海鸥潜下水又飞

---

① *Русская поэзия Китая：Антология* ，https://litmir.club/br/? b=174318&p=53.

② 李延龄主编：《松花江畔紫丁香》，第 237 页。

③ 李延龄主编：《松花江畔紫丁香》，第 8 页。Паркау Александра Петровна，*Огонь неугасимый* ，https://litmir.club/br/? b=175511&p=26.

上浪尖”(Море сегодня пестрит парусами/Джонок, медлительных барж./Чайки, ныряя, летят над волнами)——不时闪现的船帆和翩飞的海鸥让诗人想起她的“大地女皇帝”(царицу полей)——伏尔加河。[①] 莉迪娅·哈茵德洛娃在《我当时不知道》(*Я тогда ещё не знала*)中满怀深情地勾画出“成为我自己家的”哈尔滨和大连,哈尔滨有“蓝蓝的天”“够不着的山”和“走不完的草原”,大连则有“梧桐树的喧闹”“大风的叫唤”以及“夜莺的悄语感叹”。[②]

诗人用细腻的笔触描绘了中国的自然风光和人文景观。自然景观上,作者没有大气磅礴地描绘山川大地如何壮观、如何秀美,而是从小处着眼描写第二祖国景观的“醉人”“奇异”“艳丽”“耀眼”“壮观”,给诗人的感受是“风光惹人醉”“光耀逼人眼”“大气填心胸”。在人文景观中,诗人通过景观的变化,描绘了中国人的生活变迁,感叹中国人的命运多舛,灾难深重,充满着同情和感同身受的凄然。

第二节 独具特色的民俗风情

除了多姿多彩的自然风光,独具特色的中国民俗风情也走进了俄侨女作家的诗歌。中国人有“慎终追远”的传统,按照民间的观念,列祖列宗的“在天之灵”时时刻刻都在关心和注视着后代子孙,尘世的人要通过祭祀来祈求和报答他们的庇护。俄侨史研究家叶莲娜·塔斯金娜曾说:“莉迪亚·哈茵德洛娃[在《中国犁过的土地》(*Китайская пашня*)一诗中——作者注]对中国民间祭祀祖宗时的智慧做出了反应。”[③]

Осторожней проходи по пашням:在田里走路要小心:
Мирно спят здесь прадеды твои,这里安眠着你的先人,

---

① 李延龄主编:《松花江畔紫丁香》,第 37 页。*Русская поэзия Китая: Антология* ,https://litmir.club/br/? b=174318&p=92.

② 李延龄主编:《松花江畔紫丁香》,第 90 页。

③ 李延龄主编:《中国,我爱你》,第 167 页。

Охраняя твой посев вчерашний 他们守护着你的庄稼，
Всем долготерпением любви. 以全部的爱心坚忍。
……

Дедовские холмики средь пашен - 先人的坟丘在田间，
Густо покрывает их трава - 草郁郁葱葱覆盖它们；
Без гранитных усыпальниц, башен, 无花岗岩墓穴和塔楼，
Шепчут внукам вещие слова. 有悄声预言给子孙。

中国是一个以农耕文化为主的国家，因此，农民对土地有着深厚的情感，土地给予他们衣食，是他们的生命之本。百年之后，他们的尸骨只有埋入土里，才会感觉安妥，故有“入土为安，亡人见土如见金”之说。而且中国人相信，葬在田地边的祖先会替他们守望土地，会佑护自己的子孙后代。

Посмотри, закат стал бледно-синим, 看，霞光变成浅蓝，
Выцветшим, как рубище твоё, 变浅，像你的破衣襟。
У колодца слышен крик ослиный - 水井旁听得见驴叫声，
У колодца, где вода гниёт. 水井旁腐水味难闻。

И, встречая лёгкие зарницы, 迎面的微微的闪光，
Ласково кивнут тебе цветы. 温柔地向你投掷花朵。
Станет взрослым сын твой желтолицый, 你黄皮肤儿子会成人，
Тишину полей поймёт, как ты. 像你也懂田的深沉。

Он не сложит песен. В строгом взоре 他不作歌，目光里，
Мудрость предков и покой земли. 有先祖智慧、土地精神。
Никакое не осилит горе 什么痛苦，都战胜不了
Тех, что слиться с пашнями смогли. 与土地一体的人们。
……

Наклонившись над холмом убогим, 俯身极其简陋的坟，
Слушает бесстрастный сын полей, 冷冷漠漠的田地子孙，
Как вдали по солнечным дорогам 谛听在远方乘着阳光，

Пролетают стаи журавлей.[1]飞过飞过仙鹤一群。[2]

中国农民尽管生活艰难，身故后也只有“简陋的坟”，但他们对土地的热爱从来不会减弱——“你黄皮肤儿子会成人，像你也懂田的深沉”。他们拥有惊人的精神力量和生存能力，因为他们有“先祖智慧、土地精神”，“什么痛苦，都战胜不了/与土地一体的人们”。在中国传统文化中，仙鹤是一种能够载人飞升的灵鸟，常被视作神仙的坐骑或伴侣。驾鹤西去，喻指某人乘坐仙鹤飞升成仙，这于逝者是巨大的福分，于生者则是巨大的慰藉，所以，在先人的坟前听到仙鹤飞过，貌似“冷冷漠漠”的田地子孙实则在为先人终能超脱尘世、脱离苦难而庆幸。

在《阴历新年》(*Лунный новый год*)中，巴尔考详细地介绍了中国人过春节的习俗。春节历史悠久，起源于早期人类的原始信仰与自然崇拜，由上古时代岁首祭祀演变而来，在传承发展中承载了丰厚的历史文化底蕴。在中国，百节年为首，季春为先，春节是中华民族最隆重的传统佳节。新春贺岁活动围绕祭祝祈年，以除旧布新、拜神祭祖、祈福辟邪等形式展开，伴随亲朋团圆、美食佳肴和欢庆娱乐等各种贺岁活动，只是各地因地域文化不同会存在习俗内容或细节上的差异。

Солнце село над кольцом строений，太阳沉向环形建筑物，
Зимний вечер благостен и мирен，愉快安静，冬天的傍晚。
Тонкий дым сжигаемых курений 焚香的烟雾轻轻淡淡，
В окнах фанз и у камней кумирен.缭绕在窗户、石头庙前。

В синих плошках клейкие пельмени，蓝色的盘子里盛水饺，
Убраны дракончиками нары，床单上绣的都是小龙，
И цветы и звери в пестрой смене 女式棉袄，变化多端，
Женских курм расцвечивают чары.绣花绣动物更显婵娟。

在中国，除夕是除旧布新、阖家团圆、祭祀祖先的日子，与清明节、中元节、重阳节并称为中国民间四大传统祭祖大节。祭拜天地神灵与祭祀祖先，是中国的传统习俗，故有“焚香的烟雾清清淡淡，缭绕在窗户、石头庙前”。

① *Русская поэзия Китая: Антология* ，https://litmir.club/br/? b=174318&p=100.
② 李延龄主编:《松花江畔紫丁香》，第 67—68 页。

“除夕”意为岁除之夜，又称大年夜、除夕夜等，是年尾的最后一晚，也是新一年的前夕，谓之“挨年近晚，岁穷月尽”，是除旧迎新的重要时间交界点。清代黄景仁用一首《凤城新年辞》形象地描写了年底岁末妇女们飞针走线为家人赶制新衣的情景：“巧裁幡胜试新罗，画彩描金作闹蛾。从此剪刀闲一月，闺中针线岁前多。”妇女们把对新春的期待和畅想寄予金箔幡胜、彩绘描金，通过奇妙的构思和芊芊巧手，为家人制作新衣和饰品，不仅可以看出春节自古以来在中国人心中都是很隆重的，也表明古人认为剪刀是凶器，故有正月里不能动针线的习俗，因此才会“从此剪刀闲一月”。除夕这天，家家焕然一新。家里换上新饰品，人人穿上新衣服：“床单上绣的都是小龙，/女式棉袄，变化多端，/绣花绣动物更显婵娟。”

除夕自古就有贴年红、祭祖、吃团圆饭、守岁等习俗。漂泊的游子会在这一天赶回家团聚。家家户户忙着清扫庭院、张灯结彩，迎祖宗回家过年，并以三牲饭菜及三茶五酒奉祭，以此表达对先人的怀念并祈求祖先的佑护。拜神祭祖仪式完毕后，年夜饭开始，这也是家人的团圆聚餐。除夕夜吃团圆饺子也是中国北方的习俗之一：“蓝色的盘子里盛水饺。”

Но внезапно отдых благодушный 可突然炮仗乒乒乓乓，
Оглушает громом канонада，终止大家安谧的休闲，
Роют снег фонтаны искр воздушных，空中喷出扬雪般火花，
Ленты улиц - точно жерла ада.街道如同喷发的火山。

Что ж не слышно жалоб или стонов? 怎么听不见牢骚抱怨?
Дружный хохот воздух оглашает.倒是友好的笑声震天。
Как созвездья дальних небосклонов，宛若远方的苍穹星辰，
Огоньки фонариков мелькают.灯笼的光点一闪一闪。

Не страшат ни свисты, ни раскаты，呼啸乒乓不叫人悚然，
Ни ракет оранжевые мушки，还有爆竹橙黄色光点。
И гремят с заката до заката 震耳的炮仗动地惊天，
Частой дробью шумные хлопушки.接接连连从早响到晚。

Добрым людям взрывы неопасны，行善积德人不怕炮仗，
Их боятся только злые духи，就妖魔鬼怪害怕炮仗

Шепчут глухо，быстро и бесстрастно 念咒的老妇嘟嘟囔囔，
Заклинанья древние старухи. 无声息，很快嘴，很木然。

除夕这天，辞旧迎新的炮仗在"空中喷出扬雪般火花，街道如同喷发的火山"；因为按照中国的神话传说，除夕放炮是为了驱赶凶残的年兽，给人们一个祥和的新年，因此"行善积德人不怕炮仗，就妖魔鬼怪害怕炮仗"；红红火火的新年自然少不了灯笼的点缀："宛若远方的苍穹星辰，灯笼的光点一闪一闪。"

守岁，又称照虚耗、守岁火、照岁等。除夕夜遍燃灯烛通宵不灭，谓之"照虚耗"，据说如此照岁之后，就会使来年家中财富充实。有的地方也会在吃过年夜饭后点起蜡烛或油灯，全家围坐一起闲聊，通宵守夜，象征着把一切邪瘟病疫照跑驱走，期待着新的一年吉祥如意。唐代诗人尚颜用《除夜》一诗再现了除夕守岁时的时间流逝与旧年新日的更替："九冬三十夜，寒与暖分开。坐到四更后，身添一岁来。鱼灯延腊火，兽炭化春灰。青帝今应老，迎新见几回。"陆游在除夕之夜还在忙着写春联，屠苏酒都来不及喝一口："北风吹雪四更初，嘉瑞天教及岁除。半盏屠苏犹未举，灯前小草写桃符。"

И，покончив с традицьонной встречей，按规矩相互拜完了年，
Объятые праздничным туманом. 节日烟雾笼罩的人们，
Коротают новогодний вечер 就欢度大年初一的夜晚，
И хозяева，и гости за маджаном.[①]客主一块打麻将，在桌前。[②]

正月初一的"开门炮仗"，既有"开门大吉"之意，亦有除旧布新的象征。清代福察敦崇在《燕京岁时记》中描写了北京人过年放爆竹的情景："每届初一，于子（时）初焚香接神，燃爆竹以致敬，连宵达巷，络绎不绝。"拜年的习俗也来自年兽的传说，相传远古时代，每逢腊月三十晚上，年兽就会挨家挨户掠食人畜，人们为了祈求平安，备好肉食放在门外，紧闭大门躲在家里守岁。正月初一早上，大家开门相见，便作揖道喜，相互庆贺躲过了劫难。于是，拜年就相沿成习，代代相传。大年初一开始的拜年仪式也成了新年狂欢的开

① Паркау Александра Петровна，*Огонь неугасимый*，https://litmir.club/br/?b=175511&p=26.
② 李延龄主编：《松花江畔紫丁香》，第16—17页。

始："按规矩相互拜完了年，/节日烟雾笼罩的人们，/就欢度大年初一的夜晚，/客主一块打麻将，在桌前。"

当然，新年的狂欢自然少不了木偶戏的参与：中国独有的传统艺术木偶戏，亦称"傀儡戏"，源于汉，兴于唐，以木偶为媒介，以歌舞演故事。表演时，演员在幕后边操纵木偶，边演唱，并配以音乐。"木偶跳着，舞台上是半神半人的汉子"，"伙计带鼻音的解说真苦凄"，以至于"脆弱的中国小女子流泪了"；"大狮子，叼起来一个男孩子，张着红布做的血盆大口"，以至于"孩子们一个个瞪大了眼睛，全被征服了，被故事的魔力"。被木偶戏征服的不仅有土生土长的中国人，还有来自异国他乡的俄侨，诗人巴尔考在《几世纪前的故事》(*Сказка веков*)一诗中再现了木偶戏给物质与精神相对贫困的乡村及城市带去的新奇、生机和欢乐。

У калитки два ходи проносят 篱笆门边，两个中国伙计，
Миниатюрный театр в коробке.拉来演木偶戏的大匣子。

Что ж, посмотрим… И куклы скачут，那我们只好看戏：木偶跳着，
Вот на сцене - герой-полубог.舞台上是半神半人的汉子。
Китаяночка хрупкая плачет，脆弱的中国小女子流泪了，
Грустно ходи гнусит говорок.伙计带鼻音的解说真苦凄。

Кукла-лев куклу-мальчика тащит，大狮子，叼起来一个男孩子，
Открывая кумачную пасть，张着红布做的血盆大口，
Дети-зрители глазки таращат，孩子一个个瞪大了眼睛，
Чарам сказки отдавшись во власть.全被征服了，被故事的魔力。

Все, как в жизни: убийства, драки，一切都和真实生活没区别：
Куклы мечутся - горе, разбой…杀，打，木偶们……受罪，挨抢劫……
Свиньи, змеи, лисицы, собаки.猪……蛇，狐狸，狗儿，
Злых уродов беснуется рой，一群凶恶的丑八怪来撒野。

И последняя кукла головкой 等到最后一个小木偶演员，
Безнадежно поникла на грудь…失望地把头往胸前那么一低……
Представленье закончено. Ловко 于是，本场演出就告终结，
Весь театрик готовится в путь.他们又熟练地走向下一条街。

木偶艺人集唱、做、念、打和奏乐于一身，木偶戏是一门融会雕刻、服装、表演、剧本、音乐等元素的民间戏曲形式。除了艺人的精彩表演外，偶人造型艺术和操作装备也是吸引观众的重要方面。木偶戏是小人、小马、小刀枪，真人唱、偶人行，真人支配偶人，但唱腔又必须符合偶人的喜、怒、哀、乐等情绪状态。另外，偶人的台步要求和真人上场一样，支配偶人的演员要具备一定的功底，达到以假乱真的艺术效果。木偶戏一般不需要固定的演出场地，只需一小块空地就可以搭台演出，一年四季都可演出，因此，凡有祭祀、节庆如春节、元宵节等节日，人们都会请木偶艺人演出，热闹又实惠，娱神又娱人。

Ходи сжали актеров-кукол 伙计们，收起来小木偶演员，
В свой потертый цветной коробок 收进自己那个破旧的匣子，
И ушли… Только бубен стукал，走了。只有拨浪鼓还摇着，
И звенел в такт шагающих ног. 发出的响声和脚步还很和谐。

Да три пса провожали лаем 三条小狗用叫声欢送着，
Уходящую сказку веков… 那离去的几世纪前的故事……
О，как мало，как мало мы знаем 嗨，我们懂得多么少啊，
Говорящих，значительных слов![1] 他的那些含义丰富的讲解。[2]

木偶戏艺术历史悠久，一直为普通老百姓所喜闻乐见。根据木偶形体和操纵技术的不同，有布袋木偶、提线木偶、杖头木偶、铁线木偶等。木偶戏内容多取自神话故事、民间传奇、历史演义、公案小说等。所言人物善恶、忠奸分明，对人有传播历史知识和道德教化的作用。

当马家沟的严寒空气里弥漫着“橘子香气”，在哈尔滨充满斯拉夫风情的“果戈理街”上——挂满“蜡烛、串珠、气球”的“枞树连连续续”，而小贩老头儿正叫卖着冻柿子和冻梨，筐里一盏嘎斯汽灯正迎风眨眼；“俄罗斯孩子们裹着头巾”，而“中国小孩往小铺门缝里看，为的讨上一小把花生米吃”；“俄罗斯女人穿白色裘皮”，而“中国男子穿长袍拿烟袋，坐着大车走出自家院子”。所有这些都完美地呈现出哈尔滨混合型的文化特色。“斯拉夫街

---

① Паркау Александра Петровна，*Огонь неугасимый*，https://litmir.club/br/? b=175511&p=4.
② 李延龄主编：《松花江畔紫丁香》，第 20—21 页。

上，一片静谧”，织女星“照得雪堆光闪熠熠，好似天空的珍贵的赠礼”。尽管身处异乡，但俄侨的“节日餐和面包香喷喷的，家家窗下摆着枞树树枝”，因为这儿的人“很亲切”，“中国人的脸善良，笑眯眯”。[①] 当春天来到“马家沟”时，一切都充满生机，“街上是香喷喷的空气，大煎饼使劲挥放香气”：“中国老头坐在大车上，嚼着烧饼，哼着小曲”；“小孩在饭馆儿前吵嚷，姑娘匆匆买糖葫芦去”；“一个爱克斯腿瘸女子”——“端着豆腐还提着蒲包”；“收破烂儿的闭着眼，大门阴影里哼哼唧唧”。“城里乡下，家家户户，老老小小，也赶趟似的，一个个都出来了。”——“故乡哈尔滨，中国城市，使劲挥放春天的气息！”[②]

诗人用平实的语言描绘了中国人牢固的习俗传统、坚毅的精神力量、强大的生存技能、乐观活泼的生活方式和对爱的深沉感知，这种强大的精神力量、民族心理、文化传统和生活方式是任何艰难困苦都征服不了的，一直存在于这个民族的血脉之中。中国人就是一直这么厚重而欢快地、深沉而充满生机地、有责任心而开朗地、苦难而倔强地、朴素而寓意深刻地生活着，日子一直在向前奔流着。

第三节 丰富多彩的人物形象

当然，能够反映一个民族形象的，除了直观的风景和具有历史厚重感的民俗文化，还有体现其民族精神特质的人物形象。无论是中国的著名历史人物还是普通个人，都在女诗人的笔下留下了自己的踪迹。

中国是诗的国度，在源远流长的五千多年的历史文化长河中，诗歌是其中一朵璀璨且令人惊艳的浪花。唐朝是诗的盛世，群星灿烂，瀚若星河，不仅有“王杨卢骆当时体”的“初唐四杰”王勃、杨炯、卢照邻、骆宾王，“黄沙百战穿金甲，不破楼兰终不还”（《从军行七首·其四》）的“七绝圣手”王昌龄、

---

① 李延龄主编：《松花江畔紫丁香》，第 130—131 页。

② 李延龄主编：《松花江畔紫丁香》，第 129 页。

“明月松间照，清泉石上流”(《山居秋暝》)的“诗佛”王维、“大鹏一日同风起，抟摇直上九万里”(《上李邕》)的“诗仙”李白、“安得广厦千万间，大庇天下寒士俱欢颜”(《茅屋为秋风所破歌》)的“诗圣”杜甫，还有“一道残阳铺水中，半江瑟瑟半江红”(《暮江吟》)的“诗魔”白居易、“晴空一鹤排云上，便引诗情到碧霄”(《秋词·其一》)的“诗豪”刘禹锡、“女娲炼石补天处，石破天惊逗秋雨”(《李凭箜篌引》)的“诗鬼”李贺，亦有“此情可待成追忆，只是当时已惘然”(《锦瑟》)以及“繁华事散逐香尘，流水无情草自春”(《金谷园》)的“小李杜”李商隐和杜牧等，他们用诗歌记录着人生的喜怒哀乐和时代的悲欢离合。

杜甫盛赞李白的诗“白也诗无敌，飘然思不群。清新庾开府，俊逸鲍参军”(《春日忆李白》)、“笔落惊风雨，诗成泣鬼神”(《寄李十二白二十韵》)。自号“四明狂客”的贺知章读了李白的《蜀道难》后，赞叹不已。李白素有远大抱负，曾立志“申管、晏之谈，谋帝王之术。奋其智能，愿为辅弼，使寰区大定，海县清一”，待“事君之道成，荣亲之义毕”，则“浮五湖，戏沧洲”，修道归隐(《代寿山答孟少府移文书》)。正因为有着入世激情，当唐玄宗令其奉诏入京之时，李白淋漓尽致地展现了自己的踌躇满志：“仰天大笑出门去，我辈岂是蓬蒿人。”(《南陵别儿童入京》)故有诗人尤斯吉娜·克鲁森斯滕-彼得列茨的诗作《李太白》(*Ли Тай-Бо*)：

Сидел развалясь, он, веселый и пьяный, 他懒洋洋地坐着，高高兴兴，醉醉醺醺，
Забывши о том, что нельзя и что можно. 忘记了什么事可做，什么事不许。
Он крикнул: « Вина! » - на пиру богдыхана, 他在帝王的宴席上大喊一声：“拿酒来！”
Ну словно в харчевне орал придорожной. 仿佛是在小酒馆里吆喝伙计。

Придворная знать удивлялась нахалу. 他的鲁莽弄得权贵们目瞪口呆，
Вниманьем охвачены взоры и уши. 他们瞪大了眼睛，竖起了耳朵。
Сама Ян Гуэй-фей для него растирала 杨贵妃亲自拿着墨块
На блюдце фарфоровом палочку туши. 为他在砚池里研墨。

Он снял сапоги и швырнул их, икая. 他打着嗝，把靴子一脱，甩一旁。
Забегала кисть по тончайшей бумаге, 毛笔在薄薄的宣纸上飞龙走蛇，
И тишь воцарилась в палате такая. 宫廷里如同被严厉的法师所催眠，
Как по мановению грозного мага. 顿时变得一片肃静沉默。

Красавица смотрит на руку, на свиток,美人儿盯着他的手，盯着他的条幅，
И рдеет в лице ее нежный румянец.面颊泛起妩媚的霞色，
Ей пишет стихи Ли Тай-бо знаменитый,这是大名鼎鼎的李太白呀，为她写诗，
Хоть первый из самых отчаянных пьяниц.虽然他是酒徒中喝得最多的一个。

Он встал. Бородища - растрепанный веник.他站起来，胡须凌乱得像把扫帚。
Забрал сапоги и уходит с поклоном.他拎起靴子，点点头，扬长而去。
Не нужно ему ни почета, ни денег,他不需要荣誉也不需要金钱，
Соскучился он по просторам зеленым.他思念的是茫茫的绿色大地。

李白进京见帝，供奉翰林。一日，唐玄宗于沉香亭游宴，召白献诗，李白乘醉挥毫，作清平调词三首："云想衣裳花想容，春风拂槛露华浓。若非群玉山头见，会向瑶台月下逢。""一枝秾艳露凝香，云雨巫山枉断肠。借问汉宫谁得似，可怜飞燕倚新妆。""名花倾国两相欢，长得君王带笑看。解释春风无限恨，沉香亭北倚阑干。"故有杜甫《饮中八仙歌》所言："李白一斗诗百篇，长安市上酒家眠。天子呼来不上船，自称臣是酒中仙。"李白诗风如人，豪放不拘，恃才傲物，因忤高力士、杨贵妃而不为玄宗所用，不能施展安邦济民抱负的李白遂辞官还乡，由是"浪迹江湖，浮游四方，终日沉饮"[①]。

李白与"眼花落井水底眠"的贺知章、"恨不移封向酒泉"的汝阳王李琎、"饮如长鲸吸百川"的李适之、"皎如玉树临风前"的崔宗之、"醉中往往爱逃禅"的苏晋、"脱帽露顶王公前"的张旭、"高谈雄辩惊四筵"的焦遂被誉为"饮中八仙"(《饮中八仙歌》)。杜甫借《苏端薛复筵简薛华醉歌》一诗——"坐中薛华善醉歌，歌辞自作风格老。近来海内为长句，汝与山东李白好。"称李白"善醉歌"，"醉歌者，即席作诗，以助酒兴"[②]。李白一生"豪放奔逸""诗酒风流"，多有醉歌之诗，借酒抒情言志，如《月下独酌》中"举杯邀明月，对影成三人"时的孤独，《把酒问月》中"青天有月来几时，我今停杯一问之"时的豪迈，《前有樽酒行二首》中"当年意气不肯倾，白发如丝叹何益"时对光阴虚度的叹息，《将进酒》中"古来圣贤皆寂寞，惟有饮者留其名"时的忧愤等。

Однажды у речки, веселый и пьяный,有一天，他在河边，高高兴兴，醉醉醺醺，

---

① 朱自清、闻一多等:《西南联大文学通识课》，天津人民出版社 2022 年版，第 123 页。

② 朱自清、闻一多等:《西南联大文学通识课》，第 127 页。

Забывши о том, что нельзя и что можно,忘记了什么事可做,什么事不许,
Он крикнул: « Луну! » - и с ковшом оловянным 他大喊了一声:“拿月亮来!”
Бултыхнулся в воду неосторожно.他举着不慎坠入水域。

Друзья удивлялись, жалея нахала:朋友们不胜惊讶,可怜这个怪人:
« Он баловень жизни, народа и трона,“他受宠于生活、人民和宫廷,
Сама Ян Гуэй-фей, отведя опахало,杨贵妃亲自为他挥摇过羽扇,
Не раз улыбалась ему благосклонно ».不止一次地向他微笑,表示垂青。”

Часами сидел он в харчевне, икая,他长时间地坐在小酒馆里打嗝,
Швыряя монеты ребятам и нищим,把钱币扔给孩子们和乞丐,
И сволочь его окружала такая,任何时候包围他的是任何地方
Какой никогда и нигде не отыщешь.也找不到的一群无赖。

Он сам уничтожил судьбы своей свиток,他亲自毁了自己字画的命运,
С великими гордый, с презренными равный.面对大人物他傲慢自负,对待卑贱者平易近人,
Чудесного дара огромный избыток 他奇才横溢,却没能
Не смог довести он до старости славной.使自己活到光荣的暮年。

Плывет бородища - растрепанный веник.那把胡须像凌乱的扫帚,在水上漂浮,
Нет, рано еще говорить о поэте.现在谈论这位诗人为时尚早,不。
Бродягу и пьяницу знал современник,同代人都知道这个浪子,这个酒徒,
Поэт Ли Тай-бо - это тысячелетьям.[①]诗仙李太白是千古永恒的人物。[②]

酒于李白,是欢畅时的恣意挥洒,也是愁闷时的排遣释怀。酒既让李白的诗作更加飘逸和张扬,也让他的人生多了几分惆怅和悲凉。《旧唐书》云:“以饮酒过度,醉死于宣城,有文集二十卷,行于时。”小说故事传李白醉中捞月而溺亡。裴敬《翰林学士李公墓碑》云:“死宣城,葬当涂青山下。”尽管他是一个“酒徒”,也是一个“浪子”,但都无法掩盖他是“千古永恒的人物”的光辉。一如当代著名诗人余光中的评价:“酒入豪肠,七分酿成了月光,余下的三分啸成剑气,绣口一吐就半个盛唐。”(《寻李白》)

北京是中国的“四大古都”之一,历史古迹和人文景观众多,无数历史上

---

① *Русская поэзия Китая: Антология* , https://litmir.club/br/? b=174318&p=48.
② 李延龄主编:《松花江畔紫丁香》,第 324—325 页。

的风云人物抑或普通民众都在这座古城留下了他们生活的足迹。

Резные колонны. На лесенке вышит 各种柱廊，那些楼梯，
Резцами столетний дракон.雕刻着，上百年的龙饰，
И Будда под яркой узорною крышей 明亮的花纹屋顶之下，
Глядит на изгибы колонн.佛望着多彩多姿的柱子。

Глаза золотые на солнце мерцают，迎太阳金眼光彩熠熠，
Глаза его смотрят в упор.那一双金眼，正在凝视。
Забытую мудрость большого Китая 那凝视的目光封锁了
Замкнул в себе пристальный взор.大中华已被忘却的才智。

Когда-то входили сюда богдыханы 曾几何时皇帝们来此，
Склонялись в молитве пред ним…在他的面前，膜拜顶礼……
И падал безумец к ногам бездыханный，因精神错乱而轻生者，
Сраженный безумьем своим.也要跪在他足前才咽气。

Когда-то по этим холодным ступеням 成吉思汗经冰冷台阶，
Молиться ходил Чингисхан.[①]也曾来到这里做佛事。[②]

被誉为“一代天骄”的成吉思汗（铁木真的尊号，意为“世界的统治者”“拥有四海的汗”）戎马征战一生，他的马蹄声曾响彻整个欧亚大陆。为了实现自己的野心和抱负，成吉思汗率领着他的铁骑——“蒙古旋风”，先是一统蒙古草原，建立大蒙古国；接着，成吉思汗开启了对外征服之路，先后将西辽和花剌子模国（曾被称为“中亚的埃及”）纳入蒙古的版图，金国在他的数次征讨后被迫迁都，但西夏在被迫臣服后又与金国结盟，因而，1226 年，成吉思汗不顾自己年事已高，坚持亲征西夏：“那黄色的风，旋转着/薄薄的黄沙雾——/可是年迈的成吉思汗，/在铿铿然疾驰？”（Желтый ветер крутит тонкий/Лёссовый туман -/Скачет в лесе копий звонко/Старый Тамерлан）[③]不幸的是，在西夏投降前夕，成吉思汗梦断六盘山下——“在寂寥的远方去

① *Русская поэзия Китая: Антология*. https://litmir.club/br/? b=174318&p=93.

② 李延龄主编：《松花江畔紫丁香》，第 51 页。

③ 李延龄主编：《松花江畔紫丁香》，第 122 页。*Стихотворения Марии Коростовец*，https://laidinen.ru/stihotvorenija-marii-korostovec/.

世，/只有古墓守护着他的梦”(Погиб он в далеком, спокойном просторе,/ Курган его сон сторожит)。[①] 在征服花剌子模后，成吉思汗曾令大将哲别和速不台率兵追击其残部，他们越过高加索山进入钦察草原，击败了罗斯和钦察联军，进掠克里米亚半岛，至此，蒙古人的第一次西征锦囊还矢。对于极富雄心的成吉思汗而言，不可能不觊觎位于富饶的东欧平原上的基辅罗斯公国，因此，遥望“富饶的斯拉夫大地/他曾恭顺地祈求胜利”(Богатой славянской земли,/Победу просил он смиренно и робко)[②]。不过，这片土地最终被他的孙子拔都征服，拔都在率军第二次西征(又称“长子西征”)中，于1240年攻陷基辅，灭基辅罗斯，并进而征服了伏尔加河以西诸国，包括波兰、匈牙利等国。在荡平罗斯后，拔都建都伏尔加河下游的萨莱(今阿斯特拉罕)，号称金帐汗国，其疆域东迄额尔齐斯河，西至俄罗斯西北部，南到巴尔喀什湖、黑海、里海，北至北极圈附近，涵盖了东欧平原、西伯利亚和哈萨克草原的大部分地区。他的另一个孙子忽必烈则实现了他更远大的梦想——建立元朝，其疆域“北逾阴山，西极流沙，东尽辽左，南越海表”，是我国历史上版图最大的朝代——“汉唐极盛之际不及焉”。然“逝者如斯夫”，人间繁华，皆如过眼烟云，“对我们他是遥远的影子，那已消失的帝国的皇帝”(Для нас он остался далекою тенью,Властитель исчезнувших стран)[③]，空留下“庙宇宫殿那些壮观的/巨大的建筑群”[④]，见证着时代的变迁。短暂与永恒，是事物的两个极致，它们似乎是永远不能并存的，只有佛始终波澜不惊地做着“胜和苦的见证人”(Будда - свидетель победы и горя)[⑤]。

女诗人巴尔考在《哈尔滨的春天》(*Харбинская весна*)里，用近乎写实的手法描画了日本铁蹄之下的中国人群像：

---

① 李延龄主编：《松花江畔紫丁香》，第52页。*Русская поэзия Китая: Антология* , https://litmir.club/br/? b=174318&p=93.

② 李延龄主编：《松花江畔紫丁香》，第52页。*Русская поэзия Китая: Антология* , https://litmir.club/br/? b=174318&p=93.

③ 李延龄主编：《松花江畔紫丁香》，第52页。*Русская поэзия Китая: Антология* , https://litmir.club/br/? b=174318&p=93.

④ 李延龄主编：《松花江畔紫丁香》，第121页。

⑤ 李延龄主编：《松花江畔紫丁香》，第52页。*Русская поэзия Китая: Антология* , https://litmir.club/br/? b=174318&p=93.

Несутся встречные прохожие, как пули,迎面行人脚步匆匆，如穿梭，
Одежды их чертят причудливый зигзаг,衣裳被大风来回地拉扯。
В хаосе мечутся извозчики и кули,车夫和苦力慌乱中奔跑，
И рвется в воздухе пятиполосный флаг.五色旗在半空中被撕得稀破。

Харбинская… весна… Гудят автомобили,哈尔滨的春天，汽车使劲鸣笛，
Кругом густая мгла - пирушка злобной тьмы,四周幽幽暗暗，昏天黑地
Китайцы все в очках от ветра и от пыли,中国人戴的是防风眼镜，
Японцы с масками от гриппа и чумы.日本人戴防流感、防瘟疫面具。

Очки чудовищны, и лица странно жутки,眼镜叫人发憷，模样令人瑟缩，
В смятенном городе зловещий маскарад.慌乱的城市如恐怖化装舞会。
Ни снега талого, ни робкой незабудки.没有什么雪花，没有勿忘草，
Ни звонких ручейков, ни вешних серенад.[1]没有淙淙小溪，没有春天情歌。[2]

1932年，九一八事变后被日本扶持的傀儡政府伪满洲国以“五色旗”——黄、红、蓝、白、黑五色——作为“国旗”，其中蓝色主东，红色主南，白色主西，黑色主北，黄色主中央，象征中央“统御四方”；同时，这“五色”又分别代表满族、大和族、汉族、蒙古族和朝鲜族，象征着“五族协和”。但“五族协和”并没有在东北大地呈现出来，相反，军事专政、经济掠夺、文化奴役和移民侵略则成为日本军国主义借助“伪满洲国”压在东北人民身上的重重灾难，苦难的东北人民无所依托，“山河破碎风飘絮，身世浮沉雨打萍”（文天祥《过零丁洋》）。

Не в нарядной живой позолоте,没有华贵的鲜活镀金，
Не в короне цветных янтарей.没有带花的琥珀皇冠，
Нынче осень подкралась в лохмотьях,秋天衣衫褴褛悄悄来，
Грязной нищенкой ждет у дверей.似肮脏乞丐守在门边。

Пробиралась по тинным размывам,穿过雨水冲的烂泥塘，
Укрывалась в худых шалашах,溜进破破烂烂的窝棚，
Ночевала по фанзам и нивам,过夜在草房里、田间

① Паркау Александра Петровна, *Огонь неугасимый* , https://litmir.club/br/? b=175511&p=3.
② 李延龄主编:《松花江畔紫丁香》,第3页。

В сунгарийских вспененных волнах.和松花江泛沫的波澜。

И голодная, в ссадинах, в ранах,饥肠辘辘加擦破伤口,
Скудный харч завязавши в мешок,口袋里扎进剩菜剩饭,
Собирала незваных и званых 沿道路冲毁变成的沟,
По канавам размытых дорог.集合请的、没请的伙伴。

Черный город замкнули потемки,黑暗锁住了黑色的城,
В пустырях бездомовных орда,空地上一群乌合之众,
Громоздят на обломках обломки 一片废墟上还是废墟,
Наводненье, болезнь и нужда.是水灾、疾病和贫穷。

Но людского страданья не выпью,人间的苦难蒙受不完,
Обреченным бессильна помочь…对注定的事无力阻拦……
И кричит на развалинах выпью 像只麦鸡在瓦砾上叫,
Желтоглазая хмурая ночь.黄眼睛的阴郁的夜晚。

На коленях у беженки хворой 黝黑的憔悴的男孩子,
Смуглый мальчик измученный спит,睡在难民病女人膝上。
По известке, отбросам и сору 沿着石灰浆、废物、垃圾,
Бурый лист, распластавшись, шуршит.褐色的叶子瑟瑟作响。

Почерневшие астры поникли 暗淡了的翠菊打蔫儿,
На подточенном прелью стебле…在霉烂腐蚀了的茎上……
И столетье ли, вечность ли, миг ли? -是百年吗? 永远吗? 瞬间?
Гибнут жизни в страданьях и зле.[①]苦难和邪恶中生命会死亡。[②]

秋天原本是斑斓的季节,天高云淡、层林尽染、秋菊争艳、桂花绽放;秋天也是收获的季节,瓜果飘香、高粱稻谷弯腰;秋天亦是充满生机的季节,“春种一粒粟,秋收万颗子”,田间地头、打谷场、果园,到处是人们的欢歌笑语,候鸟为迁徙做着最后的准备,动物们忙着囤积过冬的食物。此时的松花江畔,秋天却是“衣衫褴褛”的,翠菊枯萎凋零、道路沟壑纵横,满是“石灰浆、

① Паркау Александра Петровна, *Огонь неугасимый* , https://litmir.club/br/? b=175511&p=21.
② 李延龄主编:《松花江畔紫丁香》,第14—15页。

废物、垃圾”的路面“晴天尘飞扬，雨天烂池塘”；秋天是“居无定所”的，“溜进破破烂烂的窝棚”，过夜在“草房里、田间和松花江泛沫的波澜”；秋天也是“朝不保夕”的，“饥肠辘辘加擦破伤口”，“黝黑的憔悴的男孩子，睡在难民病女人膝上”。“黑暗锁住了黑色的城”，人们被“天灾、疾病和贫穷”折磨。尽管漂泊无定，尽管食不果腹，尽管朝不保夕，但中国人骨子里的良善在身处逆境时闪耀出人性的光辉，“口袋里扎进剩菜剩饭，沿道路冲毁变成的沟，集合请的、没请的伙伴”。

九一八事变揭开了日本帝国主义企图武力征服中国的序幕，也开启了中国人民长达 14 年的漫漫抗日征途。日本关东军利用其优势的装备、火力和机动性迅速展开了对东北三省的全面进攻。由于东北军司令部坚持执行国民党政府不抵抗命令，日军长驱直入，不到 4 个月的时间，沈阳、长春、齐齐哈尔等地相继沦陷。1932 年 2 月 3 日，大批日军在飞机、大炮、坦克的支援下，从西、南两个方向向哈尔滨发起了猛攻，哈尔滨自卫军奔赴前线，但最终因没有空中支援，损伤惨重，于 5 日下午被迫退至哈尔滨以东地区，日军进入市区，哈尔滨随即沦陷。哈尔滨作为最后一个抵抗据点被攻陷，也标志着东北全境的沦陷。哈尔滨的沦陷标志着东北三省的抗日政权和东北军的瓦解，以东北军为主体的抵抗运动趋于消沉，代之而起的是各地义勇军的抗日斗争。

В мелких тучках небо голубое，淡淡白云衬着蔚蓝天空，
Вся в лучах разбрызгалась зима.阳光下四处飞溅着寒冬。
Бросились испуганной толпою，已经惊慌失措了的人群，
Забегали в фанзы и дома.奔回了房子里面和楼中。

Лошади, орудья, пехотинцы，马匹、大炮，还有大兵，
Все смешалось… Громыхал обоз，乱成一团……载重车队轰鸣，
И ронял смертельные гостинцы 黄蜂——轰鸣着的轰炸机，
Желтый шмель - гудящий бомбовоз.投下礼物，来坑害人命。

Бухали по городу снаряды，满城的炮弹声轰轰隆隆，
Гул стоял шагов, колес, подков…脚步声、车轮声、马蹄声……
Розовели празднично ограды 篱笆被一圈一圈的烟云，
Облачком кругливщихся дымков.染上了艳丽艳丽的绯红。

И валились серые в тулупах 穿皮袄、脸色惨白的死人，
На дорогах，улицах，углах⋯ 横尸大街上、路上、角落中⋯⋯
Отражалось у лежащих трупов 在横七竖八的尸体上面，
Солнце в застеклившихся глазах. 玻璃片下的眼睛成了反光镜。

И валились в ярком зимнем свете，华美的白昼，依然光明，
Не померк нарядный чудный день，-在鲜亮的冬天阳光下横尸的，
Бедные замученные дети 就有那来自饥寒中国农村的、
Нищенских китайских деревень. 受尽了折磨的可怜儿童。

Застывали мертвые，нагие 那些死尸，都已经僵硬，
Без могил，без гроба，без имен⋯ 没坟墓，没棺材，没姓名⋯⋯
А в Харбин входили уж другие，可外人已进哈尔滨来了，
Шелестя полотнами знамен.[①] 旗子，发出来刷刷的动静。[②]

正如梁启超所言："大陆山河若破碎，巢覆完卵难为功。"诗人借《逃难》(*Бегство*)一诗诠释了"覆巢之下，焉有完卵"的悲凉，山河破碎之际，亦是普通人家破人亡之时。在日本侵略者的狂轰滥炸之下，无辜的百姓走投无路："已经惊慌失措了的人群，奔回了房子里面和楼中"。无论是"来自饥寒中国农村的、受尽了折磨的可怜儿童"，还是"穿皮袄"的，抑或"戴眼镜"的，都难逃"横尸大街上、路上、角落中⋯⋯"的命运，莫言身前名利、贵贱，身后都一样："没坟墓，没棺材，没姓名。"一切都是因为"外人已进哈尔滨来了，旗子，发出来刷刷的动静"。

在"长夜难明赤县天，百年魔怪舞翩跹"的神州大地，除了在战乱、灾祸中无辜丧生的人，活着的人也在艰难求生，不仅有为了生计出卖苦力的"古铜色肌肉紧紧地绷起"[③]的船舵手和"曲身背着箩筐——把蔬菜运往市场"[④]的伙计，还有为了"打发愁寂的痛苦"[⑤]而吸食鸦片并最终丢掉性命的细眼堂倌来福。因此，面对生活在困苦之中的中国人，女诗人塔玛拉·安德烈耶娃

① Паркау Александра Петровна，*Огонь неугасимый*，https://litmir.club/br/? b=175511&p=19.
② 李延龄主编：《松花江畔紫丁香》，第 6—7 页。
③ 李延龄主编：《松花江畔紫丁香》，第 23 页。
④ 李延龄主编：《松花江畔紫丁香》，第 144 页。
⑤ 李延龄主编：《松花江畔紫丁香》，第 198 页。

以一首《中国人在低声吟唱……》(*Китайцы тихо пели*…)表达了自己的同情。

Китайцы тихо пели песню 中国人在低声吟唱
Печальную - из одних гласных.咿咿呀呀的一曲悲歌。
И в полосах вода лиловых 河中的水泛着淡紫,
У берега, а дальше - в красных…再远些便是红色……

О, почему, глазами щуря,啊,我们眯缝起眼睛,
Мы сотнями проходим мимо,百次从这里经过,
Не зная ни того, что буря -怎么竟不晓得风暴
Сиянье крыльев серафима,是天使翅膀的闪烁。

Что свет на небе не погашен 天空的光辉没有熄灭,
И в облаках, плывущих сонно,悠悠飘浮的云朵
Отражены громады башен,映出当年的河水曾将
Рекой когда - то поглощенных?[①] 巨大的宝塔吞没?[②]

同时,诗人们也以独特而细腻的笔触展示了中国的女性形象,比如《凤凰》(*Феникс*)中"担起担子"执政的慈禧,入宫前,她有一个好听的名字——叶赫那拉·杏贞,或许她也曾是天真烂漫的小女孩,"辫子扎着红头绳儿""银镯子一阵丁丁响",也是父母跟前撒娇的小女儿:"四下瞧:没有追赶者?突然看见自己妈妈,她闲来无事躲上斜坡"。

Девочка скользнула, торопливо 女孩的两腿抽筋了,
Стянутыми ножками ступая.匆匆走路,脚下一滑,
На восток, где одинокой ивы 滑向东边,在那里
На траву ложилась тень густая.草地上孤柳投下影子。

Серебром браслетов прозвенела,银镯子一阵丁丁响,
Оглянувшись, нет ли там погони:四下瞧:没有追赶者?
Вдруг увидит мать, что так, без дела 突然看见自己妈妈,

---

① *Русская поэзия Китая: Антология*, https://litmir.club/br/? b=174318&p=12.
② 李延龄主编:《松花江畔紫丁香》,第194页。

Скрылась помечтать на этом склоне? 她闲来无事躲上斜坡。

Желтолицая, глаза раскосы,她黄脸儿,斜眼儿,
Разметались рукава халата,长袍两只袖挓挲着,
Красной шерстью перевиты косы,辫子扎着红头绳儿,
В волосах горит цветок граната.头发里石榴花红似火。

那时的她,喜欢独自坐在河边,任由思绪飘向天际,幻想着普通人的幸福,和未来的丈夫去见识外面的世界。

Хорошосидеть, обняв колени,喜欢的河的泊船处,
На причале у реки любимой 多棒,两手抱膝一坐,
И следить, следить, как в грязной пене 看看肮脏的沫子里,
Щепки по воде несутся мимо.刨花在眼前顺水流过。

Мимо, вдаль, куда-то - неизвестно.流向远方不知为何。
К новым городам, в жару иль стужу,新城? 冷或热的地方?
И она, покинув это место,她和丈夫离开这里,
Уплывет на лодке вместе с мужем.坐上船去了别的去所。

А теперь смыкаются ресницы 此刻,血红的晚霞,
От объятий алого заката.令你把双眼睫毛闭上,
Что? Из солнца вылетает птица,是,太阳飞出个鸟儿,
Осиянна, радужна, крылата.闪光似霓虹有翅膀。

Будто птицы с материнских чашек! 鸟儿似从母亲膝上来,
Ближе. Ослепительно сверкнула 近了。耀眼的光芒,
Яркой молнией цветных стекляшек.那是五彩缤纷的闪光,
Девочка в том блеске потонула.女孩隐进了这闪光。

А потом от всех блюла ревниво 人们留神地保着密:
Тайну лучезарного виденья 柳荫下一只威严的鸟儿,
Птицы царственной под сенью ивы.它灿烂幻影的秘密,
Протекли года с того мгновенья -从那一瞬起多年已过去——

Девочке правления кормило 命运叫女孩儿执政,

Рок вручил, отметив: пронеси! 并且告诉:"担起担子。"

И она в историю вступила 于是她走进了历史,

С августейшим именем Цы Си.[①]有着八月的名字:慈禧。[②]

但天降大任,最终命运让她"担起担子",于是她"走进历史",从最初选秀入宫时的"兰贵人",很快被晋封为"懿嫔""懿妃""懿贵妃",在1861年咸丰帝驾崩后,同治帝即位,叶赫那拉氏母凭子贵,被尊为圣母皇太后,成为中国封建制度男性王朝中少有的女性执政者,"有着八月的名字:慈禧"。慈禧通过"一度垂帘,三次训政",前后执掌晚清政权47年,正所谓"玉座珠帘五十春,临朝三度抱冲人。扶床一见雏孙拜,定省仪鸾仅隔晨"。在此期间,她不仅重用李鸿章、张之洞等推动洋务运动,希望"师夷长技以制夷",开创了中国发展近代化工业的先河,而且推行各种新政,如奖励实业、废除科举、兴办学校、准许满汉通婚及禁缠足令等,客观上为中国的发展作出了贡献。但她主导的戊戌政变以及《马关条约》和《辛丑条约》的签订等,也加深了中国半殖民地半封建化的程度,使近代中国饱受磨难。这首诗的题目"凤凰"更有着浓郁的中国式寓意,慈禧从一个普通的小女儿最终成了大清朝的皇后、太后,颇有"旧巢共是衔泥燕,飞上枝头变凤凰"的意味。

此外,出现在俄侨女诗人笔下的还有:娇羞的怀春少女——"林阴路幽暗中脚步轻轻,/少女的双膊搪在自己胸脯前,/可却有陶醉的如花的唇。/是从谁人慌乱的手镯上,/一下下的叮咚声撒向灌木丛……"[③]善解人意的"异国女性"——"异国天空在你头上哭泣,/异国女性和你待在一起。/你回忆着那走过的岁月,你还苦恼地掂量着失利。/女子用的语言不是俄语,/她努力驱赶你不安的情绪。"[④]失去了依靠的孀妻弱子——"孩子不合拍,不理解失去,/一小帮儿快活地围着身子,/可那些寡妇,你理解她们,/为孩子们和自己痛哭流涕。"[⑤]这些作品细致入微地描写了中国女性本身的生活状态,展示了一个多层面的女性世界,而她们不同的遭遇与命运,让我们为之欣喜、为之担忧。

---

① *Стихотворения Марии Коростовец*, https://laidinen.ru/stihotvorenija-mari-korostovec/.

② 李延龄主编:《松花江畔紫丁香》,第123—124页。

③ 李延龄主编:《松花江畔紫丁香》,第106页。

④ 李延龄主编:《松花江畔紫丁香》,第59页。

⑤ 李延龄主编:《松花江畔紫丁香》,第85页。

诗人笔下的中国人物形象，上至人皇太后，下至流民寡妇，大至名人远方去世，小至小民街头饿毙，远至才情横溢无视权贵的诗仙，近到质朴无华的劳动者，诗人没有描绘具体人物的颜值美丑，而是以人物形象牵动历史事件，反映了中国这个古老国家分分合合、山河破碎的历史沧桑，更控诉了外敌入侵给百姓带来的深重灾难，对难民充满了同情，对女性充满了担忧，对侵略者充满了愤怒，对儿童充满了怜悯……

第四节　包罗万象的具体物象

此外，独具中国特色的各种具体物象也纷至沓来："腾云驾雾"的"龙"，"百鸟之王"的"凤凰"，"寓意长寿、富贵"的"仙鹤"都纷纷走进女诗人的诗中。

薇拉·孔德拉托维奇-西多洛娃在诗中呈现了栩栩如生的中国龙："那里中国的金色巨龙在阳光下，闪动着鳞片在飞舞。"[①]龙是中国最大的神物，人们视其为百鳞之长、生物世界的最高主宰。龙是中国特有的图腾崇拜的产物，是中华民族的象征，其子孙被誉为龙的传人。高贵优雅的仙鹤也如悠然自得的隐者："每天清晨有一群仙鹤，从高高的白杨树梢上飞过。"[②]此外，《中国扇子》(*Китайский веер*)也走进了诗人的眼中："扇面灰白，如同傍晚的天空，/如远处闪动的沉思目光。扇面上书写的汉字透露出它深深的忧伤。……扇面上是古代唐朝诗人/吟诵祖国清风的诗章。"[③]在中国，扇子不仅是夏日的纳凉用品，还是一种可供赏玩收藏的艺术品。郭沫若有诗赞曰：清凉世界，出自手中。精逾鬼斧，巧夺天工。飞遍寰宇，压倒西风。折扇与文人墨客的书画相结合，是中国特有的一种艺术表现形式。古代的文人墨客用笔墨在扇子上寄情抒怀，今天的人们则通过扇子品味艺术、领悟人生。

---

① 李延龄主编：《松花江畔紫丁香》，第282页。
② 李延龄主编：《松花江畔紫丁香》，第284页。
③ 李延龄主编：《松花江畔紫丁香》，第280页。

Подо мной долинные шири.身临开阔的河谷。
Цвета неба веер в руках,手中一把天蓝绸扇，
А на нем нарисован ирис:扇面上画有一朵鸢尾花：
Вверх и вниз четыре мазка;上下四笔就将它画完。

Он один, как и веер этот;花一朵，扇子一把；
Тень от бабочки села вдруг:蝴蝶的影子突然落在上边：
Показался на шелке трепет? 丝绸扇面好像在抖动？
Или это от дрожи рук?..还是我的手在颤？……

«Жить хотите в веере, бабочка? “蝴蝶啊，你想在扇面上生存？
Этот ирис я вам отдам -我可以把这朵鸢尾花送给你——
Неживой, не отцветет, не в вазочке…它不是鲜花，不会凋谢，没有插进花瓶……
Вы же знаете: счастье - обман! »你知道：幸福——不过是场骗局。”

Тень от бабочки на неживом ирисе…蝴蝶的影子落在非鲜花的鸢尾上……
Разве это не счастье само? 这难道不是幸福本身？
Потому что счастье - вымысел.[①]因为幸福——就是虚构。[②]

“手中一把天蓝绸扇，扇面上画有一朵鸢尾花。”鸢尾花因花瓣形如鸢鸟尾巴而得名，希腊语意为“彩虹”，喻指花色丰富，有红、橙、紫、蓝、白、黑等各色。鸢尾花形似翩翩起舞的蝴蝶，故也称“蝴蝶花”。因此，每逢鸢尾花开花的季节，都有很多蝴蝶流连嬉戏于绿叶之间。蝴蝶本是幸福、爱情的象征，在我国文化中就有梁祝化蝶的爱情神话。但蝴蝶对“非鲜花的鸢尾”的依恋，则让诗人维克多里娅·扬科夫斯卡娅心生感慨：“幸福——不过是场骗局”“幸福——就是虚构”。

静静的三月天，在沙沙的松树下，
坐在枯草上晒暖，
我又听到了往昔的春天
消逝时的喃喃。

---

① *Русская поэзия Китая: Антология* , https://www.rulit.me/books/russkaya-poeziya-kitaya-antologiya-read-267028-149-150.html.

② 李延龄主编：《松花江畔紫丁香》，第154—155页。

仙鹤和大雁在天空哭泣——
它们又向北方飞迁……
我心中又是一阵伤感……
生活如同半展的折扇！

时光缓慢地揭开命运，
它脆弱得如同琴弦。
可是任何人从中也猜不出
图画的续延……①

在《扇子》(*Beep*)中，诗人扬科夫斯卡娅借助扇子抒写"流水落花春去也"的伤怀。在纪录片《迁徙的鸟》中，候鸟的故事是一个关于承诺的故事，一个对归来的承诺。它们的旅程千里迢迢，历经了重重危机，只为一个目的——生存。候鸟的迁徙是为生命而战。导演雅克·贝汉认为：对于鸟类来说，飞翔不是乐趣，而是为了生存而拼搏。它们要穿越云层、迎着暴风雨，许多困难不是我们能够想象的。因为于它们而言，迁徙是使命、是责任、是一种承诺，需要一生的不倦经营，就算前方有喜马拉雅山上的暴雪和雪崩，有鬣狗的利齿和猎人的枪管，有工业区的机器怪物和污染后的烂泥，有抓捕者的牢笼，但飞翔不能停止。鸟儿生命的全部意义，就在于飞翔，即便是短暂地歇歇脚，也是为了更好地前行。因此，当诗人听到往北方飞迁的仙鹤和大雁在空中的哭泣时，不免"一阵伤感"，因为候鸟们每年在空中南来北往、纵横千里，迁徙之途充满艰险，而诗人漂流异乡，慨叹时光易逝，深感前路未卜："生活如同半展的折扇！……时光缓慢地揭开命运，它脆弱得如同琴弦。可是任何人从中也猜不出图画的续延。"——对于无法把控的未知命运，诗人有着难以言说的迷茫和惆怅，也透出深深的无力感。

在女诗人的诗中还出现了一些有着浓厚年代感的物件，比如已经退出哈尔滨历史舞台的"有轨电车"——"电车尖叫着朝远方驰去，玻璃上挂满发青的冰霜。"②曾用它那"响彻云天的汽笛声""铿锵有力的排气声"开启了人类崭新时代的"蒸汽机车"——"车轮，兴奋热烈地唱着，掩盖掉陈旧的车轮

① 李延龄主编：《松花江畔紫丁香》，第 17 页。
② 李延龄主编：《松花江畔紫丁香》，第 63 页。

痕迹。""在车轮儿紧张的歌唱中,那无情的节奏,在跳动。"[①]"饱含历史风韵"的水烟袋(亦称水烟壶、水烟管)曾是中国传统的吸烟工具,由烟管、吸管、盛水斗、烟仓、通针、手托六部分组成,多以白铜制作,亦有用青铜、黄铜或锡铁制作。清乾隆年间的陆耀在《烟谱》中曾这样描述:"又先含水在口,故烟性虽烈而不受其害……又或以锡盂盛水,另有管插盂中,旁出一管如鹤头,使烟气从水中过,犹闽人先含凉水意。"故才有诗人维克多里娅·扬科夫斯卡亚笔下如水烟袋般清凉香醇的黄昏味道:"河水像绿色的玻璃在流淌。成熟的高粱穗簌簌作响。黄昏从远处漫漫飘来,带着水烟袋的鲜味和清香。"[②]承载着时代烙印的"搪瓷",在中华人民共和国成立后,走进了普通人的生活,如搪瓷脸盆、搪瓷茶杯茶缸等,大部分家庭都有这些国民"标配",而且这些搪瓷制品上都有花鸟山水或文字。"搪瓷上面画着一个小画儿,一个十分精致的软玉圆环。""秋天毛毛雨的雨丝用细线,画出了一片幻影般的风景。"在蒙蒙细雨中,远观"鹭鸶散步在割过的田野中,踏着草茬,小靴子好玲珑。""淋湿的凤头麦鸡冻得打战,在带着眼泪的爆竹柳丛中。""老榆树像个方块字呆立着,俯身坐落在河岸边的房顶。""芦苇的穗子长得纤纤细细,纤纤细细插进了池塘之中",近看"锥形的谷草垛,披着斗篷,农民和一头老牛站在雨中",一座已经浸湿的"古老的佛教小庙"似乎在寂静中"和子孙们对话",因为"祖先的精神能叫心灵得安宁",就连"鹭鸶"的"脸上"似乎都"有种神秘的表情"。因此,诗人不禁发出感慨:"啊,中国,你像个明信片,在我心中有着美妙的倒影"。[③]

诗人们在经历失去家园、颠沛流离的痛苦之后,中国如同"温柔的继母"用她那宽厚的胸怀接纳了她们,给了她们安定的生活和心灵的栖息地。哈茵德洛娃的话或许道出了很多俄侨诗人的心声:"流放地就要变成了祖国,而祖国如弥漫的烟雾。"[④]艾玛·特拉赫腾别格在《写给母亲的信》(*Письмо матери*)中袒露心声:"我,仍然是故我——我把中华称为我的祖国!"[⑤]叶列娜·达丽也满怀深情地写下诗篇——《献给第二祖国》(*Второй родине*)。

---

① 李延龄主编:《松花江畔紫丁香》,第100—101页。
② 李延龄主编:《松花江畔紫丁香》,第171页。
③ 李延龄主编:《松花江畔紫丁香》,第125—126页。
④ 李延龄主编:《松花江畔紫丁香》,第61页。
⑤ 李延龄主编:《松花江畔紫丁香》,第202页。

Русской бури путь зловещ и долог,俄罗斯的暴风雨之路险凶，
Но меня, как тысячи других,长久。我与万千别人不同，
Ты, Харбин, родной земли осколок,你,哈尔滨宛如一块故土，
Защитил, укрыл от вихрей злых.保护、藏匿我免遭恶旋风。

Ничего родного не лишая,没有缺少任何的什么亲情，
Ты меня, ребенка, приютил,你把我这个孩子加以收容，
И росла я, выросла большая,我成长了,成长为大人了，
Набралась необходимых сил.我,积蓄了那必需的体能。

За годиной пронеслась година -岁月,一段接一段地驰骋——
Мирный труд, покой и благодать…安静,吉祥,与和平劳动……
В Харбине я вырастила сына,在哈尔滨,我养育了儿子，
В Харбине похоронила мать.在哈尔滨,我为母亲送终。

И теперь ни от кого не скрою,我,会对任何人都公开说，
Милым городом покорена,这个可爱的城市征服了我，
Что мне стала Родиной второю,这个曾经收容了我的祖国，
Приютившая меня страна.[①]她已经成为我的第二祖国。[②]

因为,哈尔滨不仅护佑了她——“保护、藏匿我免遭恶旋风”,而且,还让她的孩子“幼有所养”——“在哈尔滨,我养育了儿子”,母亲“老有所归”——“在哈尔滨,我为母亲送终”。叶列娜·涅杰利斯卡娅也曾在《我常常觉得……》(*Мне часто*…)中表达对哈尔滨的怀念。

过去的岁月,愈去愈远……
异国夕阳的火光在我们头上腾跃。
我见过不少美丽的都市,但是你呀，
我那扬尘的城市,你最亲切。

我记得每幢楼房角落的轮廓，
还有白杨、榆树、窗户、房檐。

① *Русская поэзия Китая: Антология*, https://litlife.club/books/174318/read? page=30.
② 李延龄主编:《松花江畔紫丁香》,第114—115页。

那就是我飞快度过少年时代的房屋，
那就是我的斜眼伙伴——小铺的店员。

就是那间屋子，在那里
惬意地想事、哭泣、歌唱，
那里的墙壁和心儿紧紧相连——
天底下没有比那间屋子更亲近的地方。

还有你们，我亲爱的朋友们——
我和你们共同经历了多少沧桑变迁！
你们远在他乡。难道我能遗忘？
我怎能用语言来表达自己的眷念？①

哈尔滨教堂悠远的钟声总会在耳畔响起，不管是它“白雪的装束”，还是“扬尘的春天”都让诗人念念不忘，那里有尽情释放少女心绪的房屋，那里有共同面对生活苦难的知己，那里有充实生活的角角落落，那里有感知生活酸甜苦辣的记忆。尽管已经离去，中国仍然是她们魂牵梦萦的地方——“我竟把过去和现在弄混，把梁赞市当成了哈尔滨……”②

女诗人对中国的一切似乎都充满好奇，注意力独特而新奇，龙、扇子、有轨电车、搪瓷、水烟袋、铁皮做的脸盆、稻草垛、斗篷和老牛等这些中国人习以为常、随处可见的东西，也能吸引诗人们的注意力。正是这些他们新奇的东西，却是他们眼中最能反映中国人某种重要东西的东西，如龙是中国人的精神图腾，代表了中国的生活智慧和精神品格；扇子、有轨电车、搪瓷、水烟袋、铁皮做的脸盆等老物件代表了当时中国人的生活状态和文化表达方式；稻草垛、斗篷和老牛反映了农民的生活状态和生产方式……诗人以点状的物象表达了面状的文化精神现象和社会生活现实，表达方式新奇而独特。

综上，中国俄侨女诗人以平实细腻的语言和独特新颖的视角展示了各种“中国形象”，不仅展现了中国人的精神世界、民族心理和文化传统，也展现了中国人的风土人情、现实生活和人生百态，更展现了诗人们对中国的喜爱、赞叹、感激和同情之情。千姿百态的“中国形象”虽是具体的、个案的，却

① 李延龄主编：《松花江畔紫丁香》，第152—153页。
② 李延龄主编：《松花江畔紫丁香》，第223页。

反映了中国的宏大叙事和深厚的历史文化背景。如此这些，不仅丰富了俄罗斯侨民文学的内涵，也扩展了20世纪前半叶中国文学的外延。这些俄罗斯侨民女诗人的贡献对俄罗斯文学的发展和中国文学的发展都具有重大而深刻的历史性意义。

第六章　穿过岁月的花边

当往事随着黄昏在雪地踏行，
我想通过岁月的花边
细细把它观察一番，
幻想凛冽的安宁……①

——[俄]伊利娜·列斯纳娅

正如泰戈尔所言："天空没有鸟儿的痕迹，但我已飞过。"天空之于鸟儿，无垠且充满无限可能，即使鸟儿不能留下明显的痕迹，却可以用自己的振翅和盘旋为天空增添独特的韵律；岁月之于人生，永恒且不可逆，岁月见证着我们从青涩走向成熟、从懵懂迈向睿智，我们也用自己的喜怒哀乐为岁月缝制出多彩的花边。

Когда возвратится от северных льдов 当寒冬变成白雪的诗篇
Зима белоснежной поэмой，从北方的冰域归来，
Я как-то невольно в тиши вечеров 我在夜晚的寂静时刻
Тянусь за любимою темой.② 不由自主地去写喜爱的题材。③

---

① 李延龄主编：《松花江畔紫丁香》，第230页。

② *Русская поэзия Китая: Антология*，https://litmir.club/br/? b=174318&p=51.

③ 李延龄主编：《松花江畔紫丁香》，第230页。

第一节　童年，是时间的乌托邦

Над розовым снегом в закатной тени 在夕阳的光辉下，在玫瑰色的雪地上，
Низать вдохновенные строки… 拼凑富有灵感的诗句……
Ах，эта влюбленность в алмазные дни 啊，对峥嵘岁月的酷爱
Из детства берет истоки. 来源于童年时期。

Лазурные сумерки смотрят в стекло，蔚蓝的暮色像当年一样
Как прежде когда-то бывало… 望着一扇扇玻璃……
И я позабуду，что детство прошло，我会忘记当年的光辉已经熄灭，
Что детство мое отсверкало…[①] 我会忘记儿童时代已经过去……[②]

法国思想家罗兰·巴特曾说：童年在时间之外，它是时间的乌托邦，不是生理意义上的，而是一个虚构意义上的非日常年纪。童年隐于岁月，诗歌记录瞬间，在我们的诗词中，童年是"儿童牵衣戏蹁跹，优哉此乐谁与先"（杨时《寄题环翠楼》）的烂漫无忧，是"不解藏踪迹，浮萍一道开"（白居易《池上》）的淘气可爱，是"儿童急走追黄蝶，飞入菜花无处寻"（杨万里《宿新市徐公店二首·其一》）的活泼好胜，是"可笑庭前小儿女，栽盆贮水种浮萍"（文同《可笑口号》）的天真幼稚，是"童孙未解供耕织，也傍桑阴学种瓜"（范成大《四时田园杂兴·其三十一》）的好学懂事，是"牧竖持蓑笠，逢人气傲然"（崔道融《牧竖》）的心高气傲，是"意欲捕鸣蝉，忽然闭口立"（袁枚《所见》）的机智专注，是"路人借问遥招手，怕得鱼惊不应人"（胡令能《小儿垂钓》）的机警聪明，是"儿童书懒读，果栗树将空"（杜荀鹤《秋日山中寄李处士》）的顽皮贪耍。童年是天真无邪的岁月，那时阳光正好；童年也是播种梦想的时期，它让我们的人生有迹可循。因而，当俄侨诗人伊利娜·列斯纳娅穿过岁月的

---

① *Русская поэзия Китая: Антология*，https://litmir.club/br/? b=174318&p=51.

② 李延龄主编：《松花江畔紫丁香》，第 230 页。

花边，回望辗转漂泊的来时路时，恍然发现童年的经历早已为此后的人生埋下了伏笔。

女诗人娜塔利娅·列兹尼克娃在《那年我九岁……》(*Мне тогда было девять лет*…)一诗中刻画了一个娇俏、爱提问、爱幻想的小女孩形象。

Мне тогда было девять лет，那年我九岁，
Я носила длинные косы，留着长长的发辫，
Ярко-красный набок берет.歪戴着殷红的无檐帽，
Целый день задавала вопросы：整天提问没完：

Почему у мамы глаза 为什么妈妈笑的时候
Зеленеют，когда смеются？眼睛发绿？
Почему только летом гроза？为什么只是夏天有雷雨？
Почему ивы плачут и гнутся？为什么柳枝下垂像哭泣？

Слепо верила：принц живет 我盲目地相信：王子住在
За высоким лесом дремучим 高高茂密的森林后边，
И，как выросту，он найдет 等我长大时，他会根据茎上的刺
Замок роз - по шипам колючим.找到玫瑰城堡。

А пока - была влюблена 现在我爱的是鲍里亚——
В черноглазого мальчика - Борю…眸子黑黑的少年……
Как была хороша весна 春季是多么美呀，
И как остро первое горе！初次的痛苦又是多么辛酸！

Он со мною бывал жесток，他对我有时很凶，
Изводил и дразнил часами，几个小时地惹我生气心烦；
Но порой приносил цветок 有时他又会带来一枝花给我，
И дарил - словно рыцарь даме.像骑士向贵妇人敬献。

За цветок，за небрежный взор 我不由得爱上了他，
Полюбила его невольно 因为花，因为漫不经心的视线，
И всегда люблю с этих пор 从那时起我就只爱那些

Только тех, кто делает больно. [①]令人痛苦的青年。[②]

或许每个女孩都有一个不平凡的公主梦。王子公主的童话故事向小女孩展示了一个充满奇幻和浪漫的世界,同时,童话中对爱情、勇气、善良和忠诚的赞美也让小女孩相信自己的王子一定会跨越各种险阻找到自己。童话投射进现实,青梅竹马、两小无猜的友情不仅寄托了小女孩对未来的美好向往,也见证了她心理和人格上的成长。

窗户如同房屋的眼睛,通常是儿童感知和观察世界的重要工具,小诗人尼娜·扎瓦茨卡娅笔下阳光明媚、岁月静好的生活小景,正是她透过窗户观察所得。

Занавеска надулась парусом 帷帘在宽大的窗户上
Над широким большим окном.鼓得像张帆。
Словно вышиты пестрым гарусом 如同彩色无线绣的
Этот солнечный сад и дом.阳光弥漫的家和花园。

Падает солнце квадратами 阳光穿过小小的窗户,
Из окошка на чистый пол,落在干净的地板上,方方正正,
Легло золотыми заплатами 映在喝茶的餐桌上
На накрытый для чая стол.像金色的补丁。

Колышутся кленов вершины,风儿轻轻地摇曳
Их ветер качает слегка.枫树的树顶,
Как будто из белой глины 飘浮的云朵
Сделаны облака.[③]像白泥做成。[④]

于成年人而言,阳光、清风、白云如同日子一样平淡无奇。在儿童充满好奇的眼中,阳光穿过方正的窗户,在地板上留下"方方正正"的影子,在茶桌上映下"金色的补丁";清风摇曳着树顶,窗帘也如船帆一样鼓起;云朵随

① *Русская поэзия Китая: Антология* , https://litmir.club/br/? b=174318&p=81.

② 李延龄主编:《松花江畔紫丁香》,第 286—287 页。

③ НИНА ЗАВАДСКАЯ, *Стихотворения* , https://litresp.ru/chitat/ru/%D0%95/eschin-leonid-evseevich/stihotvoreniya/3.

④ 李延龄主编:《松花江畔紫丁香》,第 312 页。

风而动，飘飘荡荡，"像白泥做成"。作为拥有深厚宗教传统的国家，俄罗斯人去教堂多为参加宗教仪式或进行祷告。小诗人尼娜的《在教堂里》(*В церкви*)一诗则关注颜色浅淡的丝绒树皮、时久发乌的圣像、高高的花格窗、磨损的地毯、光彩熠熠的蜡烛、金光灿灿的圣灯、昏暗的地狱图画，唯独不关注的是成人世界的宗教祷告。

Переплетов бархатных тусклый цвет，丝绒的树皮，色彩淡淡，
Блеск икон，от времени черных.时久发乌的圣像闪闪，
На вытертый коврик падает свет 阳光穿过高高的花格窗户
Из высоких окон узорных…射向磨损的小小地毯……

Тонких желтых свечей огни，细细的黄色蜡烛熠熠，
Золотая от солнца лампада，阳光下的圣灯金光灿灿，
И на левой стене в тени 左墙阴处挂着一幅
Мутнеет картина ада…[1]地狱的图画昏昏暗暗……[2]

在《濒海湖》(*Лагуны*)中，晾晒的渔网沐浴在柔和的晚霞中，锅中比目鱼的香气随着袅袅炊烟飘散，教堂圣像中的圣母透过燃烧的蜡烛欣慰地注视着她的子民，劳有所得，勤有所获。

Серый песок лагун.濒海湖的砂砾灰白。
В мягком вечернем свете 傍晚柔和的霞光，
Мачты рыбачьих шхун.一片渔船的桅杆。
Сушатся черные сети.晾着黑色的渔网。

Камбала в плоских жаровнях.平底锅里是比目鱼。
Дымный поселок сонный.沉睡的渔村炊烟飘浮，
Маленькая часовня，小教堂里圣母像前
Свечи перед Мадонной！燃着蜡烛。

但收获与风险并存，大海的脾性如同任性的孩童，刚刚还是明媚祥和，转瞬为阴霾风浪所取代。夜幕降临，人们纷纷向圣母虔诚祈愿，愿晚归的船

① НИНА ЗАВАДСКАЯ，*Стихотворения*，https://litresp.ru/chitat/ru/%D0%95/eschin-le-onid-evseevich/stihotvoreniya/3.

② 李延龄主编：《松花江畔紫丁香》，第 313 页。

只能穿越风浪，平安归来。

Серый, туманный вечер，灰蒙蒙雾茫茫的傍晚，
Парусов буреющих пятна…风浪中白帆点点……
Перед Мадонной свечи 圣像前的蜡烛
За непришедших обратно! 为未归的人们点燃！

Ветер унылый плачет，海风凄凄哭诉，
В дюны сгоняя пески…把砂砾向丘陵驱逐……
И на щеках рыбачек 渔妇脸颊上的眼泪
Слезы, как брызги морские![①] 像大海飞溅的水珠！[②]

海风泣诉，渔妇的眼泪如大海飞溅的水珠般倾泻而下，小诗人懵懂中体验到死亡的残酷、生命的脆弱，原本无忧无虑的童年多了一份痛苦的回忆和对生离死别的思考。痛苦的经历会让人快速成长，小诗人尼娜早早感受到秋的落寞。

Будет над голым пляжем 蓝蓝的天空褪了颜色
Неба линялая просинь，笼罩空荡荡的浴场，
К дюнам прижавшись, ляжет 秋天像只棕色的猫
Рыжая кошка - осень! 紧紧地卧在沙丘上！

И на песке растает 沙地上冒出了
Горько-соленая пена.又苦又咸的泡沫。
Ветер перелистает 风儿在翻弄一本
Томик забытый Верлена…魏尔兰忘却的著作……

法国象征派诗人保尔·魏尔伦(魏尔兰)，正如他把自己的第一本诗集命名为《忧郁诗章》，忧郁感伤是他诗歌的特质。当秋的哀思笼罩大地，多愁善感的风儿想借魏尔伦的诗作来描画一下生灵谢幕前的最后狂欢。翻阅得越多，秋风越是惊异和无措，“诗人之王”的作品是多么令人不可思议的矛盾体：“既有温柔诚挚、高尚纯洁的感情，又有从玩世不恭的心灵中排泄出来的

① НИНА ЗАВАДСКАЯ, *Стихотворения* , https://litresp.ru/chitat/ru/%D0%95/eschin-leonid-evseevich/stihotvoreniya/3.

② 李延龄主编：《松花江畔紫丁香》，第 315 页。

污秽浊水；既有如珠似玉富于艺术魅力的清词丽句，又有如糟似粕矫揉造作的陈词滥调；既有如繁星皓月的诗的天才的闪光，又有如枭叫狼嚎的人的绝望的悲鸣。”①

Будет все глуше и глуше 秋色的大海
Море в осеннем свете. 越来越沉闷。
Будут туманы слушать 雾霭只能听到
То, что поет им ветер… 风儿为它唱的歌……

Будет с тех пор неизменно 从那时起会不断地
Петь про вечернюю грусть -吟诵黄昏的惆怅——
Ветер стихами Верлена 风儿在背诵
Наизусть!② 魏尔兰的诗章。③

秋日的大海，“一层层的波浪，痉挛地跳跃着，沿着长礁奔跑着/来来去去，咆哮闪亮”④，在暮云黯黯中，风儿献上自己的歌声：“没有一丝微光，这紫铜的天空，月亮在人们眼中像活着，又像已经死亡。有如浮动的乌云，邻近的树林里/橡树黯然而立，雾气沉沉。”⑤魏尔伦的诗句应和着黄昏的惆怅：“森鸮醒来了，无声无息地用厚重的翅膀搅动大地的沉郁，天空中充满了幽微沉滞的光粒。苍白的维纳斯出现了，而这就是夜。”⑥正如法国诗人弗朗索瓦·科佩所言：“苦难是才华的代价。”但魏尔伦总是能够即刻忘记伤痛，保持着孩子般不安而又纯真的心灵，创造出“无法模仿”的诗，“一种朴实又敏锐的诗，具有各种色调，能引起最细微的神经的颤动，激起转瞬即逝的心灵的回声；然而又是一种自然的诗，如喷射的泉水，有时甚至几乎和民歌相似；一种节奏自由舒卷、美妙和谐的诗，诗节犹如儿童轮舞曲，盘旋着和歌唱着，而诗，在更为完美中的诗，已经成为音乐”⑦。人生从来没有白走的路，也没

---

① 魏尔伦：《这无穷尽的平原的沉寂：魏尔伦诗选》，罗洛译，人民文学出版社 2017 年版，第 1—2 页。

② НИНА ЗАВАДСКАЯ, *Стихотворения* , https://litresp.ru/chitat/ru/%D0%95/eschin-leonid-evseevich/stihotvoreniya/3.

③ 李延龄主编：《松花江畔紫丁香》，第 316 页。

④ 魏尔伦：《这无穷尽的平原的沉寂：魏尔伦诗选》，第 15 页。

⑤ 魏尔伦：《这无穷尽的平原的沉寂：魏尔伦诗选》，第 82 页。

⑥ 魏尔伦：《这无穷尽的平原的沉寂：魏尔伦诗选》，第 29 页。

⑦ 魏尔伦：《这无穷尽的平原的沉寂：魏尔伦诗选》，第 148 页。

有白读的书，小诗人借风儿之“手”读过的那些书，铺展开来，就成了她神往的看世界的路。

童年是一个人生命的初始阶段，稚嫩、纯真是童年的底色，在触摸、感知、探索大千世界的过程中，孩子必然会品尝酸甜苦辣的滋味，只是有些人的童年多些甜蜜，另一些人的童年苦涩更胜。不管是衣衫褴褛，还是天真烂漫，隔着岁月的回顾不免带着雾里看花的朦胧，因此，童年的记忆往往会被此后的漫漫岁月晕染成诗意美好的画卷，让人无限怀念。正如冰心所言：“童年呵！是梦中的真，是真中的梦，/回忆时含泪的微笑。”[①]当人远离故土时，更愿意去回望童年，那是对童真的殷殷守候，也是对故乡最深沉的眷念。

第二节　年光何太急，倏忽又青春

Зимой хорошо при огне, в вечера 冬天夜晚围着火，
Отдать своей ласковой музе 把幻想的脆弱欢愉，
И слезы о счастье, и звоны пера，把幸福的泪，把写字的声音献给
И ломкую радость иллюзий.温柔的缪斯，是何等的惬意。

И все, что рождалось в ночной тишине 还有，当我仰望夜空的星星
При взгляде на звезды ночные，在夜的寂静中产生的一切，
И все, что зимою навеяли мне 还有，窗外蔚蓝色的冰
За окнами льды голубые…[②]把冬天给予我的一切……[③]

“枝上花，花下人，可怜颜色俱青春。昨日看花花灼灼，今朝看花花欲落。”（鲍君徽《惜花吟》）不管是枝头绽放的花朵，还是正值青春年少的人儿，都抵不过时光留痕、岁月变迁。“梦里青春可得追？欲将诗句绊余晖。”青春如诗，青春如梦，绚丽亦短暂，苏轼希望借诗篇定格即将逝去的美好。俄侨

---

① 冰心：《繁星·春水》，第 4 页。

② *Русская поэзия Китая: Антология* , https://litmir.club/br/? b=174318&p=51.

③ 李延龄主编：《松花江畔紫丁香》，第 230—231 页。

诗人伊利娜·列斯纳娅把自己仰望夜空时的思绪、冬天赐予的一切，包括“幻想的脆弱欢愉”“幸福的泪”“写字的声音”都献给“温柔的缪斯”，希望缪斯女神赐给自己灵感，吟诵出缅怀青春的诗篇。

诗人米哈伊尔·沃林在《缅怀青春的诗行》(*Стихи о молодости*)里始终记得春天里“露水浸润的日子”以及“最初开放的紫丁香”，记得“蓝天上的一缕轻烟”和“高空中的片片白云”，记得“轻轻扇动的翅膀”以及“心儿第一次为爱情跳荡”时的“甜蜜美妙的梦”。当然，诗人也没有忘记自己的年少轻狂：“那一年萨沃特尼克与纳宗（19 世纪后半叶俄罗斯中学教科书编撰者——本书作者注）通通被抛在一旁”。不由让人想起李白不畏权威、充满锐气的诗句：“大鹏一日同风起，抟摇直上九万里。假令风歇时下来，犹能簸却沧溟水。”

Я помню раннюю весну，至今我记得早年的春天，
Росой умытый день，露水浸润的日子真清爽；
Высоких облак белизну 记得高空中的片片白云，
И первую сирень.记得最初开放的紫丁香。

И в синем небе лёгкий дым，记得蓝天上的一缕轻烟，
И нежный шорох крыл.记得轻轻扇动的翅膀。
Я молод был, я счастлив был，那时我年轻。我幸福，
И в первый раз любил.心儿第一次为爱情跳荡。

И память бережно хранит，记得那甜蜜美妙的梦
Как некий сладкий сон，久久在我的心中珍藏。
Тот год, когда был позабыт 记得那一年萨沃特尼克
Саводник и Назон.与纳宗通通被抛在一旁。

“我的青春，我那异己的青春！我是一只不配对的靴子！”[①]叛逆、自尊、格格不入，或许每个人的青春都有一段不愿与人言说的心事。“眯缝起一对红肿的眼睛，就这样撕扯着一页页日历。”[②]只为不甘人后，用悄悄的努力惊艳他人，这大概就是青春的特点。偏爱月亮的银辉，让如水的夜色抚慰青春

① 《俄罗斯白银时代诗选》，第 222 页。
② 《俄罗斯白银时代诗选》，第 222 页。

的躁动，这也是独属于青春的记忆。

Когда задумчив, неречист，一个不爱说话的毛孩子，
Вместо того, чтоб спать，该睡时不睡，冥思苦想，
Писал бессонный гимназист 头发乱蓬蓬的中学生，
Тайком стихи в тетрадь.用练习册偷偷涂抹诗行。

И воздух пьяный, как вино，空气像美酒一样醉人，
Прозрачный от луны，月亮洒下透明的银光，
Вплывал в открытое окно 夜色如水流进敞开的窗，
Шестнадцатой весны…[①]十六岁的春天随波荡漾……[②]

青春易逝，但青春的激情和梦想也赋予青春无限可能。渴望自由、渴望飞翔，“指点江山，激扬文字”，这大抵也是青春的模样。

Глаза глядят туда，向远方的峡谷，
В далекие долины.投去关注的眼神。
Слова готовы с уст 话语已有准备，
Сорваться навсегда.要永远离开嘴唇。

Я пуст, как эта даль 我的头脑空虚，
За дымкой паутины，像远方轻烟缭绕，
И черен я, как туч 我的心情郁闷，
Текучая гряда.像空中朵朵乌云。

Надвинулась весна.春天已经来临。
Избитые мотивы 庸俗陈腐的题材，
Подстерегают нас，如同狼在路边，
Как придорожный волк.暗中窥视着我们。

青春是对远方无限的向往、对未来无尽的遐想，青春也不可避免地充满迷惘和束缚，因此，当“庸俗陈腐的题材，如同狼在路边，暗中窥视着我们”的

---

① *Фестиваль Антиподы 2006 - Воспоминания о Рождестве* , https://antipodes.org.au/fr_Avstraliada_stihi.html.

② 李延龄主编：《松花江晨曲》，第 232—233 页。

时候，反叛就成了青春不可或缺的精神，这种和世界并不融洽的情感赋予青春积极的思考、追问的动力——“为什么我是人？”

Зачем я - человек? 为什么我是人？
Души моей извивы 词语严肃：责任——
Пронизаны навек 将永远铭刻在
Суровым словом: долг.我保持真纯的心。

А даль - пестрей, пестрей -远方日渐花哨，
Пересыпает краски.真可谓色彩缤纷。
Озимая трава 越冬的小草儿，
На солнечном костре.被太阳烤得发晕。

И хочется стереть 愿从脸上抹去
С лица печать опаски 小心谨慎的烙印，
И разом оборвать 冲破职责之网，
Обязанностей сеть! [1]成为一个自由的人！[2]

青春的灵魂自由奔放，正如茨维塔耶娃所言：“我爱十字架，爱绸缎，也爱头盔，/我的灵魂呀，瞬息万变……”青春的梦想天马行空，“我觊觎一切：我会唱着歌儿，怀着茨冈人的灵魂打劫，在炮轰声中为所有人痛苦，像亚马逊女人那样投入战斗”[3]。青春的企冀是冲破职责的枷锁，如能像列子般“御风而行，泠然善也”[4]，享受自由的真谛，那该有多好啊……

Как хорошо в борьбе с судьбою многоликой,
该是多好啊，在和多舛的命运斗争中
Разыскивая счастья бледный след,寻找幸福的苍白遗痕，
Почувствовать, что льется в душу тихо 感受那回忆中的金色光束
Воспоминаний золотистый свет…缓缓地灌注心田……

Любимый уголок под липой шелестящей.簌簌作响的菩提树下有个可爱的角落。

---

① *Русская поэзия Китая: Антология* , https://litmir.club/br/? b=174318&p=103.
② 李延龄主编：《松花江晨曲》，第 251—252 页。
③ 《俄罗斯白银时代诗选》，第 215—216 页。
④ 庄周：《庄子》，雷仲康译注，山西古籍出版社 1999 年版，第 2 页。

Скамейка. Запах меда и травы.板凳。蜂蜜的甜味，芳草的清香。
Весенний полдень празднично звенящий.阳春的晌午像节日一般吵闹。
Разноголосье птичье средь листвы.树叶之间净是鸟儿的鸣啭啼唱。

В час предвечерний - стол, накрытый на балконе,傍晚——阳台上摆好餐桌，
Уют родной, незыблемый, простой…家庭中始终一贯的、朴实的舒畅……
В небесном розовеющем хитоне 玫瑰色的辽阔天空
Последний луч заката золотой.射出夕阳最后的金色光芒。

И мамино лицо над Книгой небольшою,妈妈俯首在看一部小小的书，
Слова о Том, Кто умер на кресте,书中谈的是那位死在十字架上的人，
И девочка с взволнованной душою,心灵激动的女孩涌出欢欣的泪水，
И радость слез, и звезды в высоте…[①]高空闪烁着点点星辰……[②]

青春的意义或许就是冲破层层阻碍，经历一次次的蜕变，最终化茧成蝶。多年以后，当追忆青春时，诗人叶列娜·涅杰利斯卡娅感慨良多，照亮她坎坷人生的竟是“树阴满地日当午，梦觉流莺时一声”的恬然自在，是“会桃花之芳园，序天伦之乐事”的其乐融融。

第三节 路漫漫，且徐行

Идут вечера в тихой смене часов,夜晚随着时钟悄悄消逝，
И счастье проходит мимо…幸福擦肩而过……
Но светлая радость моих стихов 可是在这白色的冬天与我相伴的
Со мной в эти белые зимы!..是我诗歌的明快欢乐！……

Придет Новый год в снежном беге дней,新年伴着雪花飞舞的日子到来，
За ним - Рождество голубое,紧跟着便是天蓝色的节日圣诞

---

① *Русская поэзия Китая: Антология* , https://litmir.club/br/? b=174318&p=56.
② 李延龄主编:《松花江畔紫丁香》,第 142 页。

Со звездами в свете бенгальских огней,带着五彩烟火的星辰，

В чудесном запахе хвои.[①]带着松枝美妙的味道。[②]

跌跌撞撞地走过青春的懵懂和迷茫，人生还有漫长未知的旅程需要完成。路途可能险峻，也可能平缓；可能丽日当空，也可能风雨交加，但无论怎样，我们都需要保持冷静，以平和的心态品味生活的酸甜苦辣、容纳人生的喜怒哀乐，以稳健的步伐坚持不懈地追求梦想。于诗人列斯纳娅而言，尽管随着黑夜的流逝，“幸福擦肩而过”，但她依然庆幸陪伴自己的有明快欢畅的诗歌，还有充满温情记忆的新年和接踵而至的圣诞节（1 月 7 日是东正教的圣诞节）。

俄罗斯的新年经历了古罗斯到现代的时间和习俗的变迁。古罗斯新年按儒略历（俄历）纪年，人们在 3 月 1 日这天祭祀太阳，庆祝春天的降临；随着公元 988 年“罗斯受洗”，俄罗斯采用拜占庭年历，并在 1492 年由约翰三世正式将新年定为 9 月 1 日。彼得大帝的欧化改革时期，为了与欧洲各国新年习俗保持一致，彼得一世于 1699 年颁布法令，规定从 12 月 31 日至 1 月 1 日庆祝新年，并亲自在红场点燃了第一枚礼花。苏联时期，虽然采用了格里高利历法（格里高利历在 1584 年颁行时，和儒略历相差 10 日，又因 1700 年、1800 年、1900 年都是闰年，又差了 3 日，共 13 日），有些人还是习惯按照旧历过年，这就导致俄罗斯人有一年过两次新年的现象，一次是公历的 1 月 1 日，一次是俄历的 1 月 14 日，也称为旧历新年（Старый новый год）。在《新年之夜》（*Новогодняя ночь*）中，诗人阿尔谢尼·涅斯梅洛夫回想起在新年夜点燃礼花的彼得大帝，在雪花纷飞中，在蔚蓝色的光焰下，屹立于涅瓦河畔的“青铜骑士”仿若跃下铜马，在巡视他曾经的帝国。

Голубому зерну звезды 星星的蔚蓝色颗粒在我们

Над домами дано висеть.家家户户的上空悬挂，

Этот свет голубей воды，这个光线比水还要蔚蓝，

И на нем теневая сеть.光之上有阴暗的网披挂。

Этот шаг，что скрипит в снегу 这个在雪地上吱吱响的脚步，

① *Русская поэзия Китая：Антология*，https://litmir.club/br/? b=174318&p=51.

② 李延龄主编：《松花江畔紫丁香》，第 231 页。

На пластах голубой слюды, -踏在蔚蓝色云母的岩层上——
Не на том ли он берегу,莫非就在那个闪耀着
Где сияет огонь звезды? 星星灯光的彼岸徜徉?

Город нового года ждет,城市期待着新年的来临,
Город сном голубым объят.城市笼罩着蔚蓝色的光焰。
То не рыцарь ли к нам идет 那莫非骑士踩响沉重的
В медном звоне тяжелых лат? 铜板条正走向我们的身边?
Не из старой ли сказки он,莫非他来自古老的童话,
Из фаблько и седых баллад, -即韵文故事和古老的巴格达,
На бульваре пустой киоск 在林荫道上空空的售货亭
Зазвенел его шагу в лад.和他的脚步声响得很融洽。

青铜骑士的脚步声融入街道的空旷,在彼得之城,他重温着征服的荣光,无奈于为铜铠甲所束缚的身躯,空留孤寂沧桑。于诗人而言,年和夜都是他灵魂孤独的见证,在月光如水中被遗忘,在蔚蓝色的宁静中被桎梏。不过,诗人并不想顾影自怜,也不想博取同情,而是留下"温柔有加"的诗篇,记录点滴美好。

Одиночество - год и я,孤独——这是年和我,
Одиночество - я и Ночь.孤独——这是我和夜。
От луны пролилась струя 从月亮对我倾出光流,
На меня и уходит прочь.又流向他处和我作别。
Хорошо, что я тут забыт,好在我在这里被遗忘,
Хорошо, что душе невмочь.好在我的心不堪忍受。
На цепях голубых орбит 蔚蓝色的夜笼罩着我,
Надо мной голубая ночь.用它蔚蓝色氛围的桎梏。

Если вспомнишь когда-нибудь 假如你以后有时忆起
Эти ласковые стихи - 这些温柔有加的诗篇——
Не грусти за мою судьбу:请不要为我的命运忧伤:
В ней огонь голубых стихий.其中有蔚蓝色自然力的火焰。
Этот снег зазвенел чуть-чуть,这场雪有点儿丁零作响,

Как листва молодой ольхи.如小赤杨的叶子飘落地上。
Как головка твоя к плечу,如你的头颅偎向我的肩，
Жмутся к сердцу мои стихи.如我的诗篇紧贴我心房。

Много в мире тупых и злых,世上有许多愚人和恶人，
Много цепких, тугих тенет,许多紧密有力的捕兽网，
Не распутает их узлы,即使新的一年也无法
Не разрубит и новый год.把它们的结扣解开和砍断。
И его заскользит стезя 道路将沿痛苦不幸的
По колючим шипам невзгод,刺丛滑过新的一年，
Но не верить в добро нельзя 但对于还活着的人来说，
Для того, кто еще живет.[①]还是不能不相信善。[②]

罗曼·罗兰曾说："世界上只有一种英雄主义：便是注视世界的真面目——并且爱世界。"尽管知道世上从来不缺"愚人和恶人"，善良的人即便用尽全力，也可能暂时难逃他们用"恶之花"编织的网，但诗人既没有被黑暗吞噬，也没有近墨者黑，而是坚信邪不压正，善终将战胜恶。

或许是诗人的执念有了回应，在恶的惊涛骇浪中《金船》(*Золотые кораблики*)适时出现，宛如"远离尘世罪孽"的阿拉丁神灯，引发诗人格奥尔吉·萨托夫斯基"喜忧参半的惊恐"："是远逝的童年含笑返回"，还是"在做梦"？承载梦想、善良、智慧和勇气的神灯化身金船，桅杆彩云环绕，船帆高傲地扬起，誓将身处深渊的人救出险境。

Золотые кораблики в синей дали,蔚蓝的远方有条条金船，
Как святые лампады от грешного мира,那是远离尘世罪孽的神灯，
Развернув паруса горделивые, шли 金船行驶，扬起高傲的帆
Прямо в небо по трепетным волнам эфира.在颤动的波涛中直冲云霄。

Золоченые мачты в резных облаках 镀金的桅杆有彩云环绕
И на солнце рубиновом - легкие снасти 太阳红彤彤，轻轻的缆绳

① *Собрание сочинений в 2-х томах. Т.1: Стихотворения и поэмы*, https://litmir.club/br/?b=202027&p=45.

② 李延龄主编：《哈尔滨，我的摇篮》，第 82—83 页。

Зарождали в душе жгучий, сладостный страх 引发心中喜忧参半的惊恐，
От щемящего сердце огромного счастья. 由于巨大的幸福心潮难平。

Этот вечер был прост, как девичий дневник, 傍晚纯净如少女的日记，
Но когда, как давно, не во сне ль это было? 今夕何夕，这可是在做梦？
Или детство далекое прежние дни 可是远逝的童年含笑返回，
В золотую легенду, смеясь, превратило? 在金色童话中与我重逢？

但“岁月流逝，轮转无情”，或许是恶的力量太过强大，被庇护的幸福如幻影消散，空留“金色碎片在眼前晃动”，诗人不免哀叹，难道“唯独童年才有飞翔的梦，唯独诗篇中才有童话仙境”？失去了神灯的引领和保护，诗人需要重新面对生活中的“苦雨凄风”，去迎接未知的挑战和冒险。

Но идут, чередуясь бездушно, года 但岁月流逝，轮转无情，
И в бреду бусы будней ненужные нижут, 梦呓般的日子百无一用，
Вечера так же чисты, но я никогда 傍晚如此纯净，然而我
Золотые кораблики больше не вижу! 再也看不见金船的踪影！

Только в детстве бывают крылатые сны, 唯独童年才有飞翔的梦，
Только в тихих стихах эти сказки порхают, 唯独诗篇中才有童话仙境，
Только в строчках певучих, чисты и ясны, 金色的船啊，纯洁晶莹，
Золотые кораблики вновь проплывают! 只有在歌声中才重新航行！

Но минута минует. Звериной тоской 时光如流。再次忧心忡忡，
Вновь завоет житейское, злое ненастье, 生活中喧嚣着苦雨凄风，
Снова буря бушует, крутя предо мной 风暴呼啸，幸福如幻影，
Золотые обломки небывшего счастья![①] 只有金色碎片在眼前晃动！[②]

人生就是在希望与绝望间不断徘徊的旅程，“青山缭绕疑无路，忽见千帆隐映来”（王安石《江上》），金船的碎片让诗人陷入绝望，但复活节的钟声又让诗人“于无所希望中得救”（鲁迅《墓碣文》）。复活节在每年春分月圆之后的第一个星期日，是东正教最古老也是最大的节日。复活节象征着重生

---

① *Русская поэзия Китая: Антология*, https://www.rulit.me/books/russkaya-poeziya-kitaya-antologiya-read-267028-114.html.

② 李延龄主编:《松花江晨曲》,第 164—165 页。

和希望，也是刻在诗人灵魂深处最鲜活的节日印记。

在复活节前，有持续40天的东正教大斋期。在此期间，教徒们应有特别的祈祷、忏悔，禁止肉食和娱乐，以纪念耶稣在旷野守斋祈祷四十昼夜。因而，在《复活节前的莫斯科……》（*Москва пасхальная…*）中，复活节前一周"在静静的钟声中消逝"，因为这一周不仅是斋戒周，也是耶稣受难周，信徒们在祈祷并预备迎接耶稣基督的复活。

В тихих звонах отошла Страстная，复活节前一周在静静的钟声中消逝，
Истекает и субботний день.星期六的一天也已经过Robot。
На Москву нисходит голубая，一个淡蓝的、好像滑落的
Как бы ускользающая тень.影子降临了莫斯科的土地。

Но алеет и темнеет запад，但西天发红而且变暗，
Реют, рдеют вечера цвета，黄昏的色彩发红、飘绕，
И уже медвежьей теплой лапой 黑暗像只温暖的熊掌，
Заползает в город темнота.快要爬进莫斯科城了。

Взмахи ветра влажны и упруги，风的拂动潮湿而有弹性，
Так весенне-ласковы, легки.仿佛春天般温柔、轻盈。
Гаснет вечер, и трамваев дуги 黄昏渐暗，有轨电车的集电弓
Быстрые роняют огоньки.掉下许多疾飞的火星。

在人们殷殷的期盼中，星期六的白天匆匆而过，黄昏迫不及待地燃烧自己，以便给黑夜让位。熊在远古时期就被俄罗斯人尊为神圣的存在，他们深信熊是人类的先祖。熊不仅因其庞大的体型和强大的力量令人敬畏，更因其智慧与坚韧不拔的品性成为俄罗斯人心目中至高无上的图腾。因此，当黑暗像只"温暖的熊掌"，在复活节前夜悄无声息地潜进莫斯科城时，暖风轻抚，电车疾驰，复活节的守夜活动开始了。

Суета повсюду. В магазинах 到处忙忙碌碌。商店里，
Говорливый, суетливый люд.是爱说话、好忙乎的人群。
Важные посыльные в корзинах 盛气十足的通信员用篮子
Туберозы нежные несут.拿着鲜嫩的月下香前行。

到处都是忙碌的身影，熬过漫长的大斋期的清规戒律，人们为庆祝复活

节做着充足的准备,装点房屋、制作美食。复活节期间的常见花卉有百合、郁金香、白色玫瑰等,而月下香是这一时节十分珍稀和娇嫩的花卉,又名“晚香玉”“夜来香”,因夜晚香味更加浓烈而得名。清代叶申芗赋词《踏莎行·晚香玉》赞曰:“叶比兰柔,花怜栀小。嫩苞六出天然巧。晚来风过玉生香,无风时觉香尤悄。”也难怪提着月下香花篮的通信员会“盛气十足”。

Чтоб они над белоснежной пасхой 为了能在雪白的甜奶渣糕
И над коренастым куличом 和在茁壮的圆柱形大甜面包上,
Засияли бы весенней лаской,放出春天般温情的光辉,
Засветились розовым огнем.它们显露出了玫瑰色的焰光。

Всё готово, чтобы встретить праздник,迎接节日的一切已就绪,
Ухитрились всюду мы поспеть, -我们到处想高招来准备——
В каждом доме обонянье дразнит 家家都有美味的精美的
Вкусная, кокетливая снедь.食物来刺激人的嗅觉。

Яйца блещут яркими цветами,鸡蛋 闪现出绚丽的色彩,
Золотится всюду « X[а]» и « B[э]», -“x”和“в”处闪着金光——
Хорошо предпраздничными днями 由白石建筑起来的莫斯科,
Было в белокаменной Москве! 因节前的日子更显辉煌。

鲜艳的复活节彩蛋是复活节的象征之一,通常被放置在特意栽培的嫩草(通常是小麦或燕麦苗)上,复活节互赠彩蛋是由来已久的传统,小鸡突破硬壳获得生命,象征耶稣基督从棺木中复活。复活节另一个必不可少的点缀是为节日专门烤制的圆柱形面包,由面粉、糖、鸡蛋和牛奶烘焙而成,表面涂着彩色奶油和砂糖,晶莹剔透。甜奶渣糕也是俄罗斯的传统甜食,由奶渣、奶油、糖粉和黄油混合制成。一切准备就绪,人们会先带着各种美食去教堂举行祝圣仪式,即让教堂的神职人员为这些食品洒上圣水。圣水被认为是神圣的,具有净化和保护的力量,被洒上圣水的食物会给人们带来好运和健康。经过祝圣的食物被带回家摆上了餐桌,待午夜的祈祷仪式结束后,人们才可以吃,即开斋。节前的城市也被装扮一新,在夜空中闪耀着绚烂的字母灯凸显出复活节的神圣元素。色彩绚丽的复活节彩蛋也象征着新生的喜悦。

Ночь нисходит, но Москва не дремлет, 夜幕降临,但莫斯科不打盹,
Лишь больные в эту ночь уснут. 只有病人才在今夜入眠,
И не ухо, даже сердце внемлет 不仅耳朵,连心也在聆听
Трепету мелькающих минут! 一闪而过的瞬间的抖颤!

Чуть, чуть, чуть - и канет день вчерашний, 一会儿——昨天就无影无踪了,
Как секунды трепетно бегут!.. 每秒钟颤抖的跑得多快速!……
И уже в Кремле с Тайницкой башни 在克里姆林宫,从坦尼茨钟楼
Рявкает в честь Праздника салют. 礼炮轰鸣把节日庆祝。

И взлетят ракеты. И все сорок 火箭飞起了,莫斯科众多的
Сороков ответно загудят, 教堂千钟应和着嗡嗡响,
И становится похожим город 整个城市和古罗马城堡
На какой-то дедовский посад! 外的工商区有点相像!

На осколок Руси стародавней, 像古罗斯的残余部分,
Вновь воскресшей через триста лет… 它在三百年之后又再生……
Этот домик, хлопающий ставней, - 这所让小窗砰砰响的房子——
Ведь таких давно нигде уж нет! 如今早已无处可寻!

Тишина арбатских переулков, 阿尔巴特街的小巷静悄悄——
Сивцев Вражек, Балчуг. - и опять 斯维弗齐·弗拉日基、巴尔丘格——又面对
Перед прошлым, воскрешенным гулко, 大张旗鼓复活的往昔,
Век покорно должен отступать. 世纪必须乖乖地后退。

Две эпохи ночь бесстрастно весит, 一夜冷淡但有两个世纪重,
Ясен ток двух неслиянных струй. 两股未汇合的水流很清澈。
И повсюду под « Христос Воскресе » 到处听得见在《基督复活了》
Слышен троекратный поцелуй. 的伴奏下接连三次地接吻。

Ночь спешит в сияющем потоке, 此夜在汇合的水流中起程,
Величайшей радостью горя, 身上有最大的快乐在闪亮。
И уже сияет на востоке 东方的天空已经闪耀着

Кроткая Воскресная заря.[①]一道温顺的复活的霞光。[②]

复活节的前夜是无眠的，所有的教堂都会举行盛大的祈祷仪式，人们齐聚教堂，静待零点的钟声响起，“不仅耳朵，连心也在聆听，一闪而过的瞬间的抖颤”。克里姆林宫的基督救世主大教堂的修建源于俄法卫国战争的胜利，为感谢基督对俄罗斯的庇护，并纪念战争中牺牲的俄罗斯人民。几经历史变迁，基督救世主大教堂成为全俄罗斯东正教大牧首的主教堂，也是大牧首复活节祈祷仪式的主教堂。随着零点钟声敲响，礼炮轰鸣，莫斯科的教堂“千钟应和着嗡嗡响”，诵经声随即响起，人们齐声欢呼“复活了！复活了！”根据传统，复活节这天，人们见面时会说：“耶稣复活了”“耶稣真的复活了！”并亲吻三次以示祝贺，同时还要交换复活节彩蛋、吃复活节蛋糕。因此，“到处听得见在《基督复活了》的伴奏下接连三次的接吻”。

当“一道温顺的复活的霞光”闪耀在东方的天空时，人们相信，基督复活了，善良战胜了邪恶，光明战胜了黑暗。复活节是在万物复苏的春天，它也唤醒了人们对美好未来的信念和希望。

Опять в полях я, и душа нагая 我又在旷原，赤裸的心
Меж небом и землей одна, одна…在天地之间孤孤单单……
Весенний свет в пространства проливая，春光流向无垠的空阔，
Сияет голубая вышина.高高的天幕一派蔚蓝。

Стоит повсюду тишина такая，四面八方都寂静无声，
Что в воздухе недвижимом слышна，空气凝滞，能够听见
Когда пpoреет ласточка, играя，燕子掠过，上下翻飞，
Ее крыла звенящая струна.它的翅膀是颤动的弦。

Прислушаешься к сердцу. Даже в нем 你倾听着心跳。心中
Замолкли сожаленья о былом.已平息了往昔的抱怨。
Судьба изменчивая, но благая 命运随时随地在改变。

Ведет извилистым своим путем，善良引导，路途曲折，

① *Собрание сочинений в 2-х томах. Т.I: Стихотворения и поэмы* , https://litmir.club/br/? b=202027&p=68.

② 李延龄主编:《哈尔滨，我的摇篮》，第106—108页。

И чувствуешь, что ближе с каждым днем 你感到一天近似一天,
К первоисточникам душа слепая.[①]盲目的心正走向本源。[②]

身处旷原的“我”恍若让人看见俄罗斯现实主义画家伊万·尼古拉耶维奇·克拉姆斯柯依的名作《荒野中的基督》形象,在乱石铺成的无垠的空旷中,基督眉眼低垂,神情沉重。诗中的“我”形单影只,灵魂孤寂。在基督40天的荒野禁食期间,魔鬼利用人的生理需求、精神需求以及本性对自由的渴望对他进行3次试探,经过痛苦的挣扎,耶稣最终战胜了诱惑。在空寂无声中,拥有不朽灵魂的燕子化身吉祥的使者,消释着“我”心中的怨念,在精神的十字路口对“我”进行“善良引导”。尽管“路途曲折”,但坚定的信念让“盲目的心正走向本源”。因此,画作中,一抹朝霞给基督带来希望和生机;诗歌中,无垠的春光让“我”感受到生命的强大和对未来的期待。如同《最后一枝荷花》(*Последний лотос*),在秋天的萧瑟中诠释着生命的坚韧。

В начале сентября.九月初的日子,
От зноя отдыхая,不再热似蒸笼,
Вечерняя заря 北海公园的园林,
Горит в садах Бэйхая.被晚霞照得火红。

Прозрачны и чисты 淡紫色的远方,
Сиреневые дали.透明而又纯净。
Надменные цветы,百花一度矜持,
Цветы уже увяли.如今花朵凋零。

Торжественная тишь 花茎变得干枯,
Над мертвыми стеблями.四周笼罩寂静。
Последний лотос лишь 最后一枝荷花,
Один воздет, как знамя.旗帜一样坚挺。

Стой. И не бойся ран.荷花不惧伤残,
Стой, гордый и отвесный,傲骨屹立亭亭,
Как древний великан,俨然古代巨人,

① *Русская поэзия Китая: Антология* , https://litlife.club/books/174318/read? page=116.
② 李延龄主编:《松花江晨曲》,第329页。

Держащий круг небесный! 独臂支撑天空。

“池塘一夜秋风冷，吹散芰荷红玉影。”芰荷（即荷花）在秋风中摇曳，红玉般的影子被吹散。诗中秋风的强劲和荷花的娇弱形成鲜明的对比，但貌似娇弱的荷花并没有屈服于强劲的秋风，尽管花茎已经干枯，依然“傲骨屹立亭亭”，俨然古希腊神话中的擎天巨神阿特拉斯，又酷似盘古开天神斧的斧柄——“擎天白玉柱”。

Так некогда и мы -我们也曾如此——
Но побеждали зимы，最终败于寒冬，
И на ветру зимы 面对寒风凛冽，
Мы таяли，как дымы.我们如烟消融。

Мы были，как орлы，我们曾像雄鹰，
И в синеву любили 蔑视昏暗迷梦，
Бежать от сонной мглы，避开灰尘弥漫，
От пешеходной пыли.展翅翱翔苍穹。

Быстрее южных льдин 岁月飞速流逝，
Проголубели годы，快似冰雪消融，
И я стою один，我为自由弹唱，
Последний бард свободы.[①]独自一人飘零。[②]

不畏季节变化，努力保持优雅和美丽的荷花让诗人有种惺惺相惜的感慨：“我们也曾如此”——无惧朔风凛凛，终究“如烟消融”；“蔑视昏暗迷梦”，最终也只能选择“避开”。尽管韶华已逝，依然保持高贵的品质：“我为自由弹唱，独自一人飘零。”走过童年的纯真无邪，穿越青春的激扬梦想，直面成年的风雨挑战。唯有依靠内心的自洽与坚韧，方能逐一化解历经的风霜雪雨，实现心灵的自我疗愈与成长。

---

① *Русская поэзия Китая：Антология* ，https://litlife.club/books/174318/read? page=73.

② 李延龄主编：《松花江晨曲》，第117—118页。

第四节　自洽，是治愈一切的良药

Придет и уйдет… и опять я одна 它来了又走了……又剩下我独自一人
Останусь с печалью желаний 怀着愿望的悲苦，
Смотреть на кристаллы в квадрате окна，观看窗户上晶体的雪花，
На воск от крещенских гаданий.观看严寒时节占卜的蜡烛。

И грусть моя - к прошлому ласковый мост，我的悲伤是通向过去的一架温柔的桥，
А радость - для всех незрима…我的欢乐——不为任何人所看见……
Вот так и проходят под знаком звезд 在星星的标记下度过
Неслышные белые зимы…[①]无声无息的白色冬天……[②]

“流光容易把人抛，红了樱桃，绿了芭蕉。”幸福的时光总是转瞬即逝，徒留窗户上的雪花和占卜的蜡烛填补诗人无尽的伤感和空虚。不过诗人并没有拘囿于忧戚的沼泽，而是在温柔的回眸中发现，嵌在时光回廊里的温馨与欢乐并未走远。

和解当下，直面往昔，这也是诗人维克多·维特卢金倚在窗前的自省。疲惫的夜、被风裹挟的雪花、“逃跑的街道”，糟糕的天气并未影响诗人的情绪。他偎在窗玻璃上，心情舒畅地翻开“往昔岁月的书页”，重温那一度被遗忘的爱情和幻想。

Слепая ночь устало хмурится…盲目的夜疲惫地皱着眉……
Как много снега намело.仿佛好多雪吹到一起。
Там убегающая улица 那里是正在逃跑的街道，
Легла серебряной стрелой.像一支银色的箭落了地。

А я прильнул к стеклу оконному -我却偎依在窗子玻璃上，

---

① *Русская поэзия Китая: Антология* . https://litmir.club/br/? b=174318&p=51.

② 李延龄主编:《松花江畔紫丁香》，第 231 页。

Мне как-то странно хорошо.我心情舒畅得有点特别。
Я памятью настороженною借助于充满警觉的记忆，
В страницы прошлого ушел.我走进了往昔岁月的书页。

И，воскрешая ту，забытую当脑海中复现那遗忘了的
Любовь - забытую мечту，爱情——那遗忘了的幻想，
Глазами，широко раскрытыми，我用两只睁得大大的眼睛，
Гляжу в немую темноту.①朝暗哑无语的黑暗凝望。②

诗人勇敢地向“黑暗凝望”，正视自己以往的软弱和挣扎，努力卸下心灵的负累，拥抱真实的自我，活出自洽的人生。女诗人奥莉伽·斯阔毕浅克向上帝坦诚自己走进婚姻的真实心路，写下《写给你》（*Тебе* ）一诗。

Я белой девушкой вошла за твой порог我，一个白雪般的姑娘，
На светлые широкие ступени.要进你门槛，经明亮台阶上。
Незримой ласкою далекий Бог遥远上帝，把看不见的爱抚，
Коснулся нас Своим благословеньем.把祝福，传到我们身旁。

И в куполе церковном，в синеве教堂圆顶下，顶下蓝色中，
Две вспыхнули звезды и заблестели вместе，两颗星突然闪亮，一起发光，
И было радостно тогда и жутко мне，当时，我是又高兴又害怕，
Твоей застенчивой и глупенькой невесте.未婚妻的我羞答答、傻样儿。

Не знали мы тогда своих дорог，当时我们不知道自己的路，
Какие нам Великий Рок укажет.那伟大的命运指给我们的路。
Я белой девушкой вошла за твой порог，-我一个雪白姑娘进你门槛，
Дрожали трепетно цветы от флердоранжа.婚礼，头上香橙花连连颤动。

即将走进婚姻的未婚妻忐忑不安：“我快当新娘了。每天，我从信中品味黄昏，到了夜深人静的时候，我就给未婚夫回信：‘我做客在白色的死神，在通往黑暗的路上。’”③随后，“我”披上洁白的婚纱沿教堂的台阶拾级而上，

① *Русская поэзия Китая：Антология* ，https://litmir.club/br/? b=174318&p=18.
② 李延龄主编：《哈尔滨，我的摇篮》，第 140 页。
③ ［俄］安娜·安德烈耶夫娜·阿赫玛托娃：《你呼吸太阳，我呼吸月亮：阿赫玛托娃抒情诗选》，杨开显译，花城出版社 2017 年版，第 133 页。

准备接受神父以上帝之名的祝福："遥远上帝，把看不见的爱抚，把祝福，传到我们身旁。"当神圣的婚姻被双方互换的戒指所封印时，"两颗星突然闪亮，一起发光"，"我"既羞怯又充满期待，尽管对"那伟大的命运指给我们的路"还一无所知。

И год прошел, стирая след у дней，岁月去了，一天天抹掉痕迹，
Вплетая в жизнь мечты и неудачи.把梦想和挫折都编进生活。
И каждый день был лучше и ясней，它一天比一天更好更美丽，
А это много… очень много значит.这意味着，很多很多的东西。

Вся наша жизнь такой неровный слог 我们的整个生活，都是幸福
Поэмы сказочной о счастье и печали…和那悲哀童话的蹩脚诗句……
Я белой девушкой вошла за твой порог，我雪白的姑娘迈进你门槛，
А в тюле радостно листы цветов дрожали.[①]蒙头纱里花叶儿快活地战栗。[②]

"我"满怀憧憬走进婚姻，却发现除了幸福，还有"那悲哀童话的蹩脚诗句"，"我哭泣过，也后悔过"，"我知道痛苦难以忍受，走回头路感到羞耻……我害怕走近不爱的人，害怕进入死寂之地"。[③] 无怪乎结婚一周年在俄罗斯被称为"布衣婚"，因为相爱的两人还处于磨合期，关系如同布匹一样，柔软又易破。唯有懂得呵护和相互的妥协，才会"琴瑟在御，莫不静好"（《诗经·郑风·女曰鸡鸣》）。

不圆满为人生常态，幸福与伤悲交织的人生才是丰盈的人生。正如元朝散曲家张鸣善在《普天乐·咏世》中所叹："月有盈亏花有开谢，想人生最苦离别。花谢了三春近也，月缺了中秋到也，人去了何日来也？"诗人叶列娜·涅杰利斯卡娅的《远方》(*Далёкое*)勾起她久远的或怅然或温情的乡愁。

Далекий летний день. Изгиб тропинки узкой.远方的夏天。小路弯弯曲曲。
Кусты шиповника. Обрыв. Река.一丛丛野菊。悬崖。大河。
Взметнувшийся отрывок песни русской.一段段俄罗斯歌曲腾空而起，

① *Русская поэзия Китая: Антология*，https://litmir.club/br/? b=174318&p=92.
② 李延龄主编：《松花江畔紫丁香》，第43—44页。
③ [俄]安娜·安德烈耶夫娜·阿赫玛托娃：《你呼吸太阳，我呼吸月亮：阿赫玛托娃抒情诗选》，第31页。

Пасущиеся в небе облака.天空里飘浮着云朵。

Святая тишина. Ряды избушек серых,神圣的寂静。一排排灰色的小屋
Взбежавших на зеленый косогор.爬上绿色的山坡。
И белый храм, как символ чистой веры…还有一座白色的教堂——纯洁信仰的象征,
Синеющий вдали сосновый бор…还有远方悠悠成林的松柏……

夏天的悬崖旁、大河边,野菊花点缀在蜿蜒的小路旁,或柔情或激昂的俄罗斯歌曲呼应着云朵的召唤。神圣的寂静中,松柏林消散着夏日的炎热,为灰色的小屋和白色的教堂带去丝丝凉意。

В полете вихревом забвению навстречу 急速飞行的忘却迎来
Мелькают чувства, даты, имена.情感、日期、姓名的闪烁。
Под тяжестью забот согнулись плечи 操劳的重担压弯了双肩,
И надо лбом, как иней, - седина.霜一般的白发出现在前额。

Но сердце сберегло и пронесло сквозь годы 可是心脏不顾自己的疲劳,
Наперекор усталости своей 经过沧桑的岁月保存了
Улыбку светлую родной природы,对祖国田野空气的梦幻,
Мечту о воздухе родных полей.[①]对祖国大自然的灿烂微笑。[②]

记忆过于漫长,曾经以为会永远铭记的情感、日期、姓名都变得闪烁不定、影影绰绰。现如今,生活的磨难压弯了双肩,岁月的推移催生了白发,然而,“对祖国田野空气的梦幻,对祖国大自然的灿烂微笑”却永存心底,成为疲惫灵魂里的一抹亮色。尽管往事如烟,但总有些记忆温暖流年。

Мрак спустился темной птицей. Окна - черные провалы,
昏暗像一只乌鸦落地。窗户是一些黑洞,
Ночь над спящею землею расстелила покрывало
夜在沉睡的大地上铺展了一层苫布,
И по бархатному фону бриллианты разбросала.
夜将金刚石粒撒满了丝绒天幕。

① *Русская поэзия Китая: Антология* , https://litmir.club/br/? b=174318&p=56.
② 李延龄主编:《松花江畔紫丁香》,第140页。

Средь кустов пророчит вёдро одинокая цикада.

晴空万里，树丛中孤独的蝉鸣。

Глухо слышен рокот моря. Льется в комнату прохлада.

大海阴沉地咆哮。凉爽流进窗棂。

Тихий свет воспоминаний - словно кроткая лампада.

忆往时的悠悠光亮——如同柔和的神灯。

深邃的夜空中繁星点点，大地沉入梦乡，树丛中的蝉鸣让黑夜的孤独无处栖身。大海阴沉地咆哮着，像是在呢喃无法为外人道的情绪。凉爽的风溜进窗棂，如同暗夜里的一道光，唤起往昔的悠悠光阴。

Замирает сладко сердце в чувстве нежном и знакомом…

心儿在抚爱熟悉的感情当中甜甜地屏息不动……

Был когда-то ветхий домик, чем-то схожий с крошкой гномом…

曾经有过一幢小破房，颇似小小的精灵……

На диване кот пушистый спал, свернувшись теплым комом…

沙发上睡着一只猫，缩成一团，毛毛茸茸……

По ночам скреблися мыши! По углам грустили тени.

耗子夜夜磨牙齿。影子在角落里忧伤。

От балкона в палисадник шли широкие ступени.

宽宽的台阶从阳台通向小花园。

Соловей о счастье грезил в буйных зарослях сирени…

繁茂的丁香花丛里夜莺把幸福歌唱……

Было детство, ясность сердца - жизни чистые истоки.

有过童年，心灵明净——清泉的生命。

Были красны эти губы, были пухлы эти щеки…

嘴唇曾红润，脸蛋儿曾肌丰，

Неужели это было?! Сон чудесный, сон далекий!

莫非往事如烟?! 美丽的梦，遥远的梦![1]

---

① *Русская поэзия Китая: Антология*, https://litmir.club/br/? b=174318&p=56. 李延龄主编:《松花江畔紫丁香》，第141页。

童年的小屋虽破旧,却颇似守护暗夜的精灵,任由毛茸茸的猫儿蜷缩在沙发上,“耗子夜夜磨牙齿。影子在角落里忧伤”,听凭夜莺在丁香花丛中歌唱幸福……童年的“我们”,“嘴唇曾红润,脸蛋儿曾肌丰”,心灵纯净如清泉。如今一切都那么遥不可及,诗人不免感叹:“莫非往事如烟?!”时光无情,童年成了美丽而遥远的梦:“那颗心不再回应我的呼喊,/不管是悲哀,还是欢乐。/一切都完了……我的歌声/飞入再也没有你的深夜。”[①]

我们可以眷念美好,但也不必过于执着,因为人生不是占有,而是经历。所以女诗人莉迪娅·哈茵德洛娃坦然地接受失去:“不哭,不……不乞求恩赏……”(Не плакать, нет… и не просить щедрот…)

Не плакать, нет… и не просить щедрот,不哭,不……不乞求恩赏,
И крыльев не просить земных и слабых,不乞求地球上无力的翅膀,
Но вдруг увидеть свет иных высот 却能够看见另外的黎明、
И веточку любимых белых яблонь.可爱的白色苹果枝的摇荡。

И вот постигнуть: наша жизнь не мрак,应当理解:我们的生活不绝望,
Не горестное заточенье духа,这生活,不是悲惨的精神流放,
Раз не осилить, не сломить никак 既然怎样也制不服,也摧不毁
Прозренье взора, окрыленность слуха.听觉的振奋、视觉的豁然开朗。

И нет тоски… а если есть она,而且,没有寂寞……如果有,
То светлая, воздушная, святая,那也是光明的、轻盈的、神圣的。
И если власть ей надо мной дана,如果,叫它对我产生影响,
То легкая, как облачная стая.[②]那它将是轻飘的,如同云团一样。[③]

余光中曾言:“人的一生,贪嗔兼痴,自有千般因缘,种种难舍。雪泥鸿爪,谁能留得住,记得清呢?”[④]贪欲、嗔恨、痴迷都是人性,随着时间的流逝,所有的因缘际遇和难以割舍的情感最终都会像雪地上的爪印一样消失无踪,无法长久留存或清晰记忆。因而,即使身处逆境,诗人也没有放弃希望,

① [俄]安娜·安德烈耶夫娜·阿赫玛托娃:《你呼吸太阳,我呼吸月亮:阿赫玛托娃抒情诗选》,第228页。

② *Русская поэзия Китая: Антология*, https://litmir.club/br/? b=174318&p=99.

③ 李延龄主编:《松花江畔紫丁香》,第62页。

④ 余光中:《长长的路我们慢慢走》,第161页。

而是坚信，会有另一种风景在等着自己。尽管人生无常、瞬息万变，只因悟到“水流而境无声，得处喧见寂之趣；山高而云不碍，悟出有入无之机”[①]的真谛，诗人明白，挫折并没有让自己的生活成为“悲惨的精神流放”；只要保持内心的宁静和自由，心不随境转，哪怕寂寞，也是“光明的”“轻盈的”“神圣的”，是“最耐听的音乐”。[②]

回顾过往，诗人拉丽萨·安捷尔先始终心怀感恩，在《致我的马》（*Моему коню*）中，阡陌蓝天、景物生灵，都成为诗人感恩的对象。

Благодарю тебя, осенний день，谢谢你，秋日的白天，
За то, что ты такой бездонно синий，谢你这透底的蓝，
За легкий дым маньчжурских деревень，谢你满洲乡村薄薄的炊烟，
За гаолян, краснеющий в низине，谢你低地上长的高粱。
За голубей, взметающихся ввысь，谢你飞向高空的鸽子，
Как клочья разлетевшейся бумаги，它们像飘散的张张纸片。
За частокол, что горестно повис 谢那些栅栏，它们忧郁地
Над кручей неглубокого оврага，悬在浅沟壑不陡的坡面。
За стук копыт по твердому шоссе，谢那些坚硬路面上的蹄声，
（О, как красив мой друг четвероногий!）（噢，多美，我的四脚朋友！）
И за шоссе, за тропы и за все 谢公路，谢小径，和所有那些
Ухабистые славные дороги.可爱的路，它们坑坑洼洼，不平坦。
Я о судьбе не думаю никак.我不管会怎样，自己的命运，我不去盘算。
Она - лишь я и вся во мне, со мною.它，不过是我，我身上、我身边的一切。
За каждый мой и каждый конский шаг 谢每一个我的、我马的脚步。
Я и мой конь - мы отвечаем двое.[③]——我和我的马是同一样语言。[④]

诗人感谢秋日，透蓝的晴空以及纸片般飘飞于高空的鸽子，谢它们承载了自己的梦想；感谢东北的乡村，薄薄的炊烟、低地的高粱以及悬在浅浅坡

① 洪应明：《菜根谭》，琮琤译注，山西古籍出版社 2001 年版，第 143 页。

② 余光中：《长长的路我们慢慢走》，第 167 页。

③ *Стихотворения Ларисы Андерсен - Наталья Лайдинен*，https://laidinen.ru/stihotvorenija-larissy-andersen/.

④ 李延龄主编：《松花江畔紫丁香》，第 103 页。

面的栅栏，谢它们给了自己生活的保障；感谢所有坑洼不平的公路、小径，感谢它们连通了外面的世界。诗人尤其感谢了她的“四脚朋友”，谢它坚硬路面的蹄声，谢它的辛劳和陪伴。只是，感恩生活及磨难的前提是，必须学会遗忘与铭记，忘记痛苦、烦恼和仇恨，记住善意、愉悦和恩惠。所以，在夜凉如水的《冬夜》(*Зимней ночью*)，诗人叶列娜·涅杰利斯卡娅决定挣脱枷锁，不再让斗争、仇恨、惊扰的梦和困倦的眼睛束缚自己的心灵。

Ни о вражде, ни о тревожных снах，不要去想仇恨，不要去想惊扰的梦，
Ни о борьбе, ни о глазах усталых 不要去想斗争，不要去想困倦的眼睛。
Не думать. Позабыть… Ночь так ясна.忘记一切……也是如此幽明。
Сверкают звезд холодные кристаллы.星辰闪闪像冷冰冰的水晶。

Идти в морозной острой тишине；在凛冽刺骨的寂静中漫步，
Душой свободной, чувствами простыми 用自由的心灵和朴素的感情
Приветствовать огонь в чужом окне，欢迎他人窗户里的炉火，
Чужую жизнь за стеклами двойными.欢迎双层玻璃后的他人生活。

Обиды ветру зимнему отдать 把委屈埋葬在白雪下，
Иль схоронить их под порошей белой.把委屈托付给冬天的寒风。
Минувший день без гнева вспоминать，回忆过去的一天不要心怀愤恨，
Грядущий - ожидать с улыбкой смелой.[①]要用勇敢的微笑期待来日的降临。[②]

当人被负面情绪裹挟时，整个世界都是冰冷的，但只要她愿意放下心结，让委屈和愤恨随风雪而去，用“自由的心灵和朴素的情感”去拥抱他人的温暖(炉火)和幸福(生活)，用勇敢的微笑期待来日，用释然的心告别昨天，“回首向来萧瑟处，归去，也无风雨也无晴”。

同时，诗人点燃十字架，虔诚地向象征光、火和爱的六翼天使祈祷，希望得到他的救赎和指引。六翼天使即撒拉弗，又被称为“炽天使”，位于天使九阶中的最高位，是“爱和想象力的精灵”。六翼天使无形无体，以其振动创造生命，如需要，会以六翼四首(或二首)之姿现身。诗人相信，六翼天使一定

① *Стихотворения Елены Недельской - Наталья Лайдинен*，https://laidinen.ru/stihotvorenija-eleny-nedelskoj/.

② 李延龄主编：《松花江畔紫丁香》，第148页。

会降临，并给她带来《启示》(*Откровение*)。

Пред облаком, спокойно тающим 面对深蓝色的苍穹，
На фоне темно-голубом，观望静静消融的云朵，
Пред небом, звездами сверкающим，面对星光灿烂的天空，
Я осеню себя крестом.我点燃十字祝福自我。

И верю - будет откровение，我相信——启示会降临，
Когда, бесплотен, невидим, -当无形无体的纯洁精灵——
Меня коснется на мгновение 光明的六翼天使，
Дух чистый - светлый серафим.在瞬息间触及我的情。

И я пойму душой измученной，到那时，我受尽磨难的心
Что жизни тягостная жуть，会理解人生沉重的苦境，
Что тусклые ее излучины -它那昏昏暗暗的曲折道路，
Лишь к Вечному недолгий путь.①仅仅是通向永恒的短近里程。②

诗人坚信，六翼天使不仅会用炽热的爱温暖她“受尽磨难的心”，而且会启迪她，人生的苦难和由折都只是通往永恒之途的考验；只要无惧前路艰险，六翼天使终将会用圣火的万丈光芒为诗人驱散途中的黑暗。在十字架燃烧的耀眼光焰中，诗人艾玛·特拉赫腾别格也在《悄声细语》(*Шепотом*)着自己的祈请。

Впереди прекрасное видно，美丽的景色展现在眼前，
По чужим ступаю следам…我踏着他人的足迹走去……
Пусть ударят - мне не обидно.任人出卖——我不会变节，
Предадут пусть - я не предам.任人打击——我不感到委屈。

Не святая я и не лучше 我非圣女，也不能和那些
Тех, кто в жизни ведал беду；历尽辛酸的人相比，
Видно, просто сквозь тьму и тучи 我只不过是透过云雾
Я узнала свою звезду.看到了我的星辰，认识了自己。

---

① *Русская поэзия Китая: Антология*, https://litmir.club/br/? b=174318&p=55.

② 李延龄主编：《松花江畔紫丁香》，第 136 页。

周国平认为："人生有三个基本的觉醒：生命的觉醒，自我的觉醒，灵魂的觉醒。"[①]诗篇的开始，当诗人为了前方的美景放下俗世的牵绊时，本真的生命开始觉醒，尽管她还只是一个"踏着他人的足迹"前行的单纯的追随者。但前路漫漫，困难和挑战在所难免，"任人出卖——我不会变节，任人打击——我不感到委屈"。诗人的坚韧不屈不禁让人想起屠格涅夫《门槛》中的那个俄罗斯姑娘，那个为了梦想愿意忍受完全的孤独，经受一切苦难、一切打击的"圣女"。"圣女"最终坚决地跨过高高的门槛，走进发散着寒气的、被阴暗的浓雾包裹着的窄门。诗人也透过云雾，看到了属于自己的星辰，认识了真正的自己。余光中曾说："发现自己的内心，需要性格的力量。唯勇敢者敢单独面对自己；唯智者才能与自己为伴。"[②]诗人并没有为世俗的云雾遮蔽双眼，而是坚守内心，最终实现了自我的觉醒。

Это - чудо случилось со мною… 我身上发生了一件怪事……
Безголосой долго жила，我生来长期无声无息，
Вдруг услышала за спиною 突然我听到后背传来
Шелест маленького крыла. 小小翅膀的战栗。

И второе скоро явилось… 紧接着又出现了第二件怪事……
Невысок был мой первый взлет，我第一次飞得很低很低，
Но незримая дверь открылась 可是无形的大门洞开——
В близкий, тихий небесный свод! 通向不远的、静静的云际！

周国平认为，信仰是灵魂觉醒的途径之一。或许是向六翼天使的祷告获得了回应，诗人突然听到自己的后背传来"小小翅膀的战栗"，当她尝试着飞起去探寻那个神秘的未知世界时，"通向不远的、静静的云际"的无形大门竟自动为她敞开。

Пусть мой голос нестройно ломок，即使我的声音脆弱不协调，
Пусть я песню только шепчу, -即使我只能小声吟唱歌曲——
Не орлица ведь я - воробьенок, -可我并非山鹰——只是一只小麻雀——
Все же чувствую, что лечу! 但我已感受到自己在飞弋！

---

① 周国平：《哲学开始于仰望天穹：周国平散文精选》，北京联合出版公司2023年版，第303页。
② 余光中：《长长的路我们慢慢走》，第215页。

И откуда такое благо 我这个渺小的软弱的、普通的女人
Мне, невзрачной, слабой, простой? 哪里来了这种福气?
Пролился дождем на бумагу 我那全部惊喜的悄声细语
Весь восторженный шепот мой.[①]遍洒纸张如同倾盆大雨。[②]

六翼天使的引导让诗人见到了那个精神的自我，尽管她还不够完美，只能小声颂唱赞美神的歌曲，而且“声音脆弱不协调”；不能像山鹰那样搏击长空，只能如小麻雀般在低空盘旋。但灵魂的觉醒让“我这个渺小的软弱的、普通的女人”触碰到了那个最深邃的自我，诗人禁不住涕零如雨。

由此可见，自洽就是善于自省，不沉溺于悲观，也不执着于过往，接纳过去的自己，不为物役、坚守初心，从而达到生命、自我和精神的真正觉醒。

За окнами - снег… Мой далекий привет 穿过窗外大雪纷纷……我这遥远的问候
Рассыпался в звонкой поэме…散落在铮铮作响的长诗中……
Зима… И невольно сквозь кружево лет 冬天……通过岁月的花边我不由得
Тянусь я к любимой теме.[③]又去撰写自己心爱的题材。[④]

“记忆，重重叠叠的复瓣花朵”[⑤]，蕴藏着岁月的酸甜苦辣。诗人经历了“看山是山，看水是水”的懵懂纯净和“看山不是山，看水不是水”的雾里看花，最终回归“看山还是山，看水还是水”的本真明悟。于他们而言，穿过岁月的花边，最值得欣慰的莫过于“初心尽不违”。

---

① *Стихотворения Эммы Трахтенберг - Наталья Лайдинен* , https://laidinen.ru/stihotvorenija-jemmy-trahtenberg/.

② 李延龄主编:《松花江畔紫丁香》,第 205—206 页。

③ *Русская поэзия Китая: Антология* , https://litmir.club/br/? b=174318&p=51.

④ 李延龄主编:《松花江畔紫丁香》,第 231 页。

⑤ 余光中:《长长的路我们慢慢走》,第 75 页。

结语　雾中的灯光

这么多年来，做一个被驱逐者，
寄去你爱的祈祷吧，给祖国。
尽管不知道故乡土地的气味，
你的血液却含着她的细末儿。[①]

——[俄]莉迪娅·哈茵德洛娃

在异乡的中国，俄罗斯侨民面临着语言、文化、身份认同等多重挑战，他们如同行走在朦胧的雾霭之中，努力寻找着方向与光明。彼时，乡情、宗教、文化等成为引领侨民的灯光，为他们迷茫的心灵提供了慰藉和希望。于俄罗斯侨民而言，乡情是他们与故土之间无法割舍的纽带，宗教是他们精神寄托之所在，而文化则是他们身份认同的基石。

在东北地区的俄罗斯侨民中，既有平民百姓，也有贵族；既有知识分子，也有商人、军人。初到异乡，他们本能地希望抱团取暖，成立了各种同乡会，如哥萨克同乡会、西伯利亚同乡会等。同时，俄侨还成立了各种协会或组织，如流亡者协会、残疾人协会、救助儿童协会、幼儿园、孤儿院、侨民事务所等，去帮助或救助特定人群。乡情让侨民们时刻感受到来自同胞的温暖和关怀，无论身处何方都能找到心灵的归宿。因此，"有些侨民把这儿的生活看作是《蓝鸟》（*The blue bird*，又译为《青鸟》，是比利时戏剧家莫里斯·梅特林克的一部梦幻剧，讲述了两个孩子寻找青鸟的故事。他们最终发现，青鸟就在自己家里，而幸福，就在身边。——本书作者注）'回忆国'中产生的

① 李延龄主编：《松花江畔紫丁香》，第 72 页。

‘家园错觉’。这绝非偶然。”①

宗教为远离故土的侨民提供了精神上的支持和庇护。哈尔滨教区的教堂曾达到60座，圣尼古拉大教堂是其主教堂，也是所有宗教活动的中心，信徒们在此既能休憩灵魂，又能安放肉身。因此，诗人格奥尔吉·萨托夫斯基把它誉为既能为信徒遮风避雨，又能救苦救难的佑护之舟。他在《船——献给哈尔滨尼古拉耶夫斯基大教堂》(*Корабль-Харбинскому кафедральному Св. Николаевскому собору*)中写道：

Как корабль в житейском бурном море，尘世波涛汹涌你是一条船，
Верное прибежище средь бурь，面对暴风雨你能救苦救难，
С окружающим бетоном споря，与四周的混凝土建筑抗争，
Ты вознес свои шатры в лазурь! 你把自己的拱顶举向蓝天。

Утром - словно девушка, румяный，早晨你像面颊红润的姑娘，
В кубовом затейливом платке；穿一身宝蓝色的美妙衣裳，
Ночью - царь, короною венчанный，夜晚你是头戴王冠的国王，
В бармах и с державою в руке. 披肩威武堂皇，手执权杖。

Летним днем, одетый пышным златом 夏天，你身披绚丽的金光，
Драгоценной солнечной парчи，太阳织成无比珍奇的绸缎，
Ты - летящий, легкий и крылатый，你轻轻舒展羽翼凌空飞翔，
Внемля Богу, благостно молчишь. 倾听着上帝，你默默无言。

Иль, купаясь в проливной лазури，你又像是在碧空当中沐浴，
Умываясь пеной облаков，溅起的浪花变成云朵浮动，
Будишь ты дремоту тихих улиц 阵阵钟声犹如金色的细雨，
Золотым дождем колоколов! 把宁静的街道从梦中唤醒！

Но промчится вихрь осенней бури，但秋天的风暴将呼啸飞过，
И слетится туч седая рать - 乌云翻滚威逼如千军万马——
Ты восстанешь, грозен и нахмурен，你却仍巍然屹立双眉紧锁，

① 李延龄主编：《中国，我爱你》，第49页。

Чтоб судить，вязать и разрешать.[①]心中判断权衡应对的办法。[②]

教堂吸引着信徒或非信徒，有人来做弥撒，有人则为了听合唱或听彻夜祈祷，回荡在教堂里的宗教音乐以及合唱会让不幸的人暂时忘却生活中的种种不顺。当然，除了主持各种宗教仪式、神学讲座外，每个教堂都会积极参与慈善事业，如伊维尔教堂开办了老人院、孤儿院以及慈善食堂；喀山-博戈罗季茨基男子修道院开办了慈善医院，设有药房和免费门诊部；圣索菲亚教堂设有索菲亚教堂殡葬所，为穷人和无亲无故的人送葬。所以，教堂不仅给了漂泊异乡的俄罗斯之魂以安宁，也给了那些孤寡无助的人以希望和切实的帮助。

文化是一个民族的灵魂，是连接过去、现在和未来的重要桥梁，是他们身份认同的象征和标志。俄侨通过创建俄文出版物、俄文图书馆等传承和弘扬俄罗斯文化，不仅维系着与祖国的纽带，而且增强了民族自豪感和归属感。"'俄侨的哈尔滨'遵循俄国文化的基础和传统，通过印刷语言这条纽带支撑着侨民同胞的精神生活，培育和教育了年轻一代。"[③]作为一个独特的文化群体，俄侨们还创办了很多文学组织，其中影响最大的文学协会"丘拉耶夫卡"（最开始名为"年轻的丘拉耶夫卡"）是由诗人阿列克谢·阿恰伊尔创办的。他们举行定期聚会，周二聚会是公开的，会邀请文化活动家作报告，所有爱好者都可以参加；周五聚会是封闭的，参加者为诗社成员（一些喜爱文学创作的年轻人也会受邀参加，其中的积极分子之后会被诗社吸纳）。"丘拉耶夫卡"经常举行各种诗歌朗诵会或与音乐相结合的晚会等。诗社创作氛围浓厚，成员们相互学习、交流，许多优秀的文学作品在这里诞生。

"丘拉耶夫卡"不仅是一个文学创作的集体，更是一个传承文学精神的阵地。成员们通过诗歌朗诵、文学讨论等形式，将俄国文学的精神和传统传递给更多的文学爱好者。于是，"丘拉耶夫卡"推出了自己的《丘拉耶夫卡报》，刊登诗社成员的诗歌，以及文学协会会员的短篇小说、文学批评、文学概论和评论等。在经济萧条、生活困苦的年代，"丘拉耶夫卡"及《丘拉耶夫

① Сатовский Григорий Григорьевич，*Стихотворения*，https://antrio.ru/satovskij-grigorij-grigorevich-stihotvoreniya/.

② 李延龄主编：《松花江晨曲》，第 174—175 页。

③ 李延龄主编：《中国，我爱你》，第 157 页。

卡报》团结和集中了一大批诗人和文学家，留下了丰富的文学遗产。很多有代表性的俄侨诗人和作家都是从"丘拉耶夫卡"成长起来的，如女性作家玛利娅·维吉、维克多里娅·扬科夫斯卡娅、拉丽萨·安捷尔先、娜塔利娅·列兹尼科娃、莉迪娅·哈茵德洛娃等；男性作家阿列克谢·阿恰伊尔、阿尔谢尼·涅斯梅洛夫、瓦列里·别列列申、尼古拉·斯维特洛夫、米哈伊尔·沃林、米哈伊尔·什梅谢尔、尼古拉·斯维特洛夫等，他们的创作不仅是对个人情感的抒发，更是对时代精神的反映和传承。由于历史原因，"丘拉耶夫卡"小组的成员们后来陆续流亡到上海等地。然而，他们并没有放弃文学创作和文学活动，反而在新的地方继续发扬"丘拉耶夫卡"的精神。这种流亡与传承的精神，使得"丘拉耶夫卡"的影响力和创作成果得以延续至今。

被命运抛到异乡的俄国知识分子，在理不清现实、看不清前路的境况下，在中国燃起了沸腾的文艺创作生活。他们或通过参与音乐会、戏剧演出、艺术展览等活动，享受艺术的魅力、找到心灵的寄托和情感的共鸣；或通过文字，将个人的经历、情感以及对生活的思考融入作品，架起自己与他人、与侨居国、与母国文化的桥梁。文字或许并不能全然表达一个人的情感，但它会触及灵魂，会让作者记住自己走过的路、吃过的苦、承受过的痛、渴求过的尊重，也会唤起读者的共情，让他们明白，即使在生活中历经诱惑、失落、幻灭，也应该保持初心，保持自己热血、赤诚、纯粹的底色。在生活与精神的迷雾中，俄罗斯侨民文学犹如一盏盏温暖的灯光，照亮了俄侨们的生活，为他们提供了精神上的引领和慰藉。通过艺术生活的丰富和乡情、宗教、文化的引领，侨民们在异国他乡找到了自己的归属感和价值感，也为中俄文化交流与发展注入了新的活力。"我们生活在东方。可我们保持着俄国的方向。"①

① 李延龄主编：《中国，我爱你》，第 108 页。

参考文献

1. 李延龄主编:《中国俄罗斯侨民文学丛书》(中文版五卷本),北方文艺出版社、黑龙江教育出版社 2002 年版。

2. 李延龄主编:《中国俄罗斯侨民诗歌赏析》,北方文艺出版社 2015 年版。

3. 荣洁等:《俄侨与黑龙江文化——俄罗斯侨民对哈尔滨的影响》,黑龙江大学出版社 2011 年版。

4. 张铁夫:《群星灿烂的文学——俄罗斯文学论集》,东方出版社 2002 年版。

5. 潞潞主编:《命运与岁月——外国名诗人传记、回忆》,北京出版社 2003 年版。

6. 余光中:《长长的路我们慢慢走》,光明日报出版社 2019 年版。

7. 铁军等:《日本龙文化研究》,中国传媒大学出版社 2013 年版。

8. 林家骊译注:《楚辞》,中华书局 2013 年版。

9. 迟子建:《额尔古纳河右岸》,人民文学出版社 2022 年版。

10. 辜鸿铭:《辜鸿铭讲论语》,北京理工大学出版社 2013 年版。

11. 洪丕谟、姜玉珍:《中国古代算命术》,上海人民出版社 1989 年版。

12. 李延龄:《李延龄文集》,北方文艺出版社 2008 年版。

13. 朱自清、闻一多等:《西南联大文学通识课》,天津人民出版社 2022 年版。

14. 周国平:《哲学开始于仰望天穹:周国平散文精选》,北京联合出版公司 2023 年版。

15. 易之:《我是个算命先生》,中国城市出版社 2012 年版。

16. 庄周:《庄子》,雷仲康译注,山西古籍出版社 1999 年版。

17. 司马迁:《史记》(评注本)(三),韩兆琦评注,岳麓书社 2013 年版。

18. 洪应明:《菜根谭》,琮琼译注,山西古籍出版社 2001 年版。

19.《历代咏史诗五百首》,师纶选注,华南理工大学出版社 2010 年版。

20.《俄罗斯白银时代诗选》,汪剑钊译,云南人民出版社 1998 年版。

21. [美]弗拉基米尔·纳博科夫:《俄罗斯文学讲稿》,丁骏、王建开译,上海译文出版社 2018 年版。

22. 佚名:《伊戈尔远征记》,魏荒弩译,人民文学出版社 2000 年版。

23. [俄]吉皮乌斯:《往事如昨——吉皮乌斯回忆录》,郑体武、岳永红译,学林出版社 1998 年版。

24. [俄]安娜·安德烈耶夫娜·阿赫玛托娃:《你呼吸太阳,我呼吸月亮:阿赫玛托娃抒情诗选》,杨开显译,花城出版社 2017 年版。

25. [英]丹尼尔·比尔:《死屋:沙皇统治时期的西伯利亚流放制度》,孔俐颖译,四川文艺出版社 2023 年版。

26. [法]魏尔伦:《这无穷尽的平原的沉寂:魏尔伦诗选》,罗洛译,人民文学出版社 2017 年版。

27. [法]都德:《最后一课——都德中短篇小说选》,刘方、陆秉慧译,人民文学出版社 2018 年版。

28. 何星亮:《中国龙文化的发展阶段》,《云南社会科学》1999 年第 6 期。

29. Александр Пушкин, *Редеет облаков летучая гряда* , https://rustih.ru/aleksandr-pushkin-redeet-oblakov-letuchaya-gryada/.

30. *Русская поэзия Китая: Антология* , https://www. rulit. me/books/russkaya-poeziya-kitaya-antologiya-read-267028.html.

31. Анна Ахматова, *Воспоминания об Александре Блоке* , https://biography.wikireading.ru/138913.

32. Александр Пушкин, *Во глубине сибирских руд: читать стих* , https://rustih.ru/aleksandr-pushkin-vo-glubine-sibirskix-rud/.

33. Несмелов Арсений Иванович, *Собрание сочинений в 2-х томах. T.I : Стихотворения и поэмы* , https://www. rulit. me/books/sobranie-sochinenij-v-2-h-tomah-t-i-stihotvoreniya-i-poemy-read-322174-34.html.

34. Наталья Лайдинен, *Стихотворения Виктории Янковской* , https://

laidinen.ru/stihotvorenija-viktorii-jankovskoj/.

35. Валерий Перелешин，*Стихотворения* ，http://morett.ru/poems/texts/pereleshin/pereleshin.htm.

36. Наталья Лайдинен，*Стихотворения Эммы Трахтенберг* ，https://laidinen.ru/stihotvorenija-jemmy-trahtenberg/.

37. Щеголев Николай Александрович，*Победное отчаянье* ，https://www.rulit.me/books/pobednoe-otchayane-sobranie-sochinenij-read-363973-8.html.

38. Георгий Гранин，*ВОЗВРАЩЕНИЕ* ，https://vk.com/wall-211295980_393.

39. Сергей Есенин，*С добрым утром* ，https://rustih.ru/sergej-esenin-s-dobrym-utrom/.

40. Сергей Есенин，*Я последний поэт деревни* ，https://rustih.ru/sergej-esenin-ya-poslednij-poet-derevni/.

41. Паркау Александра Петровна，*Огонь неугасимый* ，https://litmir.club/br/?b=175511&p=25.

42. *Стихотворения Марии Коростовец* ，https://laidinen.ru/stihotvorenija-marii-korostovec/.

43. *Слово о полку Игореве* ，https://ilibrary.ru/text/1375/p.1/index.html.

44. *Задонщина* ，https://skazki.rustih.ru/zadonshhina/.

45. Сатовский Григорий Григорьевич ，*Стихотворения* ，https://antrio.ru/satovskij-grigorij-grigorevich-stihotvoreniya/.

46. Петерец Николай Владимирович，*Стихотворения* ，http://az.lib.ru/p/peterec_n_w/text_1944_poe.shtml.

47. *Стихотворения Александры Паркау - Наталья Лайдинен* ，https://laidinen.ru/stihotvorenija-aleksandry-parkau/.

48. *СЕРЕБРЯНЫЙ ВЕК: Венедикт МАРТ* ，https://ferrea-aetas.livejournal.com/5725.html.

49. Кондратович-Сидорова Вера，*Поэты* ，https://stihi.ru/2014/10/29/3209.